U0910151

刘心武文粹

尘与汗

刘心武——著

译林出版社

2001年在爨底下村

秋收后的田野（水彩）

总序

这套 26 卷的《刘心武文粹》，是应凤凰壹力文化发展有限公司之邀，从我历年来的作品中精选出来的。之前我虽然出版过《文集》《文存》，但这套《文粹》却并不是简单地从那两套书里截取出来的，当中收入了《文集》《文存》都来不及收入的最新作品，比如 2015 年 1 月才发表的短篇小说《土茉莉》。

《文粹》收入了我八部长篇小说中的七部。因为《飘窗》和《无尽的长廊》两部篇幅相对比较短，因此合并为一卷。其中有我的“三楼系列”即《钟鼓楼》《四牌楼》《栖凤楼》，我自己最满意的是《四牌楼》。《刘心武续〈红楼梦〉》这部特别的长篇小说，我把它放在关于《红楼梦》研究各卷的最后。我将历年来的中篇小说和短篇小说各选为四卷，再加上一卷儿童文学小说和两卷小小说，这十七卷小说展现出我“小说树”上的累累硕果。我的小说创作基本上还是写实主义的，但在上世纪八十年代，改革开放，国门大开，原来不熟悉、不知道、没见识过的外国文学理论和作品蜂拥而入，现代主义、后现代主义引起文学创作的借鉴、变革之风，举凡荒诞、魔幻、变形、拼贴、意识流、时空交错、文本颠覆甚至文字游戏都成为一时之胜，我作为文学编辑，对种种文学实验都抱包容的态度，自己也尝试吸收一些现代主义、后现代主义的手法，写些实验性的作品，像小长篇《无尽的长廊》，中篇《戳破》，短篇《贼》《吉日》《袜子上的鲜花》《水锚》《最后金蛇》等，就是这种情势的产物，至于意识流、时空交错等手法，也常见于我那一时期的小说创作中，但总体而言，写实主义，始终还是我最钟情，写起来也最顺手的。短篇小说里，《班主任》固然敝帚自珍，自己最满意的，还是《我爱每一片绿叶》《白牙》等；中篇小说里，《如意》《立体交叉桥》《木变石戒指》《小墩子》《尘与汗》《站冰》等是比较耐读的吧。我的中篇小说里有“北海三部曲”《九龙壁》《五龙亭》《仙人承露盘》，是探索性心理的，其中《仙人承露盘》探索了女同心理；另外有“红楼三钗”系列《秦可卿之死》《贾元春之死》《妙玉之死》。短篇小说里则有“我与明星”系列《歌星和我》《画星和我》《笑星和我》《影星和我》，这展示出我在题材上的多方面尝试。但我写得最多的还是普通人的生活，特别是底层市民、农民工的生存境况和他们的内心世界，长篇小说里不消说了，像中篇小说《泼妇鸡丁》，短篇小说《护城河边的灰姑娘》，还有小小说中大量的篇什，都是如此。我希望《文粹》中从自己“小说树”上摘取的果实排列起来，能够形成一幅当代的“清明上河图”。

我的写作是“种四棵树”。除了“小说树”，还有“散文随笔树”“《红楼梦》研究树”和“建筑评论树”。《文粹》的第17卷至21卷是“《红楼梦》研究树”的成果。虽然这些文章此前都出过书，但是这次在收进《文粹》时又经过一番修订，吸收了若干善意批评者的合理意见，尽量使自己的立论更加严谨。第22卷《从〈金瓶梅〉说开去》是新编的，其中收入了我研究《金瓶梅》的若干成果，可供参考。这也是我的一本文史类随笔。第23卷收入我两部自己珍爱的散文作品《献给命运的紫罗兰》《私人照相簿》。第24卷《命中相遇》收入的散文，记录的是我生命中难以忘怀的岁月、事件和人物。第25卷《心里难过》则收入的是与自己生命成长相关的散文，其作为卷名的一篇曾经人录为配乐朗诵放到网上，广为流传，也获得不少点赞，我也很高兴自己的文字不仅能以纸制品流传，也能数码化后云存在，从而拥有更多的受众。

第26卷则把我此前由中国建筑工业出版社出版的《我眼中的建筑与环境》，以及由中国建材工业出版社出版的《材质之美》合并在一起，还搜集了那以后散发的建筑评论。我的建筑评论从建筑美学、城市规划、对具体建筑的评论……一直延伸到建筑材料、施工，以至家居装修装饰等领域，展示出我“建筑评论树”上果实满枝，蔚成大观。

购买这套《文粹》的人士，不仅可以阅读到我“四棵树”上的文字，还可以看到我历年来的画作，以水彩画为主，也有别的品种。春风催花，夏阳暖果，不以秋叶飘落为悲，不以冬雪压枝为苦，在生命四季的轮回中，我感觉自己创造的风帆还在鼓胀，《文粹》只是总结而非终结，祝福自己在命运之河中继续航行，感谢所有善待我的人士！

2015年4月23日　温榆斋

目 录

CONTENTS

尘与汗

——民工老何

上午

老何难得睡回懒觉。正梦见老婆的时候，忽然被一声巨响惊醒。

老何睁开眼，一张鬼脸逼在他鼻子上，那鬼脸张开嘴巴，露出一嘴黄黑交错的牙齿，吼出一口劣质烧酒拌和着的秽气：“你喝！”

老何就知道是老严。鬼脸闪开，鬼爪子举着个破茶缸，逼到老何鼻子上。老何顺从地张开嘴，老严便将半缸浊酒都倾入了老何嘴里。

老何嗓子里像有铁丝刮过，他呛咳着坐起来，穿衣服。这才看见，他床旁的窗台下，散落着破碎的酒瓶子。

屋里其他睡觉的人也都被闹醒。纷纷坐起来穿衣。老何拿着自己的茶缸子，到院子当中唯一的自来水龙头那儿，准备漱口。这时老潘已经漱完口了，对老何说：“他喝了一夜的酒。我刚起来他就邀我一起喝，我略迟答应了一会儿，他就往我脸上泼酒，又摔瓶子！”老何说：“老脾气嘛。”老潘皱皱鼻子说：“只怕是……这回的脾气，要闹出大事故！”老何跟老潘都朝屋里望，只听里头小疙瘩在大声地嚷：“你甭冲着我来！我可不怕你！你离我远点！你嘴里的味儿比放屁还臭！……”

大芝麻从屋里出来，手里捏着张纸，摇摇晃晃地往铁栅栏门外跑，老潘对他喊：“天都大亮了，你还河边露腚去！”老何摇头、叹气，接水、漱口。

老何他们绿化队，一周只休星期天一回。这一天的休息，因此显得非常金贵。老何一边刷牙，一边盘算，应该做些什么，可以做些什么；应该做的，比如，去滨河路 10 号楼 103 室，那里有个肖先生，私下贩大米，一斤能比粮店便宜一毛钱，比农贸市场的也要便宜个七八分钱，这样算下来，买他一口袋，五十斤就能省下差不多四五块钱；上回买的米眼看要吃完了，应该去那肖先生家买米了。可以做的，是到文化宫门外抓福利彩票去，但一张彩票就得两块钱哪，大奖小汽车，想都别去想，可是那回老潘手气好，两块钱摸了一套玻璃酒具，他也不贪，在那现场就三块钱卖了出去，倘若我老何摸了那么一套，我就留着，带回家去，自己家里摆着也体面，亲朋好友家办喜事，拿去当个礼品，也保管晃花众人的眼睛……

老何还没抹干净嘴边的牙膏沫，铁栅栏门外忽然走进来大女婿德光。

德光满头大汗，走近他跟前就要讲话。老何打个手势把德光止住了。

搁回牙具，老何把德光引到那院子尽东头的花棚外头，僻静处，问他：“你被裁减了么？”

德光摇头。老何松了口气，说：“是呀，你年纪轻轻的，咋能裁减你这样的呢？昨天我们绿化队魏科长也给我们传达了，那精神是，城里下岗的职工越来越多，所以，像我们干的这些个活路，外地民工只能留三分之一，裁减下的名额，要留给城里下岗的……”德光问：“爹，你给裁减啦？”老何挺直腰板，生气了：“我一不老二不懒，凭什么裁减我？”德光低下头，老何叹口气说：“是呀，我们这儿裁减，恐怕是从年岁大的裁起……要论年岁，我怕也悬……那个老严，你见过的，他比我大四五岁，又懒，科长老早想轰他走，那回他没等到下班时间，就跑回来，在这外头护城河边钓鱼，让骑车路过的科长逮个正着，一罚就罚他一百块，一百呀！就是想把他罚得没饭吃，让他自己滚蛋……那老严也可怜，跟你我不一样，他农村里已经没亲人了，听说十年没回去，家里那老屋都塌了一半了……他算是这绿化队的元老啦，所以他占着我们那宿舍里头的小套间，破烂塞了一屋子，就把这儿当成家啦……这回科长手里有圣旨，不再留一点情面，昨天会上，当着我们大家宣布，把他裁了，让他尽快搬走！他就喝了一夜的闷酒，我还没睡醒，他就撒开酒疯了……唉，唉，造孽哟！……”

小疙瘩跑了过来，也不管德光在那儿，只冲老何喊：“何大爷，走，去滨河公园看摔跤去！”

老何现在很不愿意人家叫他大爷，大爷，那不就是老头子的意思吗？老头子，那不是就该被裁减吗？老何很不耐烦地回应说：“谁是你大爷？看什么摔跤？一边去！”

小疙瘩被激怒了：“咦，大爷都不爱听，想我叫你什么？叫爷爷吗？”

老何一听更不入耳，把手使劲一挥；小疙瘩平时本是常跟老何耍戏的，以为老何的意思是要跟他比试比试；嘀，这个老菜帮子，原来是不服老啊，怎么着，那咱可就不客气了！小疙瘩揪过老何的胳臂，想把老何扳倒，老何从容应战，两个人扭在一起，僵持了数秒，忽然老何一个巧劲，把小疙瘩放倒在了地下；小疙瘩拍着屁股站起来，水龙头那边几个人为老何喝彩，也有嘲笑小疙瘩的。小疙瘩倒不恋战，嘴里嚷着：“咱们以后再来！”一溜烟地奔滨河公园去了。

老何这才问德光：“你来，什么事？”

德光说：“长颈鹿，把我告啦！”

老何问：“你咋晓得的？”

德光说：“莲芳把电话打到德祥那儿，德祥昨晚来跟我说的。长颈鹿告我拐带妇女儿童……说镇上派出所放了话，要把我捉去归案呢！”

老何说：“你看你看，果不其然吧！我早跟你说过，不能那么样嘛！”心里一烦，就蹲了下来。德光也蹲下。翁婿二人脸对脸蹲着。德光掏出香烟，递了岳父一支，又用打火机给点了火，自己再点燃一支，猛抽一口；老何手里夹着烟，无心抽，训斥说：“闯出祸来了不是？那长颈鹿是好惹的吗？那婆娘也太浪荡！……德祥他什么态度？依我说，让那婆娘抱着那丫头，回长颈鹿身边，事情不就了了么！”德光只是低头猛往肚子里吸烟，老何就知道德光和德祥两兄弟是一样的心思。

不用德光开口，老何就知道他所来为何了。老何吸了口烟，叹口气说：“我眼看也要被裁了。留下点钱，是要带回家的。我可不能帮你往那无底洞里填！”

德光说：“不是无底洞。莲芳电话里说，人家打招呼了，请一桌席，再拿三千，就保证不抓我。”

老何说：“保证？谁给你下保证？这事，长颈鹿占理。与其拿钱给抓人的，莫若拿钱给告人的。长颈鹿他开口多少？”

德光把烟往地上狠捻，骂道：“狗日的！他要两万！”

老何不说话了。扭头望着花棚里那些从街心花坛撤回来不久的残菊，心里发堵。

德光说："抓我，他们哪儿抓去？大不了我几年不回家。只是，这事不及时了断，莲芳在他们眼皮底下，那日子可就难过了……"嗫嚅了一阵，接着说："我手头有一千五，德祥有八百，再有一千足够了……凑齐，赶快给莲芳兑去……"

老何眼睛还盯着残菊。有朵枯黄的残菊仿佛在跳，要跳进他眼里去了。

听见德光站了起来，并且说："我来，说一声，让爹知道罢了……不是为了……我再找别人去……爹，我走了！"眼睛的余光里，少了黑乎乎的一团，并且听见脚步声渐远。

老何蹲不住了。他掐灭香烟，把剩下的半截烟搁到上衣胸兜里，站起来，朝铁栅栏门那儿望。已经没有德光的身影。他突然像子弹一般地追出那铁栅栏门去，德光的背影在护城河边晃动，离那门已经有几十米远。他吼了一声："德光！"那吼声令路过的人们惊诧地朝他张望，他全不在意，只是朝回过身来，站在那里发愣的德光，快步走去。走拢，他从别在腰带上的一个油光光的黑钱包里，掏出一叠对折好，并且用一根橡皮筋箍紧的钞票，递给德光；他从牙缝里挤出这样的话来："龟儿子！这正好一千。你就往那无底洞里扔吧！……"德光接过收起，只是说："我下个月就还。"老何牙筋乱蹦一阵，说："你还！你不再给我惹事，我就阿弥陀佛了！我只是想起莲芳，还有她带的那两个娃儿，可怜啊！……"说完，扭身就往回走。

天光大亮。护城河边的垂柳下，已经有三三两两持竿钓鱼的人。老严也坐在岸边钓鱼。那老严醉醺醺的，蓬头垢面，衣服皱皱巴巴，而且不知道多少天没洗过，浑身散发出酒气恶臭，可是，他手里所拿的那根又长又粗又亮又光的渔竿，却是很高档的，连同附带的渔具，比河边其余那些衣冠楚楚的钓鱼者们，都要胜过一筹。

老严居然没有醉眼昏花，招呼老何："伙计，一会儿我炖鱼汤，就咱俩喝，他们都他妈的滚一边去！"

老何没理他，只管往回走。那护城河边，有规律地交错栽种着垂柳和桧柏，垂柳已然相当粗大，垂枝如巨伞，桧柏也已高大如塔；有的桧柏那朝河的一面，底部不知怎么豁露出一大块，形成龛状；老何快走拢绿化队宿舍时，忽然看到一株桧柏的“龛”里，有一泡新鲜的粪便，赶紧挪开脚步，捂着鼻子离开了。那肯定是大芝麻清早的“杰作”。

老何回到了铁栅栏门里。那里面是绿化队的地盘。这一带的绿化队有两种。一种是园林局的绿化队，负责管理护城河两岸和马路两侧的绿化带，以及街头的花坛绿地；一种是街道办事处的绿化队，负责居民楼前后的绿地花坛；老何他们属于后者雇用的外地民工。街道办事处的这个绿化队，占有的一块地盘不算小，然而里面的设施却极为简陋。有一座花棚，里面勉强能养些个常见的花卉，以供节日在护城河桥头摆放出一个立体花坛；此外就是一排平房，其中一大间套一小间是民工宿舍，另一间是厨房，还有一小间是堆放工具杂物的。院子里有个唯一的自来水龙头，饮水、盥洗都靠它。搭了一个简易的厕所，因为粪便并无清洁队的人来清除，只能是民工们每过一段时间自己掏出，合上土拌为有机肥，拿到绿地花坛去施用；民工流动性大，特别是年轻的民工，没人留恋这份工作，所以他们特别不喜欢淘厕所，而且特别不能忍受那简易厕所的肮脏不便，因此，像大芝麻那样跑到护城河边的桧柏底下大行方便的情况，屡见不鲜。

老何回到院子里，老潘从厨房里端着一只冒着热气的大碗出来，问他：“你怎么还不做饭？灶火正旺呢！”因为是绿化队，四季都有很多剪下的枝条可充柴禾，所以他们很少烧煤做饭。这种生活状态，跟农村相差无几；甚至于，还不如——现在不少农村里，也兴烧煤了。老何对老潘说：“不饿。”

老何进了屋。别的人都走光了。老何坐到自己的床上，闷闷的。老潘跟进来，坐到唯一的一张破桌子边，喝他那一大碗热粥，粥里只有几根咸菜丝。

窄长的屋里，两边靠墙一共立着六架双人床，只有迎门的地方，老何睡的，是一张单人铺。老何坐了几分钟，便上床，倚着被子垛。

老潘呼噜呼噜喝完粥，既是自慰，也是劝说老何：“裁减就裁减吧。你看，这是个什么窝儿啊，咱们农村来的，哪个家里不比这宽敞？就是他们那住高楼里的，说是什么这个长那个官的，屋里东西可能值钱得多，可论住的间数，比得了咱们吗？咱们哪家不得六间八间的？……”见老何不搭话，又说：“是呀，图的就是每月拿点现钱罢咧……可是，这一个月三百块的工资，连小疙瘩、大芝麻他们，都嫌少，要不是一时找不到别的活儿，他们才不愿意在这儿混呢！把我裁了，我一时也不走，我倒想看看，究竟哪个城里下了岗的职工，给这么点钱，能来干这些个活儿……”老何还是不搭理，闭上眼，养神的模样。老潘叹口气说:“你也活动活动。不愿去滨河公园看摔跤,那文化宫门前有福利彩票，拿两块钱试试手气，保不定就蒙上个大奖……嘿，那时候，你裁减我？我还先把你裁减了哩！……”说着，出屋到水龙头那儿洗碗去了。

老潘哪知道老何的心思。老何脑子里，转悠着的，全是大女婿德光惹出大麻烦的事。德光好比是个车轴儿，一转悠起来，那车辐竟伸伸缩缩的，越转越长，勾出远远近近无数的人和事来……

大女儿莲芳，怎么就给了德光的？媒人不是别人，就是德光他妈。

德光妈，想起来，也着实可怜。1958 年，搞“伙食团”，一开头，大家敞起肚皮吃；盛饭都盛个“帽儿头”，上头还要堆菜放肉，浇油辣子，一碗吃完，又盛一碗，吃不完，就往食堂外头水渠里倒，大热天，惹得苍蝇搅作团地飞；现在城里不少人也都知道，那以后，先是没了肉、菜、油，后来，渐渐地，把留种的粮食都差不多吃光了，结果到那年入冬，就大家饿肚皮，有人浮肿；第二年,就接二连三地饿死人。德光妈,她的爹,死得最早,不过不是饿死的——那还是“伙食团”最红火的时候，省城报社的记者来照相，“伙食团”主副食花样多达三十多种，真是比共产主义还共产主义，赛过天堂里的天堂，坐下来随便吃，只别往家里拿，吃进多少都由你！那德光妈的爹，记者说他形象好，是共产主义新农民的标准模样，大概是要把他照下来，印个成千上万的，好拿来当新门神，换下那秦叔宝和尉迟恭吧；记者让他吃这个，拍一张；吃那个，拍一张；记者走了，他还吃个没完，整个人，成了个无底筐了；结果，他吃完，差点站不起来，好容易挪动了脚步，摇摇晃晃的，走出没多远，就在田坎上，大吼了一声，两只胳臂伸出去，像落水的人想拼命抓住根稻草，訇的一声，栽到水田里去了……公社卫生院后来给他检查了，说他死的那个原因，文明词儿，叫“胃崩溃”。德光妈出生的时候，她妈就得产后风死了，爹再一死，孤女一个，谁照应她？亏得还有个叔叔，那叔叔，村里人众口一词，都说是个老实磨盘，任人推，不惜力；那婶子也憨，有人说两口子，恰好比一个是磨底，一个是磨扇；可是这么一对石磨夫妻，到众人都没得吃的时候，也难帮衬德光妈一把米半把豆——那时候自然还没有德光，他妈那时候十五六岁，还是个黄花闺女；那大饥荒的日子里，能活下来的，要么是能偷吃食的人，要么是老天爷不想把他收走的人；白天，大家装模作样地集合上工，天一黑，绝大多数的人，就都往田里跑，才拳头那么大的瓜，埋下当种的红苕块，才灌上浆的青苗……凡能填进肚子的东西，找到什么偷什么。那德光妈的婶子，干活路还行，偷吃的外行，千不该万不该，偷到公社撑面子的“实验田”里头去了！这还得了！公社的干部，他们家里都有吃的，知道底下的农民没得吃，偷吃的，本是睁一只眼、闭一只眼，不怎么管；可你偷到“实验田”里了，那还能饶吗？就召集了大会，批斗了德光妈的婶子，那妇人也是，肚子都保不住了，还顾什么面子？可她就是想不开，当天晚上，一根绳子，吊死在村头的苦楝树上了——那树上的苦楝子早被采光，连树皮都被剥去了一半，半死不活的——村里的干部也不往上报告，匆匆忙忙地，用席子卷了，给埋了；只当是又饿死了一个吧！老何家乡的村子，是丘陵地带，各家各户守着一笼竹子，互相隔着水田旱地，那么样的一种自然村；也有好多户人家，聚在一起住的，不过再多，也还是比北方村落那种聚居的人户，要少。1958年入冬，不光是缺吃的，因为大炼钢铁，竹子都砍去充作燃料了，村子就更显得冷清清、光秃秃了……到夜晚，谁还舍得点灯用油？一片黑暗，比锅底还黑得沉，黑得酽……德光他妈，那一天，正一个人坐在冰锅冷灶的破屋里，饿得发呆，忽然有人推门进来，模模糊糊，认出来，是她叔，往她屋里饭桌上放了个坛子，瓮声瓮气地说：“你吃。”说完就转身走了……那坛子里，是煮熟的肉……对，后来满村人都知道，那是人肉，是德光妈她叔，去埋人的地方，把她婶子刨出来，扛回家去了……后来从他家里，查出了十多个坛子……最后，也没把德光他妈的叔叔怎么样，那人一直活到如今，吃得胖胖的，像只大坛子……

这样的叔叔，怎么还能理？那时候，村里有个女子，七转八转的关系，嫁到新疆去了，几年以后，竟牵着白胖的娃娃，扬眉吐气地回娘家来了！于是满村的人，都知道新疆原来不错；于是她回新疆的时候，就带走了两个女子；于是人们都说，这两个苦女子，要去那地方生甜瓜了。所带走的女子，一个是老何的妹子，一个就是德光他妈。她们后来，果然在那遥远的地方，生下了甜瓜。

德光他妈不光生下了他，还生下了他弟弟德祥。忽然有一年，德光他妈，带着他和他弟弟，回村里来了。那当妈的脸色蜡黄，两个娃娃却白白实实的。德光他妈死了丈夫，回到村里，回到原属于她的那间几乎倾倒的茅草屋，村里人重新接纳了她。村里的妇女们在池塘边洗衣物时，议论的话题之一，就是德光他妈，这个并不算老，又很能干的寡妇，会再醮给谁呢？有说合的，有猜测的，都没成，都不对；几年以后，村里有个女子，七转八转的关系，嫁到黄河边的平原上去了，没多久，她也是扬眉吐气地回娘家来了，转回去的时候，也带走了几个女子，其中就有德光他妈，德光和弟弟那时候还小，就都随她去了那边。

二十多年前，世道往好里变。那时候两句俗话传得很广：要吃粮，找紫阳；要吃米，找万里。老何他们村，吃粮不再犯难，像德光他妈那个叔叔当年那一排坛子的故事，年轻人或许已经不太清楚，或许偶尔听老辈“说古”时提及，会摆摆手说：“那是饿疯了。莫讲了莫讲了，听了作呕。”日头晒着，大雾罩着，稻谷割了熟的，再插新秧，不知不觉地，老何的大女儿莲芳，该找婆家了；可巧德光他妈，又回村来了，东家坐坐，西家望望，一天，主动找上老何，爽快地说：“这边找紫阳，那边找万里，你不缺粮，我家有米，也算是门当户对！莲芳不消说是好女子，我那两个你是见过的，如今都比你还高大壮实，你愿莲芳随那个，尽你挑！”老何说：“你我清楚，德光德祥也清楚，只是还有不清楚的……”德光他妈就一拍大腿：“你带上莲芳，去亲眼看看，那还有不清楚的么？”

老何早有心，走出巴掌地，见识大世界，于是，居然就带着莲芳，去了那黄河边上的平原。那边的田地，哪儿像自己乡里，东一角西一拐，到处鼓出丘陵包，真是一望无际，没个遮拦。那边的村子，屋子连屋子，见不到一笼竹子，欠绿欠池欠水气，老何很不以为然，可是走近德光他们家，没见着人呢，先听见锯子斧子锤子一片的响声，啊，正盖新房哩！在这一片的响声里，老何把莲芳嫁给德光的决心，便坚定起来。

两年以后，老何他们村正式实行分田到户，德光妈祖传的那栋老屋，顶子上已经覆盖着厚厚的一层绿苔，梁柱都明显歪斜了，却一直还没有倾倒，这就意味着，那还是村里的一户人家。德光和莲芳回到了村里，住进了那栋祖屋，于是他们也就分到了自己的份额，种起了责任田。老何帮助女婿，先是修整了老屋，后来又盖起了新房，并先后有了一个外孙女一个外孙子，两家就近有个照应，从此粮囤不见底，人脸有笑纹，算是比上不足，比下有余了吧。

乡里人，一辈子，也就是三桩大事：盖房子，娶媳妇，生娃儿。东西南北，乡村的面貌可能相差很大，人的心思，不出这三件事的圈儿。德光大体上完成了三件事儿，只是房子落伍，还得再努把力，挣钱盖起两层的小楼，这辈子才算圆满。为了挣钱，他来了北京，在市政工程队当临时工，给铺管道、线路什么的挖沟开槽，工资不算低，每天十五块，管住不管吃。德光虽说离开了那黄河边上的村子，可是对他妈，还有弟弟，很是顾念；后爹得了肺气肿的病，家里艰难起来，弟弟德祥老大不小，娶不上媳妇，德光竟比他妈还着急，头年春节回家过年，便去找了那长颈鹿。

长颈鹿是个什么人？脖颈比常人长好大一截，那是不消说了；这人在镇子上，明面上，开着个杂货铺，其实，左近的人无人不知，他那铺面后头，天天设着赌局，他坐庄抽头儿，稳稳地发着财，要不是他随来随花，手头散漫，怕是一方的首富了；据说跟镇上管治安的什么人有勾结，所以他那赌场，“严打”的风声紧时，或许停上几天，甚或不巧被上头来的检查团什么的，突然堵上，给带走拘押，但到头来，也无非罚点款子，依然放回，那赌局照开不误，而向检查团告发的某某人，可能家里会失火，或娃儿会掉进池塘……

老何现在被唤作老何，其实新社会起算时，还不足十岁，对旧社会的印象，并不深刻；听老辈子说，那时候镇上有赌场，有烟馆，有妓女，乌七八糟；老何在被人唤成老何之前，虽说也经历过些个糟心的事，像“伙食团”散了不久，父母就都相继得浮肿病死去；也目睹过，比如说德光他妈的叔叔，家里忽然十来个坛子里都腌满了肉，还有“文革”当中，把镇上村里一大串干部，头上戴上纸糊的高帽子，用一根长绳子捆在一起，牵着到田里“游垅”……可是，总体而言，这以前，离村十八里的镇子虽然很大，是县里数一数二的大镇，却并没有什么复杂奇怪的人和事，没有过长颈鹿这种人存在，那时候镇上也没有电视，谁看过《动物世界》的电视节目？谁知道世界上还有长颈鹿那么一种活物？也就谁都不会得到个长颈鹿的绰号，对不？粮多米不缺了，必生粮蠹米虫，是不？这些年，镇上变成了花花世界，长颈鹿似的蜘蛛蛾子，也就多了起来。老何是不跟这样的家伙来往的。德光却去找了长颈鹿，不是去赌，是去跟长颈鹿，更准确地说，是跟长颈鹿的老婆眯眼儿，谈给德祥介绍对象的事儿。

长颈鹿明里开杂货铺，暗里开赌场，那半明半暗的生意呢，就是婚姻介绍。一般来说，花个五百元介绍费，他就能让光棍娶上个头嫁的女子，花三百元的介绍费，则能落实一个再醮的寡妇，在那撮合的成功率上，居然远近口碑相传。这项业务，后来主要由眯眼儿来做。眯眼儿之所以叫眯眼儿，倒不是眼睛小成一条缝，而是她总像是在眯着眼儿笑，又无时不刻地，总在嗑瓜子儿，嗑的还都是杂货铺进的好瓜子，常常是所谓的阿里山瓜子，台湾风味。德光找到她，说是要给德祥找媳妇，眯眼儿嘴里啐着瓜子皮，一双眯笑的眼睛只是上下打量德光，问:“你那兄弟，也有你这般高，这般壮？”德光说:“新疆生的，咋个不高，咋个不壮？比我还能做活路呢！”眯眼儿嘴里不停地嗑着台湾风味瓜子，命令说:“吃完晚饭，把他带到镇东竹林子那儿等我！”德光也不细想，为什么要约在那么个地方，吃完晚饭，把回乡暂住的德祥带去了。眯眼儿果然一路嗑着瓜子儿来到了竹林边，下死眼把德祥盯了个透，问:“没病吧？”原以为要先问财，没想到只关心身体，兄弟二人忙一齐回答:“没得没得……”眯眼儿啐出一口瓜子皮，拉起德祥手说:“跟我来，我要检查的！”又命令德光说:“你莫动，在这外头守着！不许惊动了我！”说完，竟把德祥牵进了那竹林深处；那时候，夕阳西下，竹林被照成一派棕红，风不大，竹叶却簌簌地响个不停……过了好一阵，眯眼儿先出来，又摸出瓜子嗑着;德祥出来时，还在系腰带，脸比那落山的太阳还艳。德光问:“咋个样？”眯眼儿说:“明天，还是这个时候，不来这儿，到镇西汽车站那边的老桑树底下，给你们带个美人儿来。”德光心下疑惑，有这么简便的事儿么？问:“准备多少钱呀？”眯眼儿把瓜子皮啐到他脸上，笑道:“有多少，都拿来！嘀嘀,还怕人财两空呢！”说完,扭着屁股走了,一路把瓜子皮啐成一道线。

第二天，哥俩来到老桑树下，左等不来，右等无影，心想眯眼儿戏弄人呢，却忽然那边要开往县里的长途汽车上，一个女子伸出头来招呼:“来呀来呀，还等什么呀？”那时汽车已经坐满了人，就要关门启动了。哥俩跑过去，跑到车门口，德光在前头，要上去问话，被眯眼儿轰开了，只一叠声地叫德祥上去，德祥刚踏上去，眯眼儿就嚷:“关门呀！开车呀！”司机也就关门、开车，把车屁股对着德光，喷出好大一股黑油烟，德光呛得猛咳一番，咳完了，还没明白那算怎么一回事儿。

就这么着，眯眼儿那婆娘，叫上德祥，私奔了。她还带走了跟长颈鹿生下的三岁的一个闺女。这算怎么个婚姻介绍啊？她竟把自己，白送给了德祥！还不仅是白送，搭上的也不仅是一个闺女，还有她的私房钱、金银首饰什么的！德光明白过来以后，赶紧也离开了村子，没直接回北京打工的地方，去了他妈那儿，果然，德祥跟眯眼儿早到一步，眯眼儿还是不住地嗑瓜子儿，但是追着公婆喊爹叫妈，顶头见了德光，嘻开嘴便叫哥哥，倒好像嫁给德祥多少年了似的。德光把德祥拉到一边，问他究竟怎么一回事儿。德祥脸又比落山的太阳还艳，吭吭哧哧地，却也道出了所以然——眯眼儿说，那长颈鹿，两三年了，要么那玩意儿硬不起来，要么，没等她得着快活，先就泻了；她可不愿意再守活寡，而德祥呢，她那天竹林里一试，真是英勇善战！少有的能让她尽兴的豪杰！……德光听了目瞪口呆，问："那长颈鹿早晚知道，能把你们放过？"德祥说："眯眼儿说，她不是我们那县的人，跟长颈鹿，并没扯过结婚证，不过是住在一处，生过一个女娃罢咧……她说就是长颈鹿追过来，也不怕……还说让我跟你先去北京，我找到活路，马上把她接去，女娃留给咱妈带，她随后到了北京，要跟我，有个大发展呢！"德光听了，倒也是个办法，于是乎，就那么真的实行起来……结果，惹出了官司。若非这样一环环一步步地了解下来，判德光、德祥两兄弟拐卖妇女儿童罪，那真是万人称快、无人同情哩……

老何在绿化队宿舍的床铺上，倚着被子垛，把这无数的往忧近愁，都勾起于心头，煮成了一锅酸辣汤。最后，他迷迷糊糊地，一会儿仿佛莲芳在跟前哭诉，长颈鹿如何到家里跟她要人索钱；一会儿仿佛德光戴着脚镣手铐，被押往什么地方，说是要枪毙；一会儿仿佛他用手死死地抱住刽子手手里的枪管，苦苦哀求他们；一会儿又仿佛镇上管治保的官儿，一手用牙签剔牙，一手拍着鼓鼓的衣兜，笑着说："没事了没事了……"后来，眼前只觉得有好多蛾子在飞，又觉得自己撇开手脚成了一个"大"字，在凌空飘落，轻轻地飘，缓缓地落，一点不难受，一点不害怕，忽然一阵风，自己竟"大"得往上翻转起来，真痛快，真好耍……

中午

老何闭眼想心事，想着想着睡着了，身子本来倚着被子垛，后来不知不觉往墙边歪，歪到米口袋上了。那米口袋已经快空了，他身子顺势一滑，滑成个平躺的姿势，米口袋恰成了枕头，他就枕在上头，居然打起鼾来。

他们绿化队的民工们，约定俗成，都把自己的米粮，搁在自己的床上，一般都搁在枕头边，白天叠好被子，就把被子摞在枕头上，挡住装米粮的家伙——多半是尼龙编织袋，也有用厚纸匣子的；他们每月三百元的基本工资，全勤者可多得五十元的奖金，逢年过节则有二十或三十块的福利；住宿不收床位费，烧柴火也不算钱，但三顿饭自己负责，为节约计，他们都想方设法一次买几十斤乃至上百斤米面，存起来吃；宿舍里曾发生过偷钱的事，但从未发生过偷拿别人粮食的事，而且，互相借钱的事常有，而借粮的事始终没出现过；绿化队的临时工是一池活水，尤其二三十岁的小伙子们，一旦找到更好的工作，马上跳槽，因此对于不能染指他人粮食这一戒律，从不曾“约法三章”，更不可能每次新来了人，由谁出面“统一思想”，完全是自然而然地，形成了那么个格局——但又不曾发展到大家把粮食集中一处存放的局面，总是各自放在枕边。

老何梦来梦去，到头来又梦见了老婆。小青年老何老何地叫着，其实他属蛇，只有五十七岁，火力还旺。这些年来，老何从电视里，看到了不少亲嘴乃至床上翻腾的镜头，看多了，也就见怪不怪，只是想到自己，还是觉得不能那么样做；干那事，怎么能点着灯呢？又怎么能让女子，骑到自己身上呢？正经人，还是该摸黑做，在上头做。城里人，往往把农村人，想得很蛮，其实哪里的人，都有正经的，有蛮的，老何自己的见闻里，倒是城里人蛮的多，比如那东滨河路的什么俱乐部，连个窗户都没有，两扇大门总是关得紧紧的，据说里头有人造气候，进去的人洗一种澡，叫什么桑拿；偶尔能看见，从漆黑锃亮的小轿车里，跳出腆着肚皮的大款，往那门里去，门扇开启时，能望见那里头，黑幽幽的，有浓妆艳抹的，什么“三陪小姐”，在那儿迎接，裙子长长的，却裂开大缝儿，露着大腿；跟老潘讨论过，啥子叫“三陪”，据说“三陪”里没有“陪睡”，可是，有时就看见，闪来闪去的霓虹灯光底下，有那样的小姐，随着大款出来，上了大款的车，他们总不是去扯结婚证吧？……老何在这绿化队三年了，宿舍里，荤话不少，可是行为上，并没一个出格的，就拿那老严来说吧，奔六十了，还没娶过媳妇，有时候，喝醉了，心里难熬，半夜里，会坐起来，骂自己：“他妈的！你给我滋出来呗！”听见他扯些个纸，嗤啦嗤啦地响，就知道他在挤擦什么，被他吵醒的，都不笑，平时最看不起他，最讨厌他的，却可能在黑暗里，联想到关于自己的什么，为他轻轻地叹气；年轻点的，还没娶上媳妇的，打牌斗嘴之余，说起这事，都是想着，怎么能多挣些钱，回家盖起房子，准备好聘金，求做媒的牵线，正经娶个媳妇；城里人或许会说，这是不懂爱情；可老何周围的民工，没一个乱来的，你或许说，那是因为穷，没钱，自然没法子嫖，没法子“包二奶”，没法子找私密的处所会情人……实说吧，你是不是觉得农村里来的，多半会铤而走险？老何可以做证，他的这些守着粮食睡觉的同类，不管火旺了多难熬，没人想去强奸妇女！老何自己，就总是“精满自流”地妥善处理此事。当然啦，依城里人的看法，像长颈鹿、眯眼儿他们那种“中介”，把更穷的人家的女子，嫁到穷得除了花钱托他们牵线，莫得别的法子的光棍家里，不仅是不懂爱情，还根本是不道德的事情；可是，老何有他的道德观，那也是很多很多像他那样的，老实巴交的农民的，共同的道德观，那就是，只要那女子不是拐骗来的，来了以后睡觉时做那事虽说不主动，却到头来并不抗拒，然后能一起过起日子的，而且男方买婚的钱又是辛辛苦苦、用汗水挣出来攒起来的，那么，就合情理、符道德，不该对其说三道四，更不要去把人家拆散……

老何的白日梦，被一阵扳动肩膀的摇动给击成了碎片，他一惊醒，便猛地坐起，只听见一个最悦耳的声音在说：“爹呀，你哪个不盖上点呀！秋凉了，你莫冻出病来啊！”

睁圆眼睛细看，是三女儿莲弟站在了床边。老何脸上的笑纹立即涟漪般荡漾不止，忙招呼：“你哪会儿到的？我说略靠一会儿，养养神，谁知就睡过去了！”

“爹，还有我呢！”听见这一声，老何的眼睛里，才收进了三女婿建煌。“啊，啊，好，好好好。”

老何满心欢喜。

老何生了五个闺女，如今大闺女莲芳就在本村，二闺女莲蓉嫁到了四十里外的村子，五闺女莲锦就唤作幺女，招赘了个女婿，在家跟老婆一起过；三闺女既然取名叫莲弟，自然是盼望她下一个是弟弟，谁知还是个女娃；一连生了五胎，胎胎无男，老何心里自然异常苦恼，尤其是，他本身已是单传，现在竟传不下去，他这一房，难道命该灭绝无人了么！老何盖起的新屋子里，堂屋正中墙壁，和别家一样，上方特意砌了块凸出的石板，上面贴着写有“祖德流芳”的红纸，下面条案上供着“天地君亲师”的牌位，牌位两边，是每年一换的对联，那红纸匾上“祖德流芳”四个字年年重写，多年不变，对联却年年换词儿，而且里头总嵌着“设计师”、“领路人”、“改革开放”、“跨越世纪”等最贴近时事政治的词语，都是书写者从报纸上提供的新春联里选出来的，极富时代气息；但条案下边，正中却又供着土地菩萨，两边一侧是招财童子，一边原来是送子郎君，自从老何被做了结扎手术后，就改成了送宝郎君。如今老何不在家，老婆每天清早，在案上香炉里替他燃一支香。他虽说没生儿子，苦恼难消，但老何从不怪罪老婆，对落生的闺女们，也很疼爱，三闺女没能招来弟弟，他也并不因此迁怒于她，四闺女三岁上得急病坏掉了，他落泪不止；招赘了女婿后，他也就觉得，自己算是续上了香烟。像老何这样的农民，其实很多，他们内心里固然重男轻女，却并不像某些城里人所想象的那样，对亲生的闺女，会失却父爱。就老何而言，他对三闺女莲弟，不仅绝不嫌弃，竟还颇为偏爱。长大成人的四个闺女里面，唯独三闺女莲弟，他一直供她念完了小学，而莲芳只念到第四册，莲蓉和莲锦也只念到第八册；这还不算，莲弟五年前和建煌闯北京来了，老何送他们到镇上长途汽车站，在车站旁那株老桑树下，老何把一沓带着他身上汗气的钱，塞到莲弟手里，跟她说：“你去了，趁年轻，学门手艺，这是我给你备的学费——连你妈她也不晓得呢，你莫吵出去……”莲弟揣进怀里时，喉头热了，心想爹辛苦一年，打下的棉花，扣去成本，统共才赚得六百来块钱，这一沓钱，是爹多少个日夜的血汗？这个从来少抽烟、无客不喝酒，闲下来就两手操起竹篾编筲箕的，头发花白的亲爹啊，可怎么能辜负你的嘱咐呢？……莲弟到了北京，果然用那份学费，上了个培训班，后来进了一家合资服装厂，当了技术性很强的熨衣工，工资比一般进城打工的农民高一大块。

莲弟的婚事，老何也最满意。人家小两口，是自由恋爱呢！那建煌，主动追求莲弟，学着电视连续剧里的套路，搞了不少的名堂，比如那镇子上刚出现冰激凌那玩意儿，有什么“鸳鸯双杯”的品种，贵得吓人，好像是，两块八毛钱一份，他就买来，跟莲弟在集上，当着无数的人，紧靠在一起，用小木片儿，剜着那“双杯”，吃得嘴角都粉红粉红的……

按说，老何家，跟建煌家，门不太当，户不太对，怎么讲？要知道，建煌他爷爷，是个道士；这在二十多年前，可不是个体面的身份，而老何家，是贫农，很体面的啊；这十几年来呢，建煌他爹，从他爷爷那儿，彻底接过了道士的衣钵，几乎整天地戴着“四块瓦”的济公帽，穿着法衣大袍——那帽儿上和法衣领口上，都绣着绿颜色为主的龙纹草叶——手里还总拿着个牛尾拂尘，以镇子为中心，方圆四十里左右的地面上，今天这个请，明天那个迎，有时用客货两用车载，有时就坐在摩托车后座上，搂着个穿牛仔裤的新农民的腰，往请他的地方去……他主要是替人家看风水，还有就是主持白喜事的超度仪式，连镇上的官儿们，家里有了相应的事情，都恭恭敬敬地请他呢，他倒是不分高低贵贱，童叟无欺，看一次风水三百元，行一次超度五百元，收费标准一律取齐，其实有的主家为了讨个吉利，还非要多给，更别说主动往他家送实物了，由此你说他该有多富？老何家呢，如今跟他家一比，那真是名副其实的贫农了！虽说门户不那么对榫，但一来孩子们自己愿意，二来老何对建煌爹所干的这一行，很是敬服，加上老何的老婆，是如今那一带农村里，所剩不多的，会唱十三套“丧歌”的女子，常被建煌爹约去，参与白喜事的仪式，每回也能挣个百八十块的，两家的关系，由此近了一层；而建煌他爹呢，常赞老何是个难得的本分人，说是倘若天下揉泥巴的农人都能像他那么憨厚老实，就是天塌下来，这个国家也能撑住不倒；至于为什么偏老何这一支绝了后，他解释说那是因为何家祖坟未曾选好坟址，而公社化时期，坟已平了，如今也莫奈何了！总之，莲弟和建煌的亲事，二人既是自由恋爱，两家大人又都拍手称快，当然办得顺顺遂遂，真是皆大欢喜。送陪嫁那天，大姐大姐夫，二姐二姐夫，两家的娃儿，以及当时还没招女婿的幺妹子，还有岳母家的亲戚，齐上阵，排长龙，抬着各色嫁妆，基本上按着当年游斗镇上“走资派”的路线，游垅展示，轰动一时，因为其中有老何亲手打制的红漆鹅脚盆，那是几乎已经失传的式样，在金黄的油菜花映衬下，格外鲜艳夺目，引得老辈子们话旧喟叹，也引得新派农民后生们拍掌称奇……

莲弟和建煌把一双儿女留给妈照看，闯到北京后，落脚在天竺镇。天竺国际机场世界闻名。进出天竺国际机场的中外旅客们，一般并不会路过天竺镇；这个镇子呈现着城乡接合部的混乱面貌，一些新的建筑物很洋气，但大片的民居却又很乡村味；莲弟所在的合资服装厂的门面镶着玻璃幕墙，墙上凸出的厂名除了中文还有英文，莲弟每天进进出出很是得意；但莲弟和建煌所租住的民房非常简陋，实际上是镇边农民户原来用以堆放杂物的，就这么一间小屋，月租也要七十元，而且随着越来越多的外地民工涌入，房东不断声言要提高租金，新来的民工甚至想高价租赁还不易寻到空房呢。每当盛夏，老何便去天竺看望小两口，小两口热情招待，往往是，在屋外的小厨房里红烧出一大盘鸡腿，又拿出一管箩花生，建煌开了一瓶二锅头，翁婿二人对坐小酌，莲弟打横相陪，倒也其乐融融，只是到了晚上，三个人如何睡觉，成了问题；建煌便在屋外两棵杨树间，绑了个麻绳编的吊床——那是他从镇上外资员工宿舍后门外捡来的，那里时常能捡到些可用的东西，甚至有人捡到过图像还很清晰的黑白电视机——开头莲弟说她睡吊床，老何哪肯？结果是老何盖着绒毯睡吊床，虽说身子放不直，却也能酣然一觉，清早醒来，树上雀儿叫得好欢，倒也别有风味。但是入秋以后，吊床不能睡了，老何也就不再去天竺，改由小两口进城探望他，当天来，当天回。

好久不见，老何有无数话要说，无数事要问，小两口也一样，尤其莲弟，未等爹爹开口，先就不住地嘘寒问暖，又喋喋不休地报告消息。因为老何识字有限，所以说好家里人来信都寄天竺，莲弟报告说，二姐莲蓉和二姐夫志雄也打算到北京来找事做，老何忙说："快写信去，劝他们莫来，这里正裁民工哩！"建煌却不以为然，道："今年春节后，志雄跑到成都，火车站挤得巴巴实实，像块大年糕，等了几天都弄不到来北京的票，只好拐回去了；那时爹听说了，还说志雄太没耐心，很盼着他来。其实那时候来，不如这时候来……"老何反驳说："那时候没裁民工，我们这儿就还缺人；如今我们魏科长说了，就是有了空缺，也留给城里下岗工人，志雄来了，他怎么过？吊到屋檐下，变块腊肉么？"建煌只是笑："来了自有办法。什么城里人乡下人，谁限制得了谁？那头一家城里人，他是怎么冒出来的？天上掉下来的？还不是乡下来的！依我说，你也不用限制，谁爱进城，谁进城；谁有本事，谁站得住脚，谁就留城里；谁站不住脚，或者到头来不喜欢城里，谁就离开……"老何训他说："你总这么大模大样地说话！哪儿懂得世道艰难！我们这小小的绿化队，这些天尚且惊惊惶惶的呢，那河北来的老严，他就给裁了，喝了闷酒发酒疯，也不知道下一步怎么办！你反正在机场有事做，每月四五百地挣着，说些个便宜话来让人夸你腰粗！"这时建煌便和莲弟交换眼色，莲弟还眨眼，阻止建煌说出什么，建煌却偏对岳父说："爹，我们一起去下小馆子，边喝边摆龙门阵，要搬杠，搬个透，岂不痛快！"老何道："下什么小馆？这会儿我们灶上没别人争火，去买些鸡腿，打些烧酒，蒸点米饭，就在这里聚，不是又省钱又方便么？"谁知莲弟也说："今天就让建煌孝敬爹吧！"老何问："怎么？建煌的季度奖大涨了么？"小两口又对了次眼，这回莲弟抢先把事情点破："爹，什么季度奖啊，建煌他前个月就给裁啦！"老何一听，直发愣。

建煌落脚天竺镇后，先是在一家旅店烧锅炉，活路既累，工资又低，后来正赶上北京国际机场扩建新候机楼，破土开工，先搞基础工程，需要大量挖土方运沙石的小工，建煌很顺利地被招聘为了临时工；但随着工程进展，粗工需求量锐减，技术工需求增大，像建煌这样农村来的粗工，便陆续被裁减。但建煌是个有心机的青年，他在饱时便盘算着饥时的对策；在镇上过来过去的，他发现那些放了学的小学生，没多少可玩的；有一天他遇上一座新居民楼正往里搬入住户，一户人家那厚厚的弹簧床垫不知怎么暂时搁在了地下，结果便有几个小学生跑上去颠着玩，那户主发现后，一顿吆喝，孩子们才一哄而散；这给了建煌很大的启发。从机场新候机楼工地裁减下来以后，建煌就捡来些废钢筋，求在工地上结识的电焊工给焊了个两米宽三米长，能拆能装的架子，又从附近屠宰场弄来了几十条牛筋，把那架子支上，把那些两端编出套环的牛筋经纬交错地固定在钢筋架子上，再蒙牢蛇皮布，便构成了一个“蹦蹦床”，每天下午，建煌在小学校与居民区之间的一处街角，摆设他那“蹦蹦床”，小孩子们上床蹦跳，每三分钟，收费两角钱，如连续玩，还可优惠；就这么简单的一个装置，居然大受欢迎，几天下来，就赚了一百来块！当然啦，他那是非法经营，很快有关部门的人就来罚他的款，也曾明令禁止他使用那未经检验批准的游艺器械来赚钱；但是，和镇上许许多多类似的个体经营者一样，建煌和那些有关部门的管理者达成了某种默契，他们会在某些特别的日子里自动收敛暂不露面，而后者则睁一只眼闭一只眼，时不时地从他们那里获取一定数量的罚款，以为其奖金的来源，双方渐渐地磨合成了朋友般的关系。

建煌经营“蹦蹦床”，一个月下来，刨去所交纳的罚款，竟还赚了一千多块，远比在机场新候机楼工地当小工挣得多，且轻松自如！难怪这回进城，他执意要请岳父下小馆子。还声称，要换租个有里外间的住处，以后爹无论哪季去了，都可留宿在稳当的床铺上。

老何听了半天，也弄不清建煌现在的营生究竟是怎么回事。只是联想起建煌他老子，整日穿着那道士服，跑来跑去给人看风水、理白事，分明是搞迷信活动，按说属于非法经营，可连镇上的大小官儿，逢盖房、死人等事也都花钱请他，谁也不以为奇，可见只要是有买方，就必有卖方，而所卖的只要不是白粉人肉，甚或还于人虽无大益却有小益，也就自有个存在的天理吧！真是有其父必有其子，建煌他老子既然可以欢欢快快地在家乡当道士挣钱养家，建煌也就可以高高兴兴地在北京天竺支上他的“蹦蹦床”赚钱积财，对不？

老何随着小两口，行进在护城河边。建煌说来时注意到，滨河路尽东头，有家新开张的小馆子，门口支着告示，说是八折酬宾，上头还开列着菜价，确实不贵，无妨到那儿打回牙祭。半路上，莲弟试着用柔和的口气，报告福多来信的内容。福多是幺妹莲锦的丈夫，因为是招赘到家里的，算是爹妈的儿子，姐姐们的弟娃，可是莲弟实在不喜欢他，他这回来信，又是要钱，不仅问爹要，也问姐姐姐夫借，开口就是三千块；要钱的理由，一个是打算跟别人合伙买个二手中巴，做来往于镇上和成都的客运生意，另一个呢，则是打算再生一胎，准备好足够的罚款。这两个理由，听来都很堂皇。福多父母和他自己之所以愿来老何家，是因为他们村在山上，那山村比老何他们丘陵地的村子穷多了，而福多家在那山村又是最穷的；议婚时提了条件：福多入赘后，轻易不能离家，要种好责任田，照顾好老人媳妇；当时答应得好好的，但入赘过来以后，初时还好，日子稍久，那福多便渐渐不安分起来，唠叨说他为什么就不能进城谋事？在城里赚了大钱，兑回家里，责任田雇人种，日子说不定会更富裕。老何多次耐心地跟他说，你妈腿脚有残疾，你媳妇生来体弱，所以招赘你来照顾，这都是事先说好的啊，你怎能反悔呢？你要留在山村里，只怕再过几年，也讨不上老婆！虽说几年过下来，福多大体上还过得去，老何却寒了心，之所以跑进北京当了绿化工，一大半就是为了给自己储下笔养老的钱，以防将来自己动弹不得时，倘若福多不能供自己吃饱饭，还可以自己拿出钱，托人买些东西来吃饱肚皮。说是为养老挣钱，其实，福多和莲锦每有信来，说起家里开支不够，又一直筹备着往房上起楼，老何没少往家里兑钱；现在福多又要钱，跟人合伙买车搞客运，也没说清是跟哪一家合伙，怎么个三一三十一地分利，咋能答应他？不过，福多和莲锦头胎生了个女娃，这想主动交上超生费，生个二胎，抱个男娃的想法，倒顺理成章，只是还需算笔细账——如按明面上的规定，超生罚款是三千元，但如果在镇上饭馆请管事的干部吃上一顿，再送上两瓶酒两条烟，大概拢共花个三百来块吧，那超生罚款也许一千块也就了事了，这是头年的"行情"，不知时下如何。所以，倘若给福多兑钱，恐怕兑上一千，也就足够了……这个福多啊，真不知招来他后，究竟是福多还是祸多！……

想起这些个儿女的事，老何心里苦胜黄连。大女儿那边，德光德祥惹下官司，他刚忍痛拿出一千块；福多不管怎么说，算是儿子，想再生一胎，给他传宗接代，更该拿钱，但他在这绿化队一月顶多开上不足四百的工资，每天三顿，只是煮白饭，用些拾来的白菜帮、萝卜皮，盐水里腌成一大罐，每餐搛出些下饭，就这么俭省，也还是存不下多少钱，如何支应这许多的需求？……

莲弟和爹议论福多的事时，建煌且不开腔。待爹议论到后来，叹出一大口气时，建煌一旁很有针对性地说："哪个女婿不是儿？招赘招赘，说不定招来个累赘！歪儿不如贤婿，我现在诚心诚意地请爹下馆子，我比爹的亲儿如何？"莲弟一听这话过了限度，忙用别话岔开。当时他们已经走拢3号楼下的小花园，那正是老何平日的责任区之一，那小花园里有雪松梧桐元宝枫金合欢等乔木，还有一丛竹子，更有许多种灌木，以及月季等花卉，还有成片的草坪，除了靠着区文化宫那边的滨河公园，是滨河居民区里难得的一处美丽的休憩地，附近的居民常在其中流连自不必说，也时有偶然路经此处的人士在此逗留；老何在这小花园里浇水、松土、施肥、剪枝、捡垃圾、扫甬路的过程里，经常会拣拾到一些料想不到的物品，比如说他曾拾到一个精巧的三角形小包，里面是几支笔，好像有铅笔也有毛笔，原以为是哪个秀才弄丢的文具包，拿回宿舍，小疙瘩头一个认出来，那是姑娘用来画眉净面的化妆用品！后来他把那小包给了莲弟。又曾捡到过很漂亮的打火机，给了建煌。还曾捡到过一块电子表，自己戴着用到现在，走得很准。不过也捡到些不想要的东西，像半盒避孕套、全是洋文的书、缺Q少K的一摞扑克牌什么的。凡捡到的都归己么？当然不。良心上有个界限。比如，暑天里曾在竹丛里发现了个乌黑的高级皮包，拉锁开着，掏出里头东西一看，有像证件的东西，上头贴的照片，是外国人的模样儿，还有钱包，里头没钱，却夹着些卡片儿，还有钥匙什么的……

老何便马上拿着那皮包，找到楼里居委会，居委会的人又从那包里发现了一个电话本，找到了失主的电话，试着打那电话，那边一个老外惊呼起来……居委会的人跟老何一起分析，是有贼偷了那老外，掏走了现金，扔掉了这皮包；于是又通知了派出所，民警及时地赶到；后来那失窃的老外坐着出租车来了，领回护照、信用卡、汽车钥匙时，激动得不得了！原来对于他来说，窃贼拿走的那些现金实在算不得什么损失，如果这些证件什么的丢失了，他的麻烦可就大了！他听说是老何拣到皮包并及时送到居委会的，连连跟老何握手，又拿出一张一百元的美金，说是作为酬劳，老何躲开那张陌生的钞票，推让不要，旁边的民警和居委会的人也帮着说：“这是应该做的……”可是，那老外后来又掏出一张一百元的人民币，执意要老何收下，民警和居委会的人继续帮他辞谢，老何却觉得那张百元的人民币很亲切，而且自己收下它也问心无愧，便道声谢接了过去……后来在宿舍里大家议论这事，小疙瘩和大芝麻都讥笑他“冒傻气”：“反正你也拿了他的钱，为什么不要美元？一百美元，官价也等于八九百人民币哩！”这事后来自然也讲给了莲弟和建煌听，两个人倒是看法相同：“一百人民币也就够了！”现在老何和莲弟、建煌恰好走过那个小花园，眼光又都恰好晃过那丛有些个枯黄的竹子，莲弟为转移话题，想起这档子事，顺口说：“爹，你这些天又在这里头捡到些什么宝贝？建煌现在做这‘蹦蹦床’的生意，需要一块计算时间的秒表，爹要能捡到一块就好了！”建煌眼尖，发现那竹丛里不对劲儿，说：“什么东西白生生的？有那么大的秒表么？怕是兔儿吧？”老何定睛一看，加上一股秽气朝鼻孔袭来，怒从中来，忍不住冲进花园，拨开竹丛，当即把在那竹丛里大便的家伙揪了出来，那家伙边系裤带边嚷：“你揪什么你！”那家伙一瞬间认出了老何，老何也一瞬间认出，那是园林局绿化队的，也是民工，平日脸熟得很的；那人不等老何责备，先声夺人地嚷：“怎么着？我就是故意的！谁让你们净在我们地面上大便？我就要报复！……”嚷完，一溜烟跑了。老何只望着他背影咬牙。倒是建煌一旁排解说：“爹，莫怄。我知道，你们这护城河边，风景虽好，却没一座公共厕所，怪不得屙野屎的多。”老何深深地叹气。到小馆子打牙祭的兴致，顿时全消。

在那小饭馆里，直到热腾腾的鱼香肉丝，还有两扎冒着白泡泡的生啤金晃晃地端上了桌，老何的情绪才有所好转。建煌还要了一大碗辣乎乎的水煮牛肉，老何说够了够了，莲弟却说不行不行，在北京住久了，她吃不得那么辣了，遂做主点了一砂锅的东北乱炖。莲弟用小玻璃杯，从建煌的大扎里倒出些个生啤，父女翁婿三个人，就着热菜对饮起来。建煌知道岳父一定在心里计算花费，就说：“这算俭省的吃法了。按城里人的规矩，喝酒是要点几道凉菜的。”莲弟为让爹从种种烦恼里摆脱出来，带头讲起了笑话，说起大姐那个小叔子德祥，运气蛮不错，一来北京，就找到个看传达室的工作，可他头一回接电话，把那听音的一头，搁嘴巴边，把传音的那一头，放耳朵边了，结果误了人家的事儿；可那老板却并没有开除他，倒说他这人憨实可靠，一直留用到如今，可见傻人自有傻福气！莲弟等着爹笑，老何并没笑，建煌就说："这事爹早知道，你净是些陈芝麻烂谷子！"于是讲起自己所经所见的好笑事来，头几桩，老何听了也没笑，后来讲起，那天忽然有个花白头发的瘦小老太婆，要来跳他的"蹦蹦床"，倒把他吓了一大跳，他不敢让那老太婆跳，劝说的话没说完，老太婆竟自己登上了那"蹦蹦床"，跟几个小娃娃一起，足足跳满了三分钟，边跳还边拍巴掌，还尖叫……建煌挤眉弄眼地学那老太婆跳"蹦蹦床"的表情，这下老何嗬嗬地笑了，说："她怕是个疯子吧？"建煌说："她不疯。跳完了，非给我十块钱。起初我不敢收，后来望望她，真是很高兴的模样，就收了。后来有人告诉我，她是个退休的工程师哩。你信不信？"老何心头一动，饮一大口生啤，竟反转给小两口讲起他遇上的怪人来。

那人是个又瘦又矮的老头，住3号楼，常到楼下小花园来活动；老何在小花园里做活路时，总会有人在小花园里活动，但那些人，无论大人小孩，多半都不注意老何，有的青年男女，躲到竹丛里去搂着亲嘴儿，显然是怕有人看见，可是老何分明就在他们身边用竹耙子耙落叶，他们却一点感觉都没有，就仿佛老何不过是竿大竹子；小学生放学后到小花园里踢皮球，皮球砸到了正拖着长蛇般的黑胶皮水管浇花木的老何身上，他们也不道声对不起，只当是皮球被树干反弹回去，继续地跑跳嚷叫着抢球；有的人倒像是感觉到了老何的存在，但那反应只是快接近他时，赶紧绕过他的身子，再接着往前散步，这也难怪，干活的老何一身尘土，暑天里更是一身的汗腥味；只有那个老头，有一天，老何往大竹篾筐里捡花园里散落的塑料口袋废纸片儿，捡完了正站在雪松底下歇息时，他走近老何身旁，客客气气地问："老弟，你两边肩膀，怎么不一边高啊？"老何就跟他说："怕是这右边肩膀，让挑稻谷的扁担，成年累月的，压高了！"那老头就笑，说："压，该是越压越低，怎么倒越压越高呢？"没等老何答言，又笑，点着下巴说："是了是了，扁担越是狠压，你这边肩膀上的肉坨就越狠长……你该常常换肩膀挑才对啊！"就这么样，俩人认识了，后来每在那小花园里遇上，他们就聊上一会儿，老头是个教授，姓曹，让老何叫他曹老师；教授该是在大学里教书的吧，可老何觉得那曹老师除了下楼到小花园里转转，整天只是待在那楼里头，也没见他有什么学生，问他是不是退休了，又说没退，很让老何纳闷。

开头，曹老师跟老何聊，主要是指点着小花园里的那些花木，讲它们的习性，曹老师书本上的根据多，老何实际伺弄它们的心得多，比如那株金合欢，周围别的树早已青青翠翠，它却直到谷雨逼近，还是光秃秃的，老何头次遇上那么个情况，以为那树死了，要伐它，谁知谷雨一过，它一夜间却枝枝蹿出了嫩芽，一周过去，羽叶肥大，立夏时，就盛开了马缨似的红花，香得怪怪的……两个人说起那合欢树来，都赞叹说真是晚发有晚发的好处——它叶黄飘落也就比周围的树晚。老何在聊花木的过程里，也就问到曹老师多大年纪，老伴什么属相，一月能拿多少薪水，儿女几个，工作想必都不错，能挣多少，孙儿孙女又一共几个，等等；既问到，曹老师也就简略回答；曹老师说出的那个薪水数目，实在并不令人羡慕，可是，他一个儿子在美国，一个闺女在日本，这就让老何觉得，今生今世，没办法去比了。两个人认识好久了，有一天，又在小花园里遇上，又一处说话，老何忍不住了，跟曹老师说："你怎么总不问我？"曹老师不明白："问你什么？"老何说："问我老伴儿的事，我女儿女婿的事，我干这份工，挣多少钱，我能存下多少，什么的。"曹老师望着老何，半天没吱声，忽然摘下眼镜，掏出个手帕，擦了擦眼睛；戴上眼镜后，说："何师傅何师傅，我问我问，你说你说……"老何于是跟他聊起了自己的种种情况。当然啦，老何毕竟还得干活，只能是断断续续地，小歇时，聊那么一点。曹老师跟老何聊天略久，便总用右手掌，在鼻子底下遮着，有一回老何就问他："是不是怕我身上的气味？"曹老师吃了一惊，回答说："不。是怕我自己嘴里的气味不雅。"后来老何发现，曹老师跟楼里的邻居说话，也那么个做派，可见一个人有一个人的习惯……

老何喝着扎啤，自己也不知道为什么，讲起了这么个曹老师的事情来。莲弟、建煌听不出个兴致，可是觉得爹能把别的事情暂撇一边，没烦没恼地拿不相干的人和事来当下酒菜，是桩好事，于是都专注地听着。莲弟问："爹，你说他怪，究竟怎么个怪法？"

老何呷一大口酒，说，怪在有一天，天阴阴的，我做完活路，正要撤，他来了；那时候小花园里已经没别的人，他快步走到我跟前，我发现他那天跟平日比很不一样，平日他衣服总穿得规规矩矩、平平整整的，头发虽不多，也总梳得巴巴实实的，那天他身上套个对襟的毛线衣，却扣错了纽扣，头发也乱竖着，到我跟前，也没把右手掌挡到鼻子下头，劈面就跟我说："何师傅何师傅，你帮帮我！"我马上应答他说："我帮我帮！"我心想，一定是他家有什么力气活，想让我上楼帮忙，就问他："要我怎么帮？"他说："你要告诉我，告诉我……"我问："告诉什么？"那时候我愿意把什么都告诉他，就连你们妈的腿脚怎么落下残疾的事，德祥怎么娶上眯眼儿的事，长颈鹿怎么告德光要把他送进大牢的事，统统都愿意告诉他……可是，他问我的，你们猜，是什么呀？

莲弟和建煌对望，都在猜，一时都没说出所猜的，老何已经把那曹教授那天问他的问题道出来了，原来那曹教授急急迫迫所问的是："何师傅，你告诉我：人活着，为的什么？"

莲弟听到这个谜底，扑哧吐出嘴里的酒，纵声大笑起来。建煌本也觉得可笑，因为莲弟一旁露丑，笑上加笑，使劲用手里筷子连连敲桌子。饭馆里别的人都扭头朝他们望。

孩子们的畅怀大笑，使老何也禁不住嗬嗬地笑了起来。莲弟笑够了，说："姜是老的辣，一点不错。爹的这个笑话，前头好淡，最后好酽！"建煌说："跳我'蹦蹦床'的那个老太婆没疯，我看这个曹老头子怕真是犯疯病了！"小两口又都劝老何吃菜，建煌让上米饭，莲弟让把东北乱炖拿回去再炖热；就都没再问老何，当时是怎么回答那曹老头的。

当时，老何怎么答的？他想也没想，就说："曹老师，你要是好人，问这个干什么？不活，随便死了不成？"记得那曹教授先是一愣，后来就抓过他一双手，握了又握，一连串地说："对对对对……谢谢谢谢……"后来天上掉雨点，他们就各自走散了；后来好多天没见到曹教授，再后来，听楼里人说，他去美国，儿子那儿去了。

孩子们既然笑过了，不再往下问，米饭也上来了，于是老何也就津津有味地就菜吃饭。不一会儿，一砂锅东北乱炖热好重上，确实是乱炖，里头肉呀下水呀骨头呀土豆呀白菜呀豆腐泡呀粗粉条呀乱七八糟什么都有，很香，很下饭。

吃饭间，再闲聊，建煌提起，在天竺镇上，跟丢丢打过一个照面。老何听了，不以为然，说："他怎么会跑到北京？不是一直在广州么？"莲弟也说："我早说了，一定是你看岔了眼！"

丢丢是村里纪家养的娃儿，纪家在那之前生过两个娃儿，都没带到四岁，便一场暴病死了，所以丢丢爹妈在丢丢三岁的时候，就牵着他来拜老何作保保。所谓保保，有干爹的意思，但使命大过干爹，是保佑娃儿平安长大的特殊人物。拜保保的风俗，在老何他们家乡源远流长；当然，和别的一些风俗一样，一度禁绝，近二十年来，才渐渐恢复。纪家为什么特别选老何来作丢丢的保保，第一自然是因为老何是村里公认的最本分的老好人，另外，老何自己无儿，这样似乎他就能更专心地保佑干儿子；纪家把娃儿叫作丢丢，也有刻意向神灵表白，他们家的风水既然不宜养大贵男，那就宁愿把他丢出去，丢出去了也许就反而能顺遂地长大成人了。纪家夫妇牵着丢丢来拜老何作保保时，要送上一方腊肉、两只狮头鹅、三瓶酒，燃四炷香，在老何家的"天地君亲师"牌位前，让丢丢给老何磕五个响头；老何呢，则要给丢丢一套新衣、两双新鞋、三块新蒸出的叶儿粑，摸四下丢丢的后脑勺，给他五块钱的利市——别家拜保保也大体如是，略为变通的，只是狮头鹅或者换成绿头鸭，叶儿粑或者换成大红橘而已（无论哪样，都要由娃儿及其爹妈当场吃掉）。拜保保，被认为是桩重大的事情，所拜下的保保，要终生尊敬，礼节上，甚或还要胜过亲爹，不仅年节时要提着礼物上门磕头，就是平日见到，也要一丈外就并足垂手侍立，恭呼"保保"；但与保保的关系，却并不类推，比如丢丢认了老何为保保，视老何为至亲，却仍把老何的妻子当作一般的邻里，见了随便唤声"伯妈"而已，甚或不怎么尊敬，也与俗定的礼法无碍；至于老何的女儿女婿们，那就简直可以不理。从何时，由何人，兴起这么个拜保保的风俗，约定俗成为这样，即使是村里的老辈子，也说不透个所以然来。

丢丢跟老何幺女莲锦，同年生而略小，到这个秋天，才二十出头。丢丢拜了保保，果然病不袭身，生龙活虎地发育起来，十四五岁时，已有五尺多高，肩膀宽宽，人中两边滋出了些似是而非的胡须。丢丢不好好上学，开始逃学，还只是从课堂里逃到村里玩，后来逃到镇上，再后来，几天不回家，回来时满身汗渍，说是去逛了趟成都。纪家夫妇为此伤透脑筋，软的，硬的，什么法子都想到了，当爹的急了，脱下草鞋，用那鞋底猛抽丢丢嘴巴；当妈的急了，竟至于跪到儿子面前，给他磕响头，哭着求他读书争气；哪有半点用处？后来有一天，丢丢远走高飞，四处寻觅，久等归来，竟无影无踪，真是丢了！老何既是丢丢的保保，是不是负有教导他好好读书、认真做人的责任呢？根据传下来的风俗，他只起保丢丢祛病发育的作用，其他的事则与他无关，所以他对丢丢的不落教、不争气乃至于离家失踪，只是微微叹息而已；丢丢的爹妈，也绝无企盼保保参与教导、寻觅丢丢的想法；但保保的尊严，又并不因此降低，比如，有一回丢丢他爹举着撑晒箩的竹棍，追着训斥丢丢，丢丢一直跑到村里大水塘边，迎面见了老何，立刻本能地刹住脚步，并足垂手，恭恭敬敬地大声唤他："保保！"唤完，才接着逃；而丢丢他爹，在丢丢唤"保保"时，也本能地停下，待丢丢完成礼仪，再接着追他；旁边的人们见到这种情景，也都觉得中规中矩，无人发笑。老何家乡的人们，就这么个活法。

丢丢失踪半年多以后，春节前忽然回来，不是一个人，还跟来五六个朋友，衣装都光光鲜鲜，提着大包小包的年货，莲锦去纪家门前看完热闹，跑回来跟家里人形容，丢丢他爹惊奇得嘴巴半晌合不拢，他妈喜欢得把一筐箩红苕干打翻得撒了一地……莲锦她妈拍着大腿感叹："哪世积下的福？丢丢发财了吆……"福多追着问："那跟来的人里，可有女的？"只有老何，依旧照常坐在小竹椅上，沉稳地继续用竹篾编筲箕，一言不发。

丢丢带来的朋友里，没有女的，都是跟他岁数相差不大的小伙子，而且口音很杂，他们只在丢丢家挤住了一夜，后来就都移到镇上，住进了长颈鹿杂货铺隔壁的那家个体旅店中。大年初二，丢丢提着年货来敬保保，请老何站在"祖德流芳"的匾额下，认认真真地跪下，双掌贴地，给他磕了四个响头；丢丢站起来以后，再唤"保保"，垂手侍立，老何便说了几句吉利话，丢丢略坐了坐，吃了莲锦妈端上的叶儿粑，也说了几句吉利话，告辞走了。丢丢走了，福多和莲锦才从里屋出来，福多说丢丢一身西装好气派，那领带也不知道是丝的还是缎的；莲锦说爹你怎么就不细问问丢丢在外头究竟是做的什么生意，怎么能发那么大的财，你是他保保，他不跟别人说，还能不跟你说么？

老何只说："我管他那么多呢！"

十五吃完元宵，十六丢丢就跟他那伙朋友走了。几个月后，丢丢给爹妈一次汇来两张汇票，每张汇票上都是六千六百六十六元。外来的邮件，包括汇票、包裹单，都是一总送到村民委员会办公室，村里人去取，取一封信收一毛钱，取一张汇票或包裹单两毛钱，说是保管费；没有哪个抗拒过，或许会暂时拖欠，到凑足一元、两元时再交，却没有任何一位质问过：这收费合理吗？有什么根据？这回丢丢的汇票，却是村里管治保的干部，主动送到他爹妈家里去的，而且没有收钱。丢丢爹妈去镇上邮电局取那钱时，在门口犹豫了好久，到柜台前涨红了脸，倒好像他们是去抢劫、来行骗似的；取出来，也不敢细点，梦游般，走回了村里。回村的第一桩事，就是请那管治保的干部到家里，煮肉打酒，请吃饭，其他几个干部，一起作陪；干部们都夸丢丢能干，贺丢丢爹妈福气。

渐渐的，关于丢丢的闲言碎语，好比仲春的柳絮，在村里浮动、飘游，成团成球，越滚越大。说是丢丢一伙，是个盲流集团，不仅偷，而且抢；丢丢开头腰里别的是匕首，如今揣的是手枪；局子班房，他已经几出几进；"严打"时，进去了，待的时间多些，平时进去了，顶多两三个晚上，他的哥儿们必能使钱让他出来。有人问到村里的干部，回答说："信那些个谣言！"但德光来岳父家，在福多、莲锦跟前讲过，他从镇上听来的，镇上派出所接到过广东那边公安部门的电话查询，查的时候当然不是说的丢丢，而是丢丢身份证上的那个大名，那大名村里人一般几乎都不记得；镇派出所跟村里管治保的干部联系过，但不得要领；丢丢在那边犯了事，就让那边处置吧，这边谁清楚他是怎么回事？连收到过他高额汇款的爹妈，也确实弄不清。

丢丢几年没有消息，也不再给爹妈寄钱，却忽然在去年春节，又回到村里。这回是一个人回来的，穿了一身牛仔装，拖着一只下面有小轱辘的旅行箱，也是在大池塘边，顶头遇上从北京回来过春节的老何，也是在一丈以外，就立刻并足，放下拖箱把手，将双手都垂在腰旁，恭恭敬敬地唤："保保！"这次回来，出了件谁事先也没想到的事，就是到初六的时候，纪家宣布，丢丢娶媳妇，媳妇不是生人，就是村里管治保的干部那三闺女！婚事初八就办，学城里人那一套，在镇上照相馆拍的西洋婚纱礼服照，在一家叫“巴黎春”的饭馆里摆宴席，席间唱卡拉OK，丢丢唇上留了黑乎乎的小胡子，大声武气地唱了一曲《爱江山也爱美人》。老何以保保的身份，宴席上坐主桌，一边挨着当岳父的治保干部，一边挨着大媒长颈鹿。长颈鹿喝醉了，忘记为眯眼儿私奔的事跟老何间接地有过节儿，附到他耳边说：“我做他鬼的媒啊！人家丢丢早就时不时地给他寄款子了！是自己做媒啊！丢丢鬼机灵啊！只可怜这新娘子，过几天丢丢拍屁股走，才不带她呢，也不知什么时候，多久，才回来……守活寡啊！”老何只默默喝酒，不应答，更不多探问。回到家，福多、莲锦等围着问新闻，他也不说。保保只不过是保保罢了，管得那许多！

可是，在这个秋日的中午，建煌报告说，曾在天竺镇见到过丢丢。丢丢真的窜到北京来了么？

下午

区文化宫北门外，福利彩票的销售达到了最高潮。临时搭建的木台上，凸现着最后三个大奖——三辆富康牌小轿车；从这个大奖的得主中，还将通过摸数字球的方式，产生出最后一个特等奖——在拿走一辆富康车的同时，还可以同时拿走十五万元现金。

一字排开的售卖桌前，购买者挤得密不透风；桌后的售卖者都是胸前别着校徽的大学生，他们一律把装钱的书包挂在脖子上，置于胸前；买彩票的人把钱交给他们，说出要买的张数，他们把钱点清，搁进书包，便从装彩票的大纸匣里，麻利地取出相应数目的彩票，迅速递过去；时时有人整包地买，一包两百张，四百元；偶尔也有人整盒地买，一盒十包，四千元；他们每卖出一张彩票，可以获得三分钱的劳务费，一天下来，平均每人差不多能卖五盒，挣出三百元是平常的事；参加这项活动不仅经济效益丰厚，售卖过程中还能目睹身手鲜活生猛的社会众生相，所以他们个个乐此不疲。

买到彩票的人们，绝大多数挤出人丛后，便迫不及待地站住，用手指甲刮开彩票上挡住兑奖符号的那层黑膜，盯住看是否幸运降临。多半是刮完最后一张，也依然毫无斩获，于是或笑骂一声或自嘲几句，便把手里的废票随手一扔；到这下午时分，在售卖处与二等奖以下的奖品颁发处之间的场地上，已经撒满了花花绿绿的废彩票，人们来往其间，踏着那些落花似的废纸，熙熙攘攘，倒像是游春的行列。

四等以下的奖，倒也有不少人获得。有的人只买了十来块钱的彩票，刮出个玻璃酒具的小奖，也高兴得不行，兴致勃勃地去领奖；有的人发狠买了整盒的彩票，结果却只刮出几套玻璃酒具和不锈钢餐具，或者顶多有个电动洗碗机，很是懊丧，便把所得的奖品码成一摞，搁在进口处，试图把它们兜售给刚走过来的人。

人头攒动，摩肩接踵。高音喇叭里传来组织者鼓动宣传的声音："……欢迎欢迎，欢迎您来奉献爱心！……您问，什么人能得奖？一句话，没爱心的他就得不了奖！您有爱心，您就有机会得奖！您问：机会有多大？区公证处的公证员端端正正坐在这儿呢，几天以来，光是头等奖富康轿车，他们就公证出了三十三辆！特等奖十一位，每位人民币十五万元！……您刮彩票啦，哟，您说，我怎么哪张都没奖呀？可是您笑了，为什么笑呀？您的爱心，千千万万的残疾人，灾区的灾民们，诚挚地领受啦，爱心开出了香喷喷的花朵，伴您这个好人一生平安，您得的精神奖励还小吗？……当然啦，您再试试，我们设的物质奖很多，光是六等奖电动洗碗机，就有两千台！您得上一台，到家里厨房一放，您的生活，不就更现代化了吗？……哎哟，这位小朋友上台来了，你得了个什么奖呀？二等奖，家庭影院一套？祝贺祝贺！请问你跟谁来的呀？啊，跟爷爷！买了多少钱彩票得的呀？十二张？啊，二十四块钱，就得了这么大一套家庭影院呀？……这家庭影院安置好了以后，先请谁看呀？爷爷？好个孝顺孙子！不过，家庭影院，全家一起看，还可以请朋友一起看，舒服着啦……好，现在大奖台上还有三辆富康车，在等着三位献爱心的朋友，驾着它奔小康呢……咱们加把油，让它们今天下午都开走……"

来买彩票的人，大多数，抱着试试运气的心理，志在必得的，毕竟是少数；不仅是志在必得，而且是处心积虑奔着大奖去的，这天下午现场也许只有一位，那就是住在滨河路10号楼的肖先生，他是个退休的办事员，近来通过贩大米的生意，很赚了些钱；邻里们都弄不清他哪儿进的那一口袋一口袋的大米，也闹不明白如今这温饱无虞的世道里，他倒腾这些个大米能有多大的利；可是肖先生瞄准了外地自炊民工这个潜在的市场，在邻里们不经意的情况下，发展着他的生意。当然，他也在琢磨着如何开辟新的财源。连续几年，春秋两季，区文化宫北门都搞福利彩票发售活动，他回回去细心观察，又在家里反复研究，到这一回，终于策划出了他的夺奖计划。他耐心地等到了这只剩最后三辆车的下午，根据他摸清的规律，彩票是一组一组地往外发售，如果某一组里出现了一个大奖，那么，你就千万别再去买那一组的彩票了；尽管组委会和公证处会为得奖彩票的分组号保密，但你不难从现场新撒得满地都是的废彩票上做出相应的判断。当判断出余下的某一组里，肯定会有大奖时，先要沉住气，如果发现有人从某个发售位获得了比如说家庭影院那样的二等奖，那么就立刻将那发售位的剩余彩票一概排除，因为想必设奖时不会把大奖和二奖密集配置……总之，肖先生决定在关键时刻，看准组别，排除或然率低的出票位，用三万元，将他判定必含大奖的彩票，全部吃下！他自信必能用三万元，换来一辆起码能以八万元转手的富康车！为了这关键的一搏，他已把全家人都动员到了现场，只等他一个手势，便卷毯式上前收购彩票。彩票买到要迅速刮开，一刮出汽车，其余彩票立刻再以一块五或一块钱转手；转手不利也罢，因为一万五千张彩票里，怎么着也还会遇上洗衣机、山地车，以及电饭煲和电动洗碗机什么的……关键是，刮出了汽车，要好好摸那从一到九的数字球，倘若摸出的三个球竟是七、八、九，那时满身怕都罩上金光了！前头得特等奖的还没听说有手气好到这个份儿上的呢，一般是，三个球上的数字加起来过了二十，比如摸出的是六、七、八或五、七、九——那特等奖也就拿定了！哎，摸不上特等奖，那就赶紧把所得的车转卖给约定的买主，大财发不成，小财总是要发的嘛……

且莫管那肖先生如何运筹他的策划。且说老何跟爱女莲弟和贤婿分手后，一时酒足饭饱、心旷神怡，信步走到了福利彩票的发售现场。那小饭馆里的一餐，结账是四十八元，老何听了，心里折算，合多少斤大米，够平时吃多少天，不禁心痛，建煌却还说便宜。莲弟和建煌说，还想去逛逛新开张的隆福寺百货商场，不买什么，亮亮眼睛也好，然后就从那里再到东直门，乘车转回天竺。临分手，莲弟拿出二十块钱，塞到老何布茄克的胸兜里，老何推让，莲弟说：“爹，你不是说这里不远，卖彩票吗，你拿去试试手气嘛！”老何虽走到了卖彩票的地方，哪舍得花那钱，不过是转一转，看看热闹罢了。

老何顶头遇上了小疙瘩。小疙瘩一把抓住他胳膊，嚷：“来得好来得好，快去救救大芝麻吧，他都快急疯啦！”老何问：“急什么疯什么？难道是刮出辆轿子车，不会开，急疯了？”小疙瘩说：“轿子车没刮出来，可他刮出辆山地车！”老何说：“这小子，好手气！俗话说，喜伤心，他是高兴疯了？你打他一巴掌，他就回过神来了么，可还急个什么？”小疙瘩只是拉着老何往里走，说：“他在公证处那儿又哭又闹，说是若不给他车，他就跳河去！”老何不明白，疑疑惑惑地随着小疙瘩去了。

原来，大芝麻先头捏着五张两块钱的钞票，转悠来，转悠去，割心头肉似的，买下一张，刮开看，猪丁，什么奖也没有；嘴里念佛，心里打鼓，再买一张，鸡丙，还是什么奖也没有；接下来，跺着脚买的三张，也都落空；顿时骂起街来。那时小疙瘩已经买过两张，也什么都没有，只是跑来跑去地看热闹，看见有一对穿得挺时髦的情侣，因为刮出一摞彩票也没见奖，互相埋怨，竟至涨红了脸，吵起架来；又看见一个小老头，刮一张，往衣服口袋里揣一张，一连揣了好多张，旁边有人问他：“都有奖？”小老头说：“都没奖，都拿回去作个纪念！”还有一个人，弯腰移动着捡别人扔到地下的废彩票，也不是都要，有的捡起一看又扔掉，有的就留下来，先还以为他是想从那里头捞出张别人扔错的有奖票来，后来听见指点着议论的人说，那是想把彩票上的十二生肖凑全呢，虽说不可能捡到虎甲、兔乙什么的，但丙丁戊己的十二生肖肯定能凑全，那也成了个乐子……小疙瘩看饱了热闹，去叫大芝麻，说咱们撤了算了，大芝麻都跟他往外走了几十步了，忽然又扭身跑过去，掏出张十块钱的钞票，买五张彩票，人家大学生给他五张连着的，他不要，非要隔三岔五地挑，挑到手里，又要换，人家直笑，却也依着他；大芝麻买定那五张彩票，挤出人堆，急着要刮，见小疙瘩伸长脖子一边望着，连说：“别挡亮别挡亮……”转过身子，刮起来，忽然双脚一跳，一声大叫：“龙乙！”龙乙就能得辆山地车！兴冲冲地跑到兑奖处去领山地车，小疙瘩后头跟着……可是，兑奖的却没给他山地车，因为，刮奖的时候，急切中，大芝麻把明写着“保安区刮开无效”的那一小条也给刮开了！……于是闹到了组委会和公证处，人家翻来覆去地跟他讲，违规刮坏的彩票只能作为废票处理，可大芝麻无论如何不能接受眼前的事实……

老何随小疙瘩往组委会那儿去，大芝麻还在那里面赤眼潮地吵嚷，可是已经没什么人理他，这时播音员朗声宣布：“……丰台区来的李先生，得富康车一辆！让我们向他热烈祝贺！这是爱心的回报，是奉献的收获！……现在还剩最后两辆富康车，我们的彩票也所剩不多了，现在奉献爱心，获得精神、物质双丰收的机会最高！各位女士各位先生，各位心怀爱意的朋友，让我们一起加把劲，为这次的福利彩票销售活动，画上一个圆满的句号！好，大家看，一批新的彩票盒又搬上了销售台，我们的特约销售员——勤工俭学的大学生们，他们在这个下午已经连续站立工作两个多小时了，可是他们依然春风满面，只等着您像燕子一般光临！啊啊啊，看哪，那边有人跳跃，是不是又一辆富康车有了爱心主人？……”播音员富于煽动性的声浪，使整个福利彩票的发售场地顿时沸腾起来……

只剩两辆车了！箭已在弦，挽弓待发的肖先生，已知丰台李先生的那张虎甲的彩票是K组的了，又早注意到，仍在发售剩余额度的W组与S组——那是更不可能有戏的“臭票”，而一位女士分明是刮出了一套家庭影院——他那埋伏一边的太太立即打探出是U组的彩票，给他打暗号，这时他女婿又发现B组彩票开始初露，很显然，W、S、K、U各组的彩票都不能买，要当机立断地扑购B组彩票！但三万元的本钱毕竟不能囊括所有B组彩票，而且，你也无法阻止其他人购进B组彩票，因此，又必须沉住气……据他多次核验，一组含有大奖的彩票，几乎都是在投售二十分钟以后，才会有人刮出汽车，所以，少安毋躁……五分钟，七分种，十分钟了！……此时分布在售票桌前的几位家庭成员都在各自的位置上，睁圆眼睛盯着他，只等他把双臂向上举成V状，便马上扭身扑购B组彩票……

事到临头，肖先生犹豫起来。尽管一再掐算过，策划得一粒米上雕唐诗般精微，但依然存在着三万元打个水漂的风险……三万元啊，他出两万，女婿出一万，如果投机成功，分利时大概不至于发生纠纷，倘若打了水漂，那女婿真能像约定的那样，跟他共同承受损失么？

就在肖先生心旌摇曳不定时，他下意识地后退一步，不想撞到一个人身上，那人无意中站在他身后有好一会儿了，俩人撞到后，都扭头互望，一望间，发现原来认识——那被他撞了一下的，鼻子两边有些个浅麻子的壮年汉子，不是绿化队到他那儿买过整袋大米的农民工老潘吗？老潘也认出了肖先生。老潘是个节俭的人，只作了花两块钱买一张彩票的预算，他上午就来过一趟，看见满地是没刮出奖的废彩票，心里发虚，就没买，又转到不收门票的滨河公园里去了……下午忍不住又来转，也没遇上小疙瘩大芝麻他们，东张张，西望望，掂掇来掂掇去，心想若能像上回那样，刮出一套玻璃酒具也不错……要是两块钱白扔了，唉，那可是一顿饭的钱啊！转悠到刚才，又想开了，不就是两块钱嘛！这两天，他和老何在那3号楼下的小花园里干活，楼里的好心人送了他俩好多件衣裳，说是秋凉了，转眼冬天也就到了，让他们拿去穿着御寒；那些衣裳好着呢，老何一件茄克衫，他一件短风衣，今天都上了身，体体面面，哪件是两块钱买得来的？这福利彩票，那广播里说得也对，是献爱心嘛……就在这么个心情下，老潘下定决心，去买来一张，也没忙着刮，走到人稍稀些的地方，站着吁了吁肚里的浊气，才从容地刮开了黑膜；他眼神不好，把那张刮开的彩票放近挪远地仔细查看，那刮开的框子里，画着一个张着大嘴的虎头，虎头边写着"虎甲"；"虎甲"能得个什么奖呢？他竟好半天懵懵懂懂地，头脑里一片空白……后来忽然想起，"虎甲"是头奖，是富康车！真是买来头奖了么？他并没激动，而是怀疑；正在那儿发愣呢，猛地被人撞了一下，定睛一看，啊，肖先生！正好正好！他便把那张彩票递给肖先生，憨憨地问："肖先生肖先生，您给看看，我是不是中了奖？"

那肖先生接过那彩票，不看则已，一看不禁魂飞魄散，几乎当场栽倒地上，三魂七魄滴溜溜旋风般狂转了一阵，好不容易才附身归窍，他把那张彩票捏得紧紧的，瞪着老潘，喘吁吁地问："你、你、你……你这彩票哪儿来的？"

老潘指着一个方向说："那边刚买来的呀！"

肖先生晃晃头，再细看那张彩票，当然是张真彩票，确实是虎甲，是得大奖富康车的彩票，彩票的保安区没有误刮，是张马上就能去领车，并参加摸数字球，争取十五万元现金特等奖的，他期盼已久的彩票！他进一步细查细看，呀，竟是张U组的彩票！刹那间，他费尽心思、精密策划的扑奖行动，被轰然击为了碎片……

正在犹如万箭穿心、痛不欲生时，他太太急匆匆跑拢他身边，质问说："你怎么回事？干什么呢？发什么呆？……咱们买不买呀？"

肖先生如梦初醒，赶紧抖擞精神，指挥他太太说：“别买了别买了！快跟他们几个说，都别买了！你们也别走，都先到那边润肤膏广告牌底下集中，我一会儿找你们去！”他太太小跑着去了，他伸直腰板，清了清嗓子，搂住老潘肩膀，亲切地说：“潘师傅啊，恭喜恭喜……来来来，咱们到那边僻静处，合计合计……”

俩人走到一个略微僻静点的地方，肖先生已然完全恢复了经营大米生意时的那股子精明劲儿。他拍着老潘肩膀说：“好呀好呀，好手气呀！怎么样，去登台领奖吧！准备好两万八千块钱了吗？”老潘听不懂：“什么？不是得了辆车吗？怎么，它值两万八？”肖先生微笑着说：“是呀是呀，是得了辆富康车啊，那车，在汽车市场，卖十四万呢！你这张彩票，得了辆价值十四万的车，按照国家规定，超过一万元的奖品，要交百分之二十的税，可不正好两万八吗？你交两万八，汽车开回家，那汽车就按出厂价，八万五算，你还净赚了六万多呢！真是可喜可贺啊！”老潘还是糊涂：“我得大奖,怎么还要交钱？两万八？笑话！我有两万八，我还买什么彩票？”肖先生笑着说：“你哪里知道，我们城里多少人，都做着拿着两万八换辆富康车的美梦哩！这大奖车，光交这份税钱就行了，其余的这个附加费那个附加费，全可以免了！啊，只是上牌照，还得花上万把块……”老潘一听傻了，摸着后脑勺说：“呀，是这么回事哟……唉，我还不如刮出辆山地车哩！……我哪儿有钱交那个税！还有什么牌照……你说的可是真的？”肖先生这才把那张彩票交回老潘手里，说：“我骗你做什么？你去吧，去呀，领奖去吧！我等着大喇叭里播你的大名哩！”老潘接过那张彩票，一时竟觉得是捧着了一只刺猬。

肖先生看老潘憨得厉害，简直忘记了或者根本就不知道，得了这彩票，还可以去摸数字球，有三分之一的另得十五万特等奖的机会；他望着老潘，不提这个茬儿，猜测老潘的心理活动；倘若老潘猛然想起，还说不定另得十五万呢，交那税钱算个什么问题呀？他就再用别的逻辑，来说动老潘转让那张彩票；可是老潘显然并没有更多的欲求，看样子心里掂掇的，只是能以多少钱转让，遂更凑拢他些说：“为难了么？是呀，你付不出税金，你也不会开车吧？什么上牌照呀，上保险呀，通过年检呀……手续麻烦着呢！要不，这样吧，你把这张彩票卖给我吧，实话实说，我喜欢车，会开车，我那楼下也有停车的车位……潘师傅，你开个价吧……”老潘一听，先是一阵高兴，因为对他来说，那倒是个省事的法子；可让他开价，心里却又嘀咕起来了，他还真算不过账来，既怕说出的钱数让人耻笑他贪心，更怕说少了自己吃亏……这时广播喇叭里又在哇哇地叫，肖先生模模糊糊感觉到是在宣布又有人刮出了大奖，老潘只以为是宣布这发奖的活动就要收摊，两个人都紧张起来，也顾不上细辩说的究竟是些什么，只感到耳朵里轰隆轰隆地响，仿佛有火车朝自己心口奔了过来，肖先生催他：“快决定吧，多少钱出手？……这车其实是厂家捐出来的处理品，说是值十四万,故意要那么说就是了！就是上好的新车,出厂价也不过七八万罢了……可手里拿着七八万的人，他用得着到这儿弄车？直接到厂里找关系买下不就结了？……我知道这里的行情，买到你这样彩票，又不想麻烦自己的主儿，转手让出去，五万到头，四万的也有，三万的也有……待到所有彩票卖完，人一散，那就想转让也没人理了，只好自己去领那个累赘，求亲告友借钱交税的也有，不会开车雇司机开车，白费好些钱财的也有……最后收下两万让人快把车开走的,也有……你快拿主意呀！要不,你就快上台,戴那献爱心的大红花去！……”老潘咬着嘴唇，也没听全肖先生的话，心里头转悠着的念头是，绿化队要裁外来工，这城里怕是待不下去了，一早还跟老何说过，若是刮出个大奖，就爽性发财还乡！家里房子该翻盖了，怎么也得两万块钱，老伴身上那瘤子，早该动手术，缺的就是那万把块的手术费么，归里包堆，若一下子能有三万块钱，也算得一笔横财，家里的难题一次全解决了！……想到这儿，他挺挺脖子说：“那，我也不多要，三万块，三万块我卖你这彩票……可你得给我现钱，不能给我假钱，要一次给足……”肖先生一听，如闻仙乐，喜得满脸漾着笑纹，忙说：“好好好，潘师傅真是个爽快人！我就爱跟你这样的爽快人打交道！一言为定，三万！到我家，如数给你，你细细地点，一张张验——我家有红外线防伪验钞灯，我做生意，对假钞比你怕得厉害……我坑你干什么？咱们就此交个朋友嘛！我那儿的大米，你赶明儿个想要就来白拿！……”

肖先生和老潘谈妥彩票转让条件，立即付诸实施。他去把那彩票交给女婿，让他上台通过公证，并准备摸那数字球，博取那十五万特等奖；自己和太太提回三万块钱，把老潘领回不远的家中，让老潘细细地清点，并让他一一在红外线验钞灯下检验。老潘头一回一次摸点到这么多钞票，而且都是百元大钞，其中不少还都是新钞，心里高兴得发起紧来，不住地大口吁气；肖先生肖太太茶水糖果招待，又耐心地教他使用那验钞灯，还送他一个很漂亮的，说是用什么"太空布"做的，刀子割不破的，可提可挎的男用随身包，以便他把那些钱拿走；老潘非常感动，觉得自己真是遇上了好人。

当老潘去往肖先生家时，老何已经把大芝麻劝了过来，跟小疙瘩一起，撤离发售福利彩票的场地。当时那地方的人群正蜂飞蚁聚般涌动，抢购最后几组彩票的，领取二等以下各类奖品的，连连降价出让小奖的，低头忙着刮奖票的，等着看最后两辆车落于谁手、摸数字球拼特等奖热闹的，拿着"大哥大"通话的，还有除了他们自己谁也弄不明白为什么在那里游来逛去的……老何和大芝麻小疙瘩好不容易才摆脱了过江鲫鱼般的人流，离开那里，待走到护城河边，周围才清净起来。老何跟大芝麻说："凡事都是命里该着，本以为归了你的，又从手指头缝溜了，命里常有这样的事，不稀奇，经惯了，也就看淡了，该怎么过，接着往下过吧……"大芝麻不吭声，一脚把路人乱扔在河岸边的易拉罐，狠狠地踢进了河里。小疙瘩在马路上走，一辆卡迪拉克加长豪华车从他身边嗖地飙了过去，把他惊得一跳，小疙瘩朝那远去的汽车屁股啐口痰，骂道："你他妈的暴死的命！"

三个人溜溜达达，顺着护城河走，前面那个俱乐部，天还没黑，门面上的霓虹灯便桃红柳绿地闪烁，还有蓝白的电光来回滚动扫描；这时门口已经停着些小轿车，到天黑以后，有时候那门前停车场不够用，豪客们的泊车就一直延伸到河边马路的人行道上。小疙瘩问："究竟那桑拿，是怎么个洗法？"老何从没想象过，大芝麻从来没能想象出来，都不理他。

三个人又在河边看了一阵钓鱼。河水很浑，发出的气味有些个像放馊了的稀粥，但每天还是有些人耐心地在河边钓鱼。他们看了几位放鱼的小桶，有的还空着，有的里头只有手指头那么大的一两条柳叶窜。小疙瘩说："不知道老严在咱们门外钓着什么了。"大芝麻说："他呀，至多还不是这么几条鼻涕虫。一毛钱卖人喂猫，也没人要。"大芝麻能这么答话，说明他心里已经彻底告别那辆山地车了。

街道办事处的魏科长，管他们绿化队的，这天在办事处值班，提前撤了，骑个自行车回家，路上顺便到民工宿舍去看了看，里头空无一人，因此遇上了在河边溜达的老何等，就下车批评他们说：“你们也该改改那农民的自由散漫劲儿！星期天休息，就一窝蜂地都出来逛啦，连个留下值班的人毛都没有！那不仅是宿舍，也还有花窖库房什么的，公共财物丢失了是个事儿，你们自己的那些个粮食，就那么搁在床头，屋门也不锁，院门也不关严，若是有人去给你们放个毒，出来事儿，我可是不管！”见三个人木木愣愣地站在那儿，没个回应，就又说：“你们哪里知道，上头通知了，现在是第四次犯罪高潮，各单位都要特别加强治安保卫工作！看你们这模样，是刚从卖福利彩票那地方过来吧？手气怎么样？一个个闷闷的，空着手，可见都没运气。有运气又怎么样？跟你们说吧，就有那犯罪团伙，本地的也有，外地流窜来的更多，专盯着那些个得大奖的，抓出十五万特别奖的主儿，他们若是没个警惕性，一个不留神，说不定就乐极生悲！那些个心狠手辣的家伙，发了横财的他们要谋害，一般的人，甚至你们这样的，他们打草捎带着搂兔子，赶上了也不放过呢！你们就大大咧咧地空着屋子院子闲逛荡吧，不出事则已，出了事，哪儿哭天抹泪去？唉，你们这些人呀，早知道你们这么散漫，我都该换成城里的下岗职工！”老何他们都怕被他裁减辞退，就都一副驯驯服服的表情。其实，前些天，也是在那文化宫里，举办大型的人才交流供需见面活动，他们街道办事处也摆了个摊位，挂着大告示招下岗职工来绿化队，结果竟连一个来问两句咨询咨询的都没有。魏科长当然不能让老何他们知道这个底，挺胸腆肚地只是数落他们，见他们还真有些个发怵，心中颇为得意。

等魏科长骑车走远了，小疙瘩撇嘴说：“值班？值什么班？人家哪儿不是双休？就咱们，只休一个星期日！听说有那么个法，劳动法，人人都该双休，魏科长他不让咱们双休，他犯法！”大芝麻说：“我要捞了辆山地车，兴许会有贼偷去，现在贼去偷什么？偷老严里屋那些个破烂？”老何说：“算了算了，舌头不累？他魏科长也是好意嘛。”

三个人就往宿舍走。走过那霓虹灯闪烁的俱乐部时，小疙瘩和大芝麻走到前头去了，老何脚上鸡眼作怪，落在后头，他眼睛随便一晃，看到一个人，西服革履的，头面光光，好像是刚从一辆出租车里下来，手里握着个看不真的“大哥大”，在继续跟什么人说话，那身材，那眉眼……该不是丢丢吧？偏那打电话的青年，也往他这边一望，结果那青年就想也没想地，两脚一并，电话离了耳朵，对着他，嘴巴张了两张，虽说听不见，但分明是吐出了一声呼唤：“保保！”老何站定，眯起眼再认，那青年却又恢复了打电话的姿势，而且，很快地，消失在了俱乐部那两扇厚厚的大门里。老何呆呆地望着那两扇门，脑子里飘过一串子想法，足有两分钟之久。

傍晚

老何中午油水足，晚上不想再做饭，老严煮好一锅鱼汤，端来非要老何尝尝，那鱼是从护城河里钓来的，正如小疙瘩所说，不过是些个“鼻涕虫”罢了，能熬出个什么味儿来？老何实在不想喝，不过他知道老严的脾气，倘若他请了你，你不喝，他能不管不顾地把汤泼到你身上，所以犹豫了一下，就取过自己的碗，让老严给他倒了大半碗，喝时不由得使劲闭了闭了眼睛；老严看到老何那副表情，并没发火，只是转身进了里屋，把汤搁到床边一个破木箱子上，抱过蜷缩在床上的一只小猫——那是他下午在河边捡到的一只花狸猫，显然已经流浪了很久，浑身脏得可以跟他媲美——就一屁股坐到床上，一手搂着那只饿猫，一手端起那外壳黑乎乎的独把汤锅，自己喝一口，喂狸猫一口；又拣出小鱼，送进狸猫嘴里。老何走进他那屋，跟他说：“味道不错。”他也不理。老何就又回到外间，自己的床边。

老何见老潘在收拾他那床铺——他俩的床挨着，每晚俩人头对头地睡，入睡后，往往一起打鼾，你嘶我吼，此起彼伏，为此常遭到同屋民工的抗议与嘲笑，有一回，被他们鼾声吵得无法入睡的伙伴，气愤地往他们床铺上扔破炕笤帚和臭袜子，他俩居然只是翻了个身，照打不误；俩人如此贴近地相处，日子久了，往往是，一个动作，一个眼神，便能猜准对方的心思——老何觉着老潘这天下午不大对劲，心事重重，盘算着什么，却又总拿不定主意，但似乎又不是遇上了什么糟心事，偷偷地，还抿嘴一笑……他也不烧晚饭，此刻收拾床铺，不像是要早睡，倒像是要卷铺盖整理行装一般；当然，老何早注意到，老潘回宿舍时多了个装满东西的，时下城里男人使用的那种随身包，那包被他搁到枕头边的粮食口袋下压着后，老潘就始终没离开过他那铺位左右。那时宿舍外屋里没有别的人，老潘心神不定中，跟老何对了个眼，又越过老何肩膀，朝里屋老严那儿望了望，再转身隔着窗玻璃望望外面——当时大芝麻在灶房里，还有些民工吃完了在花窖边打扑克玩拱猪，小疙瘩则又跑到外头闲逛去了——便凑拢老何耳边，把他买到头奖彩票，以三万元转让给了肖先生的事，大略地跟老何讲了一遍，并说，现在心里有点乱，定不下来，是明天一早回家呢，还是今晚就走；他记得晚上九点二十八分有趟火车，坐一晚，明天一早就到县城，中午稳到家了；明天一早走，这边比较方便，可到县城时该是晚上了，回家很不方便，闹不好，得在县城里住店……他委托老何，他走后，再替他跟魏科长说一声，就说家里老婆急病，赶着回去了；过些天他主动打电话来问，倘若这绿化队还要他，他就回来接着干，若裁了他，他就回来拿趟行李。

老何听到老潘发了横财，心里既不羡慕，也不嫉妒，也谈不到为老潘高兴，那毕竟是老潘的事，与己无关。他从回到宿舍后，心里头，就只转悠着他自己一家骨肉的事情，莲芳天天下田种地，还要拉扯两个娃儿，已经够苦了，那德光却惹下大麻烦，倘长颈鹿真是非把德光送进监狱，莲芳的日子怎么过？拿三千块打点镇上管事的，设若那些管事儿的胃口太大，怕还了不了事啊！莲蓉和志雄这时候往城里跑什么？也难怪，他们欠的那笔化肥钱，人家追得紧啊！莲弟和建煌虽说局面不错，总用那“蹦蹦床”挣钱恐怕也不是个常法……唉，最让人灰心的是福多，看来幺妹仔和我们老两口福气都不多！当时怎么就偏入赘了他！弄个中巴跑长途客运，那是个简单的事吗？跟什么人合伙？村里歪人不少，福多偏会跟他们称兄道弟，弄不好，本钱收不回，还会被人坑！交超生费么，倒是应该的，只是他定能让莲锦怀上男娃儿么？……老潘的坦白和交代，和老严的那锅鱼汤一样，打断了老何的心思，不过，对老潘信得过自己这一点，老何还是满意的……

忽然，有刺耳的警笛声，呜哇呜哇地，由远而近，越来越近，并且那警车像是沿着护城河，打从绿化队门前经过，凄厉的警笛声非常强烈，连宿舍的窗玻璃似乎都随之嘎啦嘎啦震动起来；转瞬，警笛声渐渐转弱，警车一定是飞快地驶往哪个出事的地点去了……

听到那警笛声后，老潘不禁把那藏在粮食口袋下的随身包，取出抱在胸前。他对老何说：“不行，不能明天走……我这就走吧！……晚上他们问起，你就说你也不知道……不，你就说我家里有急事，赶回去了……”老何望着他，且不发表意见。但警笛的呜哇呜叫，让老何想起了下午魏科长说的那些，什么第几次犯罪高潮，犯罪团伙，外地流窜来的更多，他们会打草捎带搂兔子什么的……他就朝老潘点了点头，并且多余地问了一句：“你买票的钱够么？”

老潘还在作最后的盘算，这时只听院里传来小疙瘩急急切切、惊惊咋咋，大声散布消息的声音，老何先走出去，老潘随着也出去，只有里间的老严，就着煮鱼，喝着烧酒，抱着那在他怀里打呼噜的脏猫，不闻不问。

院子里，大芝麻等，七八个民工，都围着小疙瘩，只见小疙瘩手舞足蹈。嘴里溅出唾沫星子，在那里散布马路新闻，其实他也是刚从河边听来，却讲得绘声绘色，就仿佛那事情发生时，他就在跟前一样：“……哎呀呀，不得了……是个穿皮茄克的，男的，矮胖子，三十多岁……身上让那些人扎了好几个窟窿呀！幸亏他油厚，没死，给送医院抢救去了……为什么？那还用问吗！是在银行门口，也不是紧挨着银行，差不多还有几十步路吧……哪个银行？还能是哪个，就是这护城河尽头，咱们都有折子的那家呀！……那还不明白吗？他是得了特等奖，交完税，去银行存那钱啊……你以为那彩票财就那么好发呀！听说他是花了好几万，才刮出一张虎甲啊，又去摸那球，运气贼好，摸出了七、八、九三个球，就赢下那十五万啦！……是呀是呀，人也别太得意了，嘿嘿，原来有那厉害的，早盯着他啦，人家有在现场的，有用那‘大哥大’，如今叫‘掌中宝’，巴掌那么大，在远处指挥的，那叫遥控啊！……对对对，他哪儿想得到啊！就在他都快走拢银行了，忽然前头冒出两个，后头堵着两个，二话没说，四个人配合着，抢他那装钱的包，说是什么‘太空布’做的包，不怕刀割的，嘿，人家不割那包，割他的肉，当时他就给放倒在那儿了，滋出一地的血！……有没有人管？那儿僻静，过来过去的人少……当然，好人还是有的，有的发现了，去报案，有的叫上出租车，把他送医院……能不能活？那你问老天爷去吧！……有人远远看见，那几个抢他的，跑过桥，也是叫的出租车，坐着走了……都坐出租车呢，出租车见人招手，就得停，就得拉啊，不拉，叫拒载，人家告了，要倒霉的！……什么，别扯远了？你要我扯什么？扯布给你妈做棉袄？……当然啦，刚才不是警车刚追过去吗？北京呀，容得了这么张狂吗？天还没黑呢，二环路边上,就敢这么抢劫！都是些不要命的家伙？……哪儿来的？我要知道，警车先把我装走罗！……”

小疙瘩还在那里眉飞色舞、高谈阔论，老潘已经返回了屋里，那装钱的“太空布”包，抱着也不是，挎着也不是，提着更别扭……心里只叨咕着:走，走，快走，快走……

老何听了小疙瘩的报道，心里顿时响起“保保”的唤声……他把种种关于自己一家的念头都抛到了一边，转身折回屋里，一见老潘那副模样，就窥透了老潘的心思；他略一思索，就从自己床底下，掏出一个皱巴巴、脏兮兮的旧旅行袋来，且不跟老潘过话，从老潘手里，有点强夺似的，把那“太空布”做的包，装进了那旧旅行袋里，拉拢拉锁，再递给老潘，老潘立刻明白了他的用意，眼睛里喷出许多的谢意。老何跟老潘使个眼色，俩人便一前一后出了屋，那时众人还都围站在小疙瘩周围，听他演说解闷，谁也没注意到他们的离去。

出了绿化队的院子，走出一百多米了，老潘跟老何说:“你回吧。后会有期，我也不多说谢字了。”

那时候天开始暗下来，但河边遛弯的人三三两两，马路上也时有骑车的人和小汽车驶过，风把还没褪绿的垂柳丝吹得轻轻摇摆，近处的花丛旁有青年男女搂搂抱抱，远一点的地方有老年秧歌队在敲着锣鼓点扭动，一派太平景象。可是，老何却对老潘说;“我送你去车站。你上了车，我再回来。”老潘听了，心里不是感动，而是微微有些诧异。这何必呢？……他站在那儿，不挪脚，坚决要老何回去。

老何心里，只想着，保保，保保……我是要保一保老潘啊，要保一保……他回到家里，我保不起，可这离开北京的一路，万一……看见是我跟他在一起，必不动他……保保，保保……

老潘不明白，老何为什么非要这么彻底地送他，难道是想，谋点酬劳？自己既然有了那么多张百元大钞，是不是拿出一张两张的，送给了老何呢？可那是不是，对他自己，对老何，都太过分了呢？

夕阳的余光中，老潘望着老何的眼睛，那眼神他猜不太透，但充盈着善意，没有可以挑剔的成分……他于是挪动了脚步，算是应允了老何的陪送。

老何脚底板的鸡眼又作起怪来，但他努力跟上老潘急匆的步伐，肩并肩地朝通往火车站的那路公共汽车站的站牌下走去。

1999 年 3 月 24 日，写毕于绿叶居

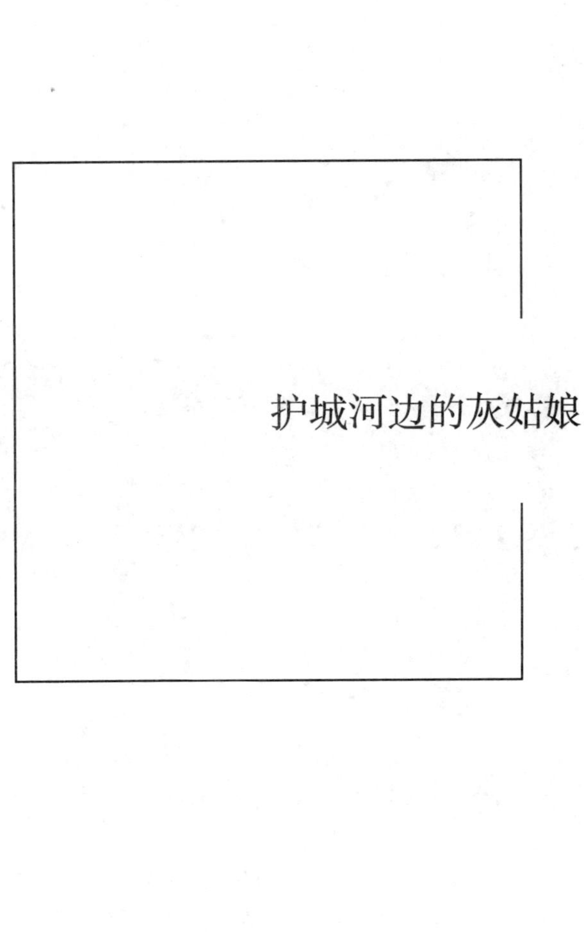

护城河边的灰姑娘

把化验单递给了大夫。大夫看了一眼，说："住院检查吧！"

彩妹还没回过神来，太太已然惊呼："什么？为什么？……门诊手术不行么？"

大夫眼也没抬，只是说："不住院细查，怎么能断定是良性？门诊手术怎么能乱做？出了问题谁负责？"

彩妹问："住院……多少钱？"

大夫答："先放一万押金吧！"

太太再次惊呼："一万！"

大夫这回抬起眼睛，看了太太一眼："你女儿……他们单位参加大病统筹了吧？"

彩妹说："她不是我妈……她是太太……"

大夫再抬眼，这回眼光停在太太的胖脸上没马上挪开："太太?！"

太太便解释说："彩妹是我家的小保姆……她叫我太太……不是'老爷太太'的那个太太，是……她今年十八，她妈十六岁生的她，今年才三十四……她奶奶今年才五十一……我是个退休的教书匠，今年六十七了，按辈分算，我比她奶奶还高一辈……有的地方叫祖祖,有的地方叫太太……她愿意叫我太太……"

大夫垂下眼帘："原来这样……那你们自己合计吧……反正现在不敢给她做手术……我这也是为了负责……"

……出了医院，太太和彩妹一时都没说话。俩人若即若离地走出了医院所在的那条小街，来到了热闹的大街上。

太太很为难。脚下再挪不动，嘴更张不开。

彩妹明白太太在想什么。她说："太太，您别为我担心……我就先辞了工……回老家去……再想办法……"

太太松了口气，爱怜地望着彩妹，说："……一万！连我们也住不起！……你脸上的这瘤子，总不管它也不是个事儿！……怎么这几个月里头，眼看着它在往大里鼓呢！……实在不是我嫌厌你……拖下去，我们也负不起责……"

彩妹坦然地说："闹不好，能传染给你们。"

太太脸红了，摇头，说："不不不……这东西恐怕是不传染人的……我是为你想，也许，回到小地方，镇上卫生院什么的……一样有不错的、负责任的医生……那收费会少得多的……"

彩妹低着头："唔……"

马路对面，过了人行天桥，有一家"麦当劳"。太太说："彩妹，走，我们去一回'麦当劳'……"那口气，有点像共约赴汤蹈火似的："……我请客！"

"麦当劳"的这家分店开业有半年了，太太并没进去过。彩妹连进去一趟的想法也没产生过。太太既下决心，彩妹当然不拒绝。

……下午三点多钟，按说大人多在上班，小孩都在上学，可"麦当劳"里还是有不少食客。

太太给自己只要了一只麦香鸡汉堡包，一杯红茶；却给彩妹要了一份包括巨无霸汉堡包、大号炸薯条和大杯可乐的套餐；彩妹道了声谢，先是尽量小口，后来便禁不住狼吞虎咽起来。太太望着彩妹左脸颊上那触目惊心的瘤子，反胃，叹息，想再说点什么，说不出来；心想：瘤子边缘还算齐整，该还是个良性的血管瘤……常规检查得不出恶性的结论……可大夫也有他的道理，不住院细检观察，怎好贸然割掉！……这彩妹本来就不水灵，一米五出头的小个子，体形还有点横胖，五官原来勉强过得去，左颊那儿原只不过是豌豆大的一个红痣，现在……像飞来个紫红的知了，趴在她脸上再不想走……唉唉……这餐"麦当劳"只当是跟她道声"对不起"……实在是爱莫能助了啊！……

彩妹把套餐吃得星渣不剩，可乐也喝得干干的，满足地舔着嘴角。

"还……再来点吗？"

“不不……谢谢您啦……真的……您待我太好啦……”

太太便从钱包里掏出一张百元一张五十的票子，递给彩妹：“……收好！……你要是……实在需要我们帮助……你就再来按我家门铃……”

彩妹这一年多，每天下午五点去太太家，为太太和太太老伴老两口做一顿晚饭，也兼干点别的家务活；晚饭当然一起吃；工钱是每月一百五。到这天，这个月并没满，太太仍给彩妹一百五，再说，到医院看病，挂号、化验全由太太花费，对此彩妹确实感谢。这天太太让她早来，一起去医院，彩妹就猜出来，有辞工的可能；但没想到会在“麦当劳”里“两清”……

“你在别家的工……我不便干涉……可我真是希望，你先回家去……”

彩妹忘记了先前安慰太太的说法，挺直腰，抹抹嘴，坦然地说：“……还剩两家没辞我呢……能干什么先干什么吧！……回老家我能有什么办法？在这儿……也许我能挣出住院做手术的钱呢！”

太太张开了嘴，可顿了一下，把蹿到喉咙的话又吞了进去。彩妹不住她家，跟同乡的姑娘合租着城里人盖的“小厨房”，虽然那“床份儿”钱一月好几十，可彩妹这样的农村姑娘进了城，一般并不愿意住到一个雇主家里，只挣一家的钱——给的再多，能多到哪儿去？——她们大多愿意以一家为主，然后用剩余的时间，再找一些雇主做钟点工，按小时算，行情到目前大约是每小时二元左右，这部分收入加起来，往往超过了比如说在太太家固定做事的数目——不过，当然，这部分的工作时有时丢，不稳定。太太细想了一下，自己只是想辞掉彩妹，以卸可能会派生出的莫名责任；彩妹还想继续在北京奋斗，且由她好自为之……

两人在“麦当劳”门口分手。太太没朝自己家的方向走。她是去街道办事处的家庭劳务介绍所，以求再物色到一位保姆。这彩妹并不是从那介绍所来的；彩妹是辗转由私人推荐来的；如今从农村流入城市的劳动力，约有一半是并不靠职业介绍所一类机构，而是靠先来一步的老乡，利用他们与受雇单位或单独雇主的关系，推荐试用，获得工作的。太太这回决定不再靠亲友邻居推荐，而是从“正规”渠道去雇一个新保姆。她边走边想回头望一下，可终于没有回头望。她想到，彩妹在她家厨房里，甚至当着她的面也会把锅铲什么的落到地上，“咣当”一声吓她一跳……“彩妹是个漏手！……是个漏手！……”把思维烙实在这一点上，她心里松快了一些，也就再不想回头了。

彩妹却朝太太家所在的那个方向走去。那是位于护城河边的一片居民区。彩妹在那个居民区现在还剩有两家“钟点工”雇主。所约定的时间，都不在每周的这一天这下午时刻，可彩妹还是往那边走。

到了护城河边。这是古老都城仅存无多的护城河残段。十来年前有过一番疏浚修整，现在河道两岸有水泥墙的护壁，沿河两岸各有一条绿化带，再往上，高处，马路边，又有一条绿化带；绿化带中的树种主要是垂柳，灌木则主要是单瓣月季；这护城河应当说基本上是个美丽宜人的所在，可惜的是其中的河水还是免不了被污染，除了从泄水管中冒出的脏水，路人抛入其中的种种废弃包装物，更是刺目的“痈疽”……不过彩妹虽常在这护城河边走来走去，却从无什么欣赏其景色的心情；她那故乡的小河，还有那些树林、田原，比这护城河漂亮多了……

护城河边的马路与人行道上，车辆行人都不多。初秋时节，下午的阳光暖意十足，却并不灼人，彩妹身上笼着酥软的热气，脸上的那个瘤子，痒痒的。

护城河边等距地排列着十座居民楼，两端是十八层的“大裤衩”形状的塔楼，当中是十二层的“大板楼”。彩妹朝其中一座“大板楼”走去。她乘电梯到了十层，按响了一家的门铃。

里面门铃的响声，彩妹听得很真切。可好一阵都没人来开门。彩妹懂得，这些个雇主都不喜欢你连续地按他家的门铃。她重按一次时总是非常地谨慎。她估计到门上的窥视镜那头，已经有雇主的一只眼睛在朝外勘察，她便顺下眼帘，身体一动不动。

她等着防盗门上的拉锁响。果然响了。门开了约三分之一，里面是雇主，也是一位相当于太太的退休妇女，可是这位瘦小的女士不让她称太太，而坚持要她称阿姨。彩妹几个月来，每周三上午八点半至十点半到她家来干活，内容包括洗衣服（该家虽有洗衣机，但需先用人工将衣服的领、袖及其他脏处搓一遍，再放入洗衣机处理）、收拾卫生，以及将主人家买来的鸡、鱼收拾清爽，等等。

“孟阿姨！……”她主动招呼着。

孟阿姨满脸不想掩饰的不高兴，被皱纹裹得紧紧的小眼睛瞪成两个正三角形，不仅没往里面让她，握着门锁拉环的手还把门的开放度缩小了一些，愠怒地说：“你怎么现在来这儿？我不是跟你说过多次吗？除了我们商定的时间，你不要来按门铃！……其实这也不是光针对你……我们家对未经事先约定的来访者，是概不接待的！……”

彩妹抬眼望着孟阿姨。并不怎么吃惊。这位孟阿姨从未对她笑过。不过工钱倒是严格地按钟点算给她，比如说她某一天十一点才把活干完，那孟阿姨便会按两个半小时，给她五块钱。有时候她干到十点钟便把孟阿姨交代的工作干完了，那孟阿姨便会搓着手，想出一种可做的事来，让她干，以使她能做满两小时；有一回加了一件事，还剩十多分钟，孟阿姨便又让她擦皮鞋，她觉得还可以再擦时，孟阿姨却坚决要她停止，说：“我不能让你白干，我也不愿花更多的钱来让你干，所以你到此——STOP！”“STOP！”是彩妹在孟阿姨这儿学会的一句英文。孟阿姨说得最多的一个词儿是“市场经济”。彩妹从未听懂过孟阿姨的那些“咱们按市场经济规律办事”的逻辑，但她却从中意会到不少的东西。

“……你来有什么事？”孟阿姨脸上的两个等边三角形抖动着。

彩妹便把一经太太辞退时便产生的想法吐了出来：“阿姨，我是想问问，您能不能……以后……多让我干点活儿……上回我听您跟孟伯伯说，想找个每天到早市给买菜来的人……我能起得老早，能买来最便宜的菜……我是不会贪污菜钱的……”

孟阿姨一眼将她觑破：“别家把你辞得差不多了吧？你想从我这儿把损失掉的找补回来？……可你脸上的瘤子眼看着在膨胀！这叫作‘进行性血管瘤’！……从市场经济的供求关系上说，你这样一种状况，当然会失掉卖方市场……而从买方市场来说，既然可以从容挑选，那为什么非要选取这样一个不健全的劳动力呢？……你懂吗？”

彩妹忽然感到脸上的瘤子火烧火燎的。

“……我不能雇你每天一早买菜……不过，我暂且还保留你每周两小时的钟点工……市场经济是既要讲……又要讲……的！……我们虽然并没签约，更没公证……可我不想轻易改变原来说好的半年为期……这也是出于人道的考虑吧……”孟阿姨这些话钻进彩妹耳朵眼里，蠕动着，往她脑袋里爬，但很难爬进去……彩妹只觉得心头有个大虫子在拱，那是她自己的虫儿！

彩妹猛地抬起下巴，朝着孟阿姨脸上的那两个等边三角形，说：“按市场经济……我不想在您这儿干了！我不会再来了！您也别什么……道……什么考虑……了！”

说完，彩妹转身就走。彩妹自己吃了自己一惊。她也不知道自己怎么会忽然这样。孟阿姨的这一惊更非同小可；这戏剧性的转折太匪夷所思，她不禁对着彩妹脊背大喊：“彩妹！你等等！”

彩妹没去坐电梯，从楼梯往下跑，就像有只可以伸得无限长并且能拐弯的手，在她身后追着抓她后脖领子似的……

喘吁吁地冲出了楼门，楼外的光线刺得她睁不开眼，她把右手遮在额头上。

心里很乱。她茫然地顺着河沿走。猛然看到一个人，就在眼前。

那是蚓蚓。脏兮兮的。一条腿歪着。

怎么会撞到了他跟前？

蚓蚓是同乡。两家所在的村子只隔着一条小河。那河里总有成群的鸭子和狮头鹅在游动觅食。她满十六岁那年，听见爷爷和爹爹在议论她的婚事，奶奶妈妈也在一旁；他们想把她嫁给谁呢？就是这个蚓蚓。妈妈没吱声，看样子虽不满意，也不想阻拦。只有奶奶高声抗议：“蚓蚓？他那条腿啊！胎里就歪啦！彩妹嫁谁不行，嫁他？！”

她当时心里也没怎么太难过。因为她知道只要她敢犟到底，爹爹到头来也不至于牛不吃水强按头。

她听见爹爹大声地跟奶奶说：“娘，哪天您去看看他家给蚓蚓盖起的楼！不是随便哪个腿直的后生都能有那么个楼的！”

她过河去看过蚓蚓的那栋楼。耸起来了，完工了，可是还没粉刷装修。确实挺气派。

后来她来了北京。再后来蚓蚓也来了。蚓蚓家出了祸事，他那楼顶给别人家了。蚓蚓来北京，在护城河边拾上了破烂。拾破烂，主要是拾废纸和能回收的瓶罐什么的，居然可以挣到比当保姆还多的钱。彩妹知道这情况后，心里很不忿。然而她可绝对不愿意拾破烂。

护城河边有一列垃圾桶。蚓蚓每天下午都赶在垃圾车来敛垃圾之前，翻腾这些个垃圾桶。河边楼里人家大都小康，经常会购进些用大小纸箱纸匣纸盒包装的东西，那些不想保留的纸制品便当作垃圾扔掉，而且瓶罐也多，因此“含金量”颇高。这里已成蚓蚓的“势力范围”，为此他付出过旁人难以想象的代价，可谓得来不易。

蚓蚓拥有了一个平板三轮车，就好比出租汽车司机拥有自己的“的”一样。

此刻蚓蚓的车上已堆积着不少的“战利品”。他隔老远便看见了彩妹。和以往看见彩妹一样，他脸便发热，心里有蚂蚁在爬。他常和彩妹在这护城河边邂逅，但以往彩妹要么真是看不见他，要么即便瞄见了他，也赶紧把眼光移开，从他身旁过时脚步必走成一个大弧线。他曾喊过：“彩妹！老乡啊！”彩妹头也不歪，嘴角也不歪，竟置若罔闻。蚓蚓便下了决心，要发个大财，先给这彩妹看。

彩妹这回不知怎的，没老远就走弧线，并且及至走拢，猛然刹住脚，瞄了一眼，发现是蚓蚓后，没有不屑地将眼光一移便再不回顾，而是一瞄之后，眼光闪开，复又回转，并从上往下扫了一遍……蚓蚓正惊诧间，只听彩妹说了句：“该打气了哇！”

彩妹不知怎么消失的。蚓蚓沉浸在她那句话里，好久好久，仿佛醉了似的。一辆大巴从路上开过，庞然身影掠过蚓蚓，他才回过神来。细一寻思，才知彩妹是说他那三轮车的一只轱辘瘪了。闭眼一回味，彩妹的整个人形没出现，只觉得有一瓣西红柿模样的东西悬着……她出血了吗？……快去打气！

彩妹走得离蚓蚓老远了，头一回，思维里还牵着点蚓蚓。蚓蚓的一张脸没毛病啊。虽说身上脏兮兮，那脸上眉毛倒肥肥的黑黑的，腮帮子硬硬的光光的……他一月能捡出多少钱来？几个月的钱才够住院检查开刀的？……

彩妹看看腕上的电子表，往日这时候该在太太家厨房里了！……也没怎么太留恋太太家的厨房，她从覆盖着青草的斜坡来到了紧挨河边的甬路上，这一段甬路绿化得最好，一株垂柳一棵塔柏交替地排列着，都发育得很高大壮实了，沿河岸还有些朝水上俯生的灌木……她走过了一对躲在大柏树裂缺里搂抱的情侣，无动于衷；那显然是一对城里长大的时髦青年，她对城里的同辈人还没有什么强烈的了解欲与对比的习惯；她大体还是更关心属于跟她一类的外来民工的种种情况，并且大体上只是习惯于拿自己的情况，跟特别是同乡中的同辈人来做对比，从而派生出她的爱恨羡妒……

她想尿尿。四面望望，都不见人影。她蹲在两丛灌木间尿了尿。尿完她赶紧离开。她在一处有阶梯通向河面的地方，走下去，坐在了最靠下的台阶上。她双手搂住双膝，享受着初秋快要收敛的阳光。她盘算着。不能说是非常地焦虑。当然不回老家去。这个城市也是她的。保姆干不了了，干什么？……总还能找到事的。住院？手术？一万元？……她当然不能让这个什么“进行性血管瘤”在她脸上进行！她早晚是真能揣着一万块钱住进医院里的！不光做手术拿掉它，她还要美容呢！……不过，她也不急……她现在有多少钱？……她忽然想点一下钱。她先朝岸上望，左右都不见有过来的人……

她和三个姑娘合租一间屋住着。她们都不把钱留在那屋里。她总是把钱放在睡觉时也不脱掉的那件妈妈亲手给她缝的内衣的暗兜里。那些钱用三根橡皮筋箍得紧紧的，总是带着她的体温，浸着她的汗水。当然，一般每过两三个月，她便去邮局给爹爹寄一回钱。爹爹要加上她寄的钱，给家里盖新房。虽然她知道新房是为弟弟盖的，却从未觉得自己寄钱是吃亏。世世代代，他们那样的农家，没出阁的姑娘都是要为兄弟的新房出力的，那是天经地义的事。嫁出去以后，当然再有兄弟要盖房，也就可以不管了。想一想，如果在老家嫁出去，所住的新房，也一定会有大姑小姑出的力。所以心平气和。这两年来，她一个月差不多能挣到四五百块钱，她每次给家里寄钱，最多的时候达到过一千，最少也有三百。最近她快三个月没给家里寄钱了……脸上鼓出来的地方痒痒的，她想，这回写信告诉爹爹吧，要治病，少寄些，别生气……现在一共是多少？寄多少，留多少呢？一时没处吃不收钱的晚饭了，还得留出饭钱来呀！……她怀念起太太家的晚餐来……

在太太家吃晚餐时，她基本上也不花什么吃早饭和午饭的钱，因为早上所去的干钟点工的人家，有时会给她一个馒头，甚至面包；而中午结束了钟点工活路的人家，有的也会给她一点吃的。当然，偶尔，她实在饿了，或馋了，也会买一个煎饼，甚至坐进小饭铺吃一碗兰州拉面，当早点或中饭……太太家的晚餐，在失去后更显出对她的重要性，平日她的热能、营养，其实主要是靠这一餐饭撑着的啊！……现在她不能不先留出足够的钱来，代替太太家的这一餐饭……她掏出那一扎用橡皮筋箍着的钱，贴着心窝清点……虽然她实际上十分清楚那个数目，可她还是想在这儿再清点一下，何况，她外衣胸兜里还有太太在“麦当劳”给她的一百五十元，那是该也归到这一扎里的啊……

“彩妹！”

这声叫唤扎扎实实吓得她全身一抖。

一抬眼，才发现有条小木船划到了她跟前。船上是董大大。

董大大是捞河脏的工人。来自河北农村。虽算不上同乡，可在这护城河边挣钱的民工们无论男女老少，大体上都认识。他们不会使用“社会族群”一类的“文明词儿”来思维，但他们的思维里，大体上彼此引为同类，也就是互相多少有些个认同感。这董大大住在绿化队给临时工用的工棚里，离彩妹她们租的民房很近，所以更熟一些。董大大，按岁数彩妹该叫他祖祖，可是别的姑娘都叫他董大爷或董大大，所以彩妹也叫他董大大。

董大大手里拿着个抄网。他那船里有些个抄上来的塑料袋、易拉罐、软包装盒什么的。董大大瘦高个儿，脑袋像个足球般大的核桃。

董大大笑着说：“彩妹，亏得遇上的是我，要不，非把你当成个刚扒了人家钱包的小贼了！……你怎么闲得这么自在？自顾自地显摆上你的财了！……”

彩妹从领口把钱放回内衣暗兜。她忽然哭了。董大大是个她可以放心地当着面放钱和哭泣的人。

“你怎么回事儿？你有那么多钱，还哭！”

是的。她的钱很可能比董大大多。董大大当这临时工，一个月才三百块钱的工资，绿化队只管给张床住，不管饭，更不管别的什么。她听董大大说过，每天光是吃馒头，他早上三个，中午晚上各五个，每个三毛钱，一个月下来就得一百多块；总还得吃点菜吧，他又还忍不住要喝点酒，就算只吃咸菜、熬白菜，只喝最便宜的红星白酒，一个月又得一百多……你说还能剩多少？听说董大大这么大岁数，还没娶过老婆，老家也没最贴近的亲人了，又没什么文化、手艺，所以在这城里也始终不可能找到再好的工作；新来的绿化队头头对他很不感冒，想辞掉他，又不好明辞，便专找他的碴儿，比如说检查他清过的河段，说没把河脏捞净，罚他钱，最多的一回，罚了他一百块！意思是让他自己赌气走人；可董大大硬是宁愿受罚也不走；是哇，他可走到哪儿去呢？他老家连间自己的房都没有，回去谁收容他？

“怎么回事？还是为你脸上那个东西？”董大大直来直去地说：“又不碍着你吃饭、干活！愁那个干什么？”

“都把我辞啦！……要住院动手术去了它，先要放一万块押金！……”

“为这个就辞人？他们雇的是你的脸还是你的手？……住什么院？一万？买条命也用不了这么多！……我在老家给铁匠拉过风箱，那王铁匠腿上也是鼓起了这么个东西，比你这个大多了，他就拿烧红的通条猛地那么一烙……没过两月，好啦！也就留下一块平平的疤瘌……我不是说你也那么烙一下……我是说，在这世界上，不当美人儿，照样能活！你还年轻，日子长呢，谁说得准谁今后一定怎么着？依我说，你挺起腰杆儿，再找你的辙！……”

彩妹不哭了。可心里还是发堵。

“……你就再试试别的……给人家当保姆也算不上多美的差事！……要不，先到我们这儿来，听说还缺给沿河花池子拣脏的人手……工钱是低，先拿点也总比没有强是不？……你别伤心了，这么大个京城，没有饿死你我的道理！……我知道你那些个钱轻易不能动，你爹妈还等着你寄呢……这些天你实在没得饭吃，你就先来跟我搭伙！我不再买他们食堂的馒头熬菜了，不合算；如今我自己煮面条吃，我在德胜门早市那儿买了几十斤干挂面，比别处都便宜，才一块二一斤；我又炼了一坛子大油，撒上了盐粒和花椒；每顿煮点儿，搭点食堂摘下不要了白给的菜叶子，吃着挺香！好在食堂的灶火他们让我白用，有时候剩的折箩也给我……你不乐意？不落忍吃我的？你能多大胃口？下面时候添一把就够啦！”

彩妹站起来，愣愣地望着董大大。只感觉脸上不那么刺痒了，心上像有个暖而不烫的熨斗熨过。她没说什么。董大大也不期待她说什么。

董大大看见那边有人在往河里扔喝光的矿泉水瓶子，伸长脖子朝那边吼起来：“怎么回事儿？没看见刚捞净那边吗？什么毛病！改改吧你们！”吼完，放下抄子，划桨，船就离开彩妹而去了。

彩妹回到坡上路边。夕阳西下了，残阳的光芒给护城河抹上了胭脂。近旁居民楼的底层是家装修得颇为豪华的海鲜酒家，一面大玻璃窗显露出三层水族箱，里面的游水海鲜确实生猛；酒家门外已经停了些小轿车；有的食客衣衫时髦，从车里钻出来时，还把“大哥大”贴在腮帮上，不知在跟哪儿的什么人说着什么样的话。彩妹经常从这酒家路过，她从未对它产生过兴趣，不仅从未有过进去吃那些海鲜的幻想，而且连走进去张望一下的欲望也不曾有过。没有艳羡，也没有比如拿董大大的伙食与之对比从而生出的愤懑不平。这类事物近在身旁，但跟她又是在两个世界里。她知道，连太太，还有孟阿姨什么的，能雇她的人，也没怎么进过这种酒家。

然而彩妹也不是全然无视这酒家。在她眼里，酒家的种种景象几乎都被删却，只有那在酒家门口立着的迎宾小姐，凸现在她的眼里。唯有酒家的这一部分多少牵动着她的心。那立在门口的小姐大体上还属于她的同类，也是从农村来的姑娘。彩妹刚到京城时也试着去应过招聘，别的先不说，她的身高就不合格；按说站在门口迎宾，或在门内等着领座，或在包间大堂端菜布菜，你要个身高还说得通；可彩妹只求在厨房里洗碗打杂，老板却也还嫌她个头太矮，这就让她和跟她一样的矮个子姑娘不明白了！

现在立在酒家门口的小姐穿着个旗袍，身上还斜背着个宽宽的滚着金边的艳红披带，那带子上写的金字彩妹认不出，可她懂得一定是讨顾客喜欢的话。那小姐跟彩妹对了个眼，脸上便出来个跟迎宾无关的表情。彩妹也就还了她一个表情。不过那小姐没接彩妹的这个表情。彩妹带着那表情离开了酒家门口。直到走拢桥边才抖掉了那表情。

护城河上的这桥，从沿河的马路与河道上跨过去，与环路上的立体交叉桥连为一体。桥下马路两边的人行道光线很暗。在靠河的人行道上，有几个人席地而坐，在那里有说有笑地啃西瓜。彩妹离两丈远就认出来，那是在立交桥一带活动的乞丐帮的几个头头。他们的下属这时候正在各自的规定地点卖劲地讨钱,因为正当工薪族下班时间,“油水”正肥。干哪一行也是当头头的活得自在。丐帮头头聚在桥底下啃的西瓜当然不是讨来的，更不是偷来的，而是他们堂堂皇皇拿钱买来的。彩妹还遇见过他们聚在一起啃“和路雪”冰糕。刚进城时彩妹也不懂得丐帮的事，后来董大大指教了她，意在让她千万离他们远些个，切莫入了那个圈子。

丐帮的总头儿是个老太婆。为什么是她？连董大大也说不出个道理。老太婆一身脏兮兮的中式粗布衣裤，扎着裤脚，一双大脚这季节便穿着毡子鞋；头上裹块蓝头巾，脑门那儿勒得紧紧的；身上斜背着一个老式的打补丁的黑色人造革包;她身材矮小,满脸褶子,然而一双眼睛滴溜溜的,又尖又锐。彩妹知道,认识她的人都管她叫万吐。为什么这么叫？据说她亲自上阵乞讨时，从洋人手里讨到过美元,那洋人给她钱时,说了声“万”,递了她一张票子,又说了声“吐”,再给了一张;很长一段时间，她每晚点钱时，都要专门把那两张洋钱蘸着唾沫，一声“万”,一声“吐”,清点好几遍;据说是三美元,合人民币差不多三十块钱;后来不见她那么点了，有的说是她手里的洋钱已经不止“万”“吐”“吹”“佛”那些个小数目了，也有的说是她在“差那搬克”(就是中国银行)里有了外币折子……不管怎么说吧，人们就都叫她万吐，都服了她了。她每年秋后便回老家去，来年开春再带些个人来。

彩妹想穿过桥底下。她没想到万吐会招呼她。她不记得万吐什么时候认得她的。万吐是招呼她坐一处吃西瓜。

万吐他们是四个人，两男两女，两个老的两个不算老也算不得年轻的。彩妹眼睛只对着万吐。在“麦当劳”里吃的套餐早已离开了她的胃,她不仅饿了,也渴。万吐举到她面前的那块西瓜红得厚实显得滋润，她实在不能拒绝。于是她道了声谢，蹲在万吐跟前，接着万吐。

“丫头，给人辞了吧？这时候闲逛荡！……吆，你这脸上！……哎呀！你脸上有真瘤子，你要到那过街天桥上一卧，保准哗哗哗地来钱，我敢说还不是那听着脆响其实没啥味儿的钢镚儿……说不定有好些个整张的大票子！……丫头，别愁，跟我们一块儿挣吧！……”万吐盯着她，兴奋地议论、动员着。

彩妹噎住了。她咳嗽中吞进了两枚瓜子。

一个比彩妹小些的脏丫头，手里拿着个脏兮兮的搪瓷缸，风风火火跑了过来。跑拢叫了声奶奶，便伸手要瓜。

万吐抓过丫头手里的搪瓷缸，放鼻尖底下看看，便说："就这几张毛票？我不信！"

丫头嚷："不信，您自己去试试！这些城里人，全是瓷耗子！"

万吐教训那丫头说："你是怎么趴在那天桥上头的？跟你说了多少回，你这人不残，要趴得让人看着比残还残，就得这个样……"说着身体力行，做了个样子：先跪正，然后撇开双腿，下身缩得让人看不见，整个上身紧贴着地面，再把脸歪贴在地上，屁股尽量往下压，双臂双手则尽量藏在身子底下，眼睛半睁，乜斜着收钱的搪瓷缸子，嘴里发出奄奄一息的呻吟声……

那丫头说："我比您还卖力啦！累死我了！"

万吐恢复原状，眼睛不看那丫头倒看着彩妹，说："干哪行不累？不过，真有瘤子，那倒用不着这么费劲儿了！"

那丫头便盯着彩妹问："她哪儿来的？先给她瓜吃！"

旁边几个人嘻嘻哈哈地乱说什么。万吐递给那丫头一块瓜。彩妹趁这时候，站起来，拍拍屁股，走了。

万吐在跟她喊什么。那几个人和那丫头也发出一些怪声。正好有辆大面包车从桥下马路开过去，行驶声在桥洞下发出浑浊的回响，还掀起些灰尘。彩妹小跑着离开了那些她不想为伍的人。

跑到了桥那边的河沿。那边的一片楼盖的年头久了，布局很不规范，还有一片平房区，彩妹跟人合租的小房子就在那平房区里。

天还没黑。彩妹从小跑变成快走，又变成常速，再变成慢踱，最后她停了下来。

难道这就回住处去？那住处只有六平方米，里面除了一张她和别人合睡的铺板床，便只有一摞原来装饮料瓶的纸板箱——那分别是她们放日用品的地方；她有个大蛇皮口袋，装衣服的，搁在了铺板底下；脸盆什么也都只好塞在床底下；剩下的地方只够三个人转身。以往她都是天黑以后，才从太太那儿回住处，回来洗把脸也就睡了。现在她回那儿干什么？

彩妹正站那儿发愣，忽然听见一个熟悉的声音在招呼，不是招呼她，是在招呼一只狗："霍克斯！……乖乖！……"

迎面来了个遛狗的姑娘。她老家跟彩妹属于一个专区。头回来北京，她们在火车上正好坐在一处。到北京以后，她们又都在这护城河一带当保姆。那姑娘比彩妹大两岁，她叫银娣。银娣运气好。三个月以前到现在这家当了整日工。雇主是从国外回来定居的，在河沿尽头的商品楼里，买下两个单元，打通了住。银娣在他们家有自己的房间，房间里还有专给她看的电视呢！虽说是台主人换下来的旧彩电，尺寸小，颜色也不那么鲜丽了，可究竟是专给她一人看的，想想那是什么条件！这家主人养了条蝴蝶犬，一年光交养犬费就好几千！这蝴蝶犬天天都要带下楼来，在河边遛弯儿，主人没工夫，这任务便由银娣来完成；光是为这么个活计，每月主人便多给银娣好几十！……银娣在这家当保姆，挣得多吃得好住得宽倒还算不得什么，难得的是没过多久，她就不仅穿着打扮越来越像城里人，那作派更渐渐比一般的城里人都洋气，比如现在牵着蝴蝶犬霍克斯遛弯儿，她穿着女主人给她的长袖T恤和牛仔裤，头发剪成个男孩子似的"运动式"——这也不算多神气，可她会把一件毛线衣不是穿在身上，而是搭在腰后，两只袖子再系拢在身前，你说这算什么档次的作派了？彩妹讲不出来，心里模模糊糊知道，这是很"那个"的了呀！……

霍克斯奔彩妹脚下来了。摇来摆去确实像只黑黄红的三彩大蝴蝶。

"霍克斯！……"银娣眼睛望着彩妹，眼里装着好多"那个"，比那边海鲜酒家门口迎宾小姐眼里的"那个"更多，都快满出来了！彩妹只觉得心里有个小拳头在捏得越来越紧。

"STOP！"彩妹猛然大叫一声。胆小的霍克斯马上退后，咳嗽似的吠着。

彩妹的这一声"STOP"，让银娣着实吃了一惊。原来眼里的"那个"，顿时消掉不少。

"彩妹！你怎么在这儿？"银娣问。

彩妹脱口而出："我……取飞机票去！"

"飞机票？！"银娣一双眉毛飞起老高。

"唔……"彩妹说："我要回去啦！这回不想坐火车，要坐回飞机呢！"

“你怎么这时候回去？你家里……？”

“谁家里都挺好！我……不为什么，想回去呗！”

“真坐飞机？”

“你以为……就你……真的！”

彩妹说完这句，转身就走。

霍克斯缩到银娣脚边，咻咻地吠着。银娣呆呆地望着彩妹走远的背影。银娣撇撇嘴，忽然拍了一下自己脑袋，喃喃自语：“她脸上……怎么搞的……啊……”

彩妹往回走，就又回到了桥边。万吐他们都不在桥底下了，剩下一堆瓜皮和瓜籽。

彩妹登上桥边阶梯，上到与护城河垂直的大马路上。这可是车水马龙的繁华大街。天刚麻黑，一些商家的霓虹灯已经闪动上了。人行道上来往的人，有时得侧身而过，因为有些下岗职工和本来就没职业的人，在人行道上摆小摊叫卖东西，占据了一些空间；所卖的东西有拖鞋、发卡、松紧带、梳子、恭桶坐垫套子、BP机套子、指甲刀、耳挖勺、弹簧秤、拖把头夹子、过期杂志……还有卖鲜花的和卖自制糖葫芦的……也还真有不少路人停住脚挑选购买这些东西。

彩妹在稠密的人群里看见了顺顺。

她跟顺顺在一个村里长大。顺顺家算是村里最穷的了。顺顺爹死得早，寡母带着他三个姐姐和他，很艰难地过日子。前些年，村里差不多家家都陆陆续续地盖了新房，只有顺顺家还住着茅草顶的房子。可是他妈和他姐姐拼着命地供他上学，一直读完第八册，实在撑不住了，才辍了学。辍学以后，有一回北京来了几个拍电影的，说是来选景，一家伙看上了顺顺家的茅屋，搓着手赞：“哎呀呀，现成的呀，多有味道啊！”……电影拍完，作为条件，那些人把顺顺带到了北京，开头让他帮着搭布景，后来，那电影厂不景气，顺顺就自己转到了建筑公司。几年过去，顺顺已经盖过了四座楼，现在他在这离护城河不远的一座商厦工地上干活，他已经是个熟练工、小领班了。年初彩妹在护城河边遇上了顺顺，从此有了些联系。

“顺顺！”彩妹主动叫他。

顺顺大概刚下工，还戴着个奶黄色的安全帽。他一见彩妹很高兴，问:“你也去邮局么？”

那前面是有个邮局。也是彩妹和顺顺，以及其他一些同乡，经常会碰到的地方。可是此刻彩妹并无那个计划。不去邮局，她又是去哪儿呢？她自己也糊涂了。

可顺顺只当彩妹是去邮局，不作他想。顺顺说:“我帮你填单子……我连带着给你办了……你放心！……”

彩妹只上过一年半学，第三册还没学完就辍学了，所以每次给家里写信、寄钱都很费劲，填好的汇款单经常让邮局营业员掷回来:“你这是些什么字呀？……这也是对你负责……你愿意寄丢了吗？……改清楚！……”顺顺曾帮她填过汇款单的，她怎会不放心？可是今天……

彩妹此刻愿意跟顺顺在一起。她和顺顺去了邮局。

邮局里人很多。汇兑窗口外排着不短的队。晃动着不少的黄帽子，显然，都是顺顺他们那个工地上的民工。这天工地开支。许多民工习惯于开支后只留下必要的生活费，其余的马上寄回家；这是可以理解的——他们那几十个人合住的工棚，无论现金还是存折，都很难收藏保管。

进了邮局，顺顺先买来两个空白汇款单，问彩妹:“这回你寄多少？”

彩妹说不出这回不寄的话，她嗫嗫地说:“……唔……三百吧……这回……不多……”

别的顺顺用不着再问，他让彩妹先去窗口排队，便埋头填单子。

彩妹刚过去，还没站稳，里面的女营业员就站起来大声地吆喝:“嗨，别排了别排了！明天再来明天再来！”

可是彩妹后面又有三个人排上了。

女营业员确也有她的苦衷。这些民工填写的汇款单字难认，有时你退回让他重写，递过来反倒更难认了;你替他描改吧，问一句:“你这是什么乡？是‘童河’还是‘董河’？”他答出来的更让你莫名其妙……因此给这样的农村人办一个单子，往往得费给城里人办两个以上的工夫！……快到下班时间了，窗口外面的排还在增长，她能不急么？

女营业员的吆喝这回没能奏效。好几个“黄帽子”在跟她嚷：“我们就要今天办！”又因为正在办着的那位民工递进去是一把小票，女营业员更是心烦，她也嚷了起来：“这是些什么呀？你干脆寄一笸箩钢镚儿算了！……”于是窗外的人便说她态度不好，排在后面的有的给她提意见，有的嫌提意见的耽搁工夫，又“内讧”起来，一时乱作一团……

可能是有个民工说了她一句：“你别端城里人的臭架子！”女营业员便站起来，挥着手，激动地说：“废话！你们别没良心！我们城里人帮助你们还少吗？……我不光在这儿给你们服务，上个月给河北灾民捐东西，我连去年才买的衣服都捐了！……没有我们城里人扶贫，你们能富裕起来？……”

女营业员的话激起了更大的波澜。彩妹也被她的话激怒了，不由得嚷起来：“你才废话！……”

这时顺顺挤到了窗口前，大声地说：“现在才六点十分，你们六点半关门，在六点半以前进来的人，都该得到服务嘛！……我们也知道，您这工作挺辛苦……可您今天的话实在得罪我们了！是呀，城里人帮了我们，我们谢谢啦！……现在不说我们在城里盖了多少楼，给城里人干了多少活……您自己算算看：我们进城的民工，每月给农村寄回了多少钱去？那肯定比你们城里人捐的多了不知道几百几千倍！农村扶贫，我们自己扶的这一把，才是最有劲的一把呀！……”

……顺顺的话不但震住了女营业员，更令窗口外的民工们大佩服……彩妹一时忘记了自己的不幸，只觉得胸舒气畅……

出了邮局，彩妹跟顺顺一起往回走。顺顺这才问：“你脸上……要紧吗？”

彩妹这才又感到脸上痒痒的。不过她不愿意把自己的不幸在这个时候告诉顺顺。她在邮局见顺顺寄回了两千元，才知道顺顺如今挣得真不少了。她问：“你家盖新房了吧？是起的楼吧？”顺顺告诉她：“今年春节你没回去……我亲自指挥，上的梁……是个小楼吧！我大姐、二姐也都嫁出去啦……三姐，打算招进个姐夫，还没定呢……”彩妹便问：“你不回去啦？”顺顺坦率地说：“是。我妈他们都愿意我留在城里……他们都过得不错了……以后我也就不用再寄那么多钱回去了……我想把钱用在念书上……我还想学电脑呢……”见彩妹低着头，只顾走，顺顺问：“你呢？你什么时候回去？还是……也留下……发展？……”

彩妹忽然悲从中来，鼻子一酸，眼睛便潮了。

顺顺停住脚问：“你怎么啦？”

彩妹便跟他说：“我脸上这个瘤子……也不知道怎么搞的……越来越……说是什么进行性的……人家都把我辞啦……要想住进医院，开刀……先要交一万押金！……我哪儿来的一万？……我可怎么办呀？……”

顺顺吃了一惊。他原来并不觉得彩妹脸上那块东西有什么了不起的。他望着彩妹，一时说不出话来。天黑了，路人也稀少起来。身后一家日用品超市的霓虹灯绿光罩住了他们。顺顺十分同情彩妹。他该怎么帮助她呢？给她筹措一万块钱？那不是件简单的事。心里乱乱的，他用右手摩挲着下巴上的胡子茬。

彩妹抬起下巴，反过来安慰顺顺：“瞧我……不该这么吓唬你……其实也没什么了不起……会有办法的……我能想出办法来……”

顺顺说：“让我替你想想，替你想想……我们一起来想办法……你现在完全失业了吗？你还有钱吗？我先给你一点？你手头紧就别客气！……”

彩妹说：“我还有，还有！……我实在不行了，再来找你！”

顺顺说：“那当然！我们这楼今年完不了，我们那工棚，你还记得吧？你从有丝瓜架的那个门口喊我，我的床正对着那门……我不在，你就留下话……我会去找你！……”

他们分手了。彩妹心里不那么空落落的了。

彩妹回到护城河边。河边路灯光影朦胧，车少人稀。被污染了的河水散发出阵阵浊气。河边，隔不远，便有耐心的钓鱼者坐在小马扎上，静静地垂钓；他们很难钓到鱼，哪怕是指头长的“柳条儿”；显然这些钓鱼者的乐趣主要不在鱼，而在钓。

彩妹朝所租住的小屋走去。那小屋在一片亟待改造的危房区里。那里曾是某撤销单位的宿舍，一排排的平房原先还算整齐，相互的距离也算合理，后来各家都往房前屋后搭建起了小房子，这些小房子规格、用料五花八门，乱糟糟地挤在一起，弄得房屋之间只剩下窄窄的通道。这几年，有的人家便将自盖的小屋租给了外地来京的各色人等。彩妹是和同乡阿吉与水水合租着一间小屋。

彩妹不打算把自己遭太太辞退的事告诉阿吉和水水。她在走拢那小屋之前便尽量把表情调整得仿佛什么事也没有发生一样。

可是她刚望见小屋的小窗那昏黄的灯光，便发现水水迎着她小跑过来，并且跟她说：“躲着点吧！他们姐弟俩吵得好凶！……”

彩妹愣住了。她听到从她们合租的小屋那边确实传来尖厉的吵骂声。

水水把她拉到巷子外头，在一株大槐树下，把怎么一回事大概其地告诉了她。

原来，阿吉的弟弟阿祥这一阵的营生是蹬着平板三轮车给几家小饭铺送啤酒。啤酒是批发商的，阿祥每次从批发商那儿装上一车啤酒，然后给饭铺分送。送去的同时，换回成箱的空瓶，同时领取应得的现金；阿祥再到批发商那儿用空瓶换来等量的瓶啤，并将应付的现金交讫。虽说阿祥挣的只是个大批发和小批发间的差价，可是因为流量大，所以一个月算下来，也有好几百的赚头。今天却撞上了怪！阿祥去要啤酒量最大的那家饭铺，车蹬到门前，发现竟关板停业；进去找人也找不到；昨天还不见迹象，怎么一夜过去居然“和尚”跑光！那家饭铺前两回该给钱的时候没给钱，本来说好今天一准付他六百块钱，现在可跟谁要去？阿祥跑进去，只在空荡荡的厨房里扭住了个老头儿，阿祥逼他说出饭铺老板去向，又逼他说出房东在哪儿，老头说自己只是个临时看房的人，其余一概不知道，阿祥急了，便要老头儿拿钱赔他，老头儿当然不干，阿祥一时怒起，便砸了那厨房……哪知道阿祥再跑出来时，他放在门外的三轮车，连同二十箱啤酒，全不见了踪影！……阿祥急得抓头发……后来阿祥反被老头儿叫来的“联防”队拘了去，为砸厨房的事挨了训不算，还被罚了款……阿祥要人家给他找回三轮车来，人家说可以找，但他车放门外不上锁，自己有责任；阿祥要人家给他找到那卷逃的饭铺老板，讨回啤酒钱，人家要他拿出凭证来，他又拿不出……晚上阿祥来找他姐姐，说自己还该着批发商五百块钱，非要阿吉先拿几百块钱救急，阿吉骂他笨蛋，说他是自作自受，阿祥便回骂，说了好些个不堪入耳的话，甚至说他姐姐跟做工那家的男主人“不干不净”，“别以为我不知道！”阿吉气急了，便打了阿祥一耳光，阿祥虽没回手打他姐姐，却似乎得了个大理，非要翻出阿吉的钱来，让她“赔偿”不可……水水开头还在一旁劝，后来见闹到这番地步，屋子又小，便只好逃出……

彩妹听了，还没来得及多想，就听那边一阵咚咚咚好重的脚步声，是阿祥大步冲了出来，后面阿吉在哭喊着追赶他……彩妹和水水都不敢阻拦阿祥，阿祥冲到她们身边时还扭头跟阿吉暴嚷了句什么，她们急急地闪开……阿吉追到大槐树下，脚下一绊，摔了一跤，彩妹和水水赶紧去扶她，阿吉猛挣着，哭着、喊着，还要去追已不见踪影的阿祥，彩妹紧紧地拽住她的胳臂，一刹那间，彩妹意识到，还有别的人，比自己更加不幸！

……彩妹和水水好不容易才把阿吉劝回了小屋。

小屋里一派狼藉景象。原来，阿祥狂怒中竟把她们三个摞放在一起的，放日用品的纸箱，不分青红皂白地给搬了下来，也不弄清哪一个才是他姐姐的，蛮横地薅了个乱七八糟，大概是想找出阿吉的钱来……水水一见这情形先生起气来，一边忙着收拣自己的东西，一边大声埋怨：“这算怎么回事？你们姐弟吵架，也不兴抄别人的东西呀！”阿吉只是坐在床上，哭倒不哭了，愣愣地，大喘气。

彩妹心里也发堵。她收拣自己的东西，忽然看到，自己的一面小圆镜子，是初来北京的时候，妈妈给她的，虽不是什么好东西，可她总是珍藏在纸箱子里，没怎么照过；现在镜面却给跌得裂了一条纹！镜子背面的玻璃更跌得一拾起便掉下玻璃碴……那背面，镶着一个印着古妆美人儿的圆纸片，那古妆美人虽然印制粗糙，颜色也不正，可是每回彩妹凝望时，总觉得有说不出的一种快意；现在这美人儿却在她拾起镜子后，便飘落在地，并被水水一脚踩上了！彩妹心里一痛，也便大嚷起来：“作孽啊！哪兴这么胡来啊！杀人啦！”

彩妹那声“杀人啦！”其实是由古妆美人被踩而发的，阿吉听了，却不能忍受。阿吉被蛮横的弟弟弄得心肺欲裂，正需要别人的安慰与帮助，没想到水水和彩妹都埋怨起她来，一声比一声难听，尤其彩妹，竟喊出“杀人啦！”来，阿吉不禁狂怒，她一下子蹦起来，指着彩妹脸上说：“谁杀人？谁杀了谁？你这瘤子是我杀出来的吗？你才杀人呢！你长的是毒瘤子！你传染我们！你杀我呢！你别在这儿住！你滚！不许你在这儿杀人！听见吗？你滚！杀人犯！”

彩妹自己本遭不幸，心里淤的浊气尚未煞尽，阿吉这么不管不顾地一顿恶骂，且正磕在她最痛心之处，怎么忍得，便伸手要打阿吉，水水连忙拦开，小屋里乱作一团……

水水把彩妹暂且劝出小屋，好让阿吉冷静冷静。这时有另一个人闻声来到她们屋外，见状便且把彩妹让到了几米外他那屋里。

那人这一带的人都管他叫马靴。他确实常穿着一双这城里少见的旧马靴。他也租了一间小屋住着。彩妹被他带进了他那间小屋，他请彩妹坐在椅子上，又倒了杯白开水给彩妹，劝彩妹说："在家靠父母，在外靠朋友……你们仨离乡背井，同住一屋，同眠一床，便比朋友还亲，可以说形同亲姐妹了！……不管发生了什么磕碰，总是尽量谦让着的好！……你且平平气……那阿吉她此刻心里头恐怕正后悔呢……都平平气，过一会儿还是亲姐妹，大家抱成团继续过日子！……"

彩妹喝着白开水，气渐渐平了些。

忽然有人在巷子里问："哪儿是甲三十五号？"

其实巷子里的这些乱盖的小屋子并没什么编号。但马靴在自己租的小屋门楣上却钉了个甲三十五号的牌子。

马靴迎声出去，招呼着："这儿这儿！……您请进请进！"

进来了一个男人。瘦瘦的，高高的，衣装干干净净的，戴着顶宽沿旅游帽，大晚上的，还戴着个墨镜。

彩妹站起来，一时出不去，便站到椅子后面。

来人张望着，问马靴："你是大夫？"

马靴点头。

来人又问："不是说老军医么？"

马靴笑了："不像吗？"他跺跺脚，说："老，不是说年纪一定多么的老……我打十六岁就进部队……从卫生员干起……后来经过培训……别的不敢说……治治您这样的毛病……那真算不了什么本事！……现在复员了，这也算一技之长嘛……"

来人用下巴点点彩妹："她是谁？"

马靴不眨眼地说：“我的护士！”

马靴请来人坐在椅子上，自己穿上一件白大褂，又递了一件白大褂给彩妹，使眼色求彩妹成全，彩妹便接过穿上。

马靴坐到来人对面的椅子上，隔着一张旧书桌，亲切地说：“我先不问您……我知道，您的这毛病，其实去正规医院看，那条件好得没法儿比了……如今社会开放，正规医院的大夫不会大惊小怪，您自费，他也不至于去跟您单位反映……可您还是有心理障碍不是？……来我这儿，您心里也不会太踏实，对不？我不问您的名和姓，您对我的姓甚名谁也不感兴趣……您想的是：第一，这家伙究竟会不会治？其实，一般来说，您自己也能治……主要的办法，无非就是注射青霉素嘛！好，第二：这家伙的青霉素是真的假的？第三：是不是用的一次性针管？干净不干净？第四：收费，宰人不宰人？……好，我来告诉您吧，一句话：放心！……我要真处理不了，我也不敢瞎糊弄，我还得劝您去正规医院呢！……怎么样？您想好了没有？您要信得过我，那咱们就……先到帘子后头，让我查查！……”

那人犹豫了一下，便跟马靴到小屋一角的白布帘后头去了。临进去以前，马靴还煞有介事地对彩妹说：“你准备一下……消毒……”

……

彩妹还是头回进到马靴屋里，并目睹了他这位“老军医”的医疗过程。马靴没费什么力气就挣了五十块钱。根据马靴的说法，那男子至少还需要来十次。那光这一个患者，就要付他五百元。

戴墨镜的男子走后，马靴盛赞彩妹，说她真像个护士。又说他其实真的很需要一个护士。问彩妹现在在哪儿挣钱，愿不愿意来给他当护士。彩妹想了想，就说还在太太家做晚饭，另外还到好几家去做钟点工。

彩妹问：“打这个针……能治好我脸上……这个瘤子吗？”

马靴逼近了看，看完说：“其实，无非都是个用抗菌素抑制其生长的问题！有什么难的！”

彩妹便说：“医院大夫说，麻烦着呢！要我住院仔细检查……然后动手术拉掉它……一进去就得先放一万块钱……”

马靴吹了声口哨，说：“真敢要价！你打算给他们一万吗？……你要信得过我，我给你打针化掉它！我优惠你，每针我只收个成本费，二十块钱……不过你这瘤子起码得打一百针……一天两针……”

彩妹动了心：“准能化掉吗？”她算了一下，这样治，也才两千块钱便解决问题了。可是，需要……差不多两个月的时间啊，这两个月里，她又怎么挣钱呢？

马靴搓着手说：“这样吧，今天，我就先给你试一针……你要明天有不良反应，咱们就停……这一针我也不要你付钱……你得便时，帮我去各处电线杆上，贴点这样的招贴就行了……”他从书桌抽屉里拿出一张来，递给彩妹看；那上头有个红十字，还有些个大大小小的字……想必头一行便写着“老军医……”什么的……

彩妹打了一针，谢了马靴，出了那“甲三十五号”，往自己住的小屋去，隔着小玻璃窗，她看见屋里只有阿吉一个人，躺在床上，睁着眼，脸上还淤着怨怒……水水到哪儿去了呢？……便且不进屋，而是走出了巷子，走过了大槐树，又走到了护城河边。

夜晚的风，小跑到彩妹脸上，好像也觉得绊脚。彩妹拢住袖管，心里堆积着一窝灰。

胳膊上的针眼，隐隐作痛。马靴的针，还要不要打下去呢？

彩妹不知不觉，又在护城河边走了好远。

忽然，一辆三轮车在她身后煞住，只听有人惊喜地在叫：“乡亲啊！”

彩妹闪身、扭头，一望，光凭那两只眼、一嘴牙，便认出是蚓蚓。

“你！……你吓死我呀！”

蚓蚓跳下车，指指车轱辘说：“我打了气……”

彩妹听不懂这是什么意思。她质问：“你想干什么？做坏事吗？”

蚓蚓委屈得不得了：“你乱想！我……我刚去洗了澡、理了发……特意去找你……你不在……水水说，到处找不见你，她还着急哩……”

彩妹打断他说：“扯谎！我还找不见水水了哩！……”

蚓蚓说：“那我们一起回去，对对嘛！……水水说你在马靴那儿……她方便回来，屋里没你，马靴那儿也不见……她让我骑车到河边找找……离老远，我就认出是你……"

彩妹说:"你找什么?我就是走走……我一会儿就回去!……没你什么事儿!……"

蚓蚓说:"……我,我……我就那么讨人嫌么?……"

蚓蚓的声调,在寂静的护城河边,伴着昏暗的路灯光,摆动的垂柳丝,还有河里闪闪的碎月亮,让彩妹的耳朵和心眼都软了下来。

"你找我干什么?"这一回口气大不一样了。

"……我,我……我晓得……你,你还没吃晚饭呢!……"

"……没吃,又怎么样?"

"我,我……请你吃……我也没吃……我们一起去……那边……东坡楼……吃夜宵……"

"咦……你怎么晓得……我没吃?我在太太家吃得饱饱的!……"

"……我知道了……太太把你辞了……董大大说的……"

"她辞了,我就饿死了?我下了馆子,吃的涮羊肉!"

"……你没吃,你饿了……我不愿意你饿……我也饿啊……"

彩妹忽然感到很饿、很饿。她站在那里,犹豫着。

"来,你上车……乡亲嘛……我们去东坡楼!"

彩妹皱皱鼻子:"我又不是垃圾!"

"你看!我洗过……还铺了干干净净的塑料布哩!……"

彩妹仔细看,果然。

"上吧!乡亲!"

彩妹便耸身坐了上去。蚓蚓心里原来猫爪子挠般难过,一下子变得猫舌头舔般舒服……

……他们到了河那头的一家饭馆东坡楼。那里的夜宵卖四川小吃。坐到一处角落,蚓蚓让彩妹敞开胃口点。彩妹只点了碗担担面。蚓蚓便又为她点了珍珠丸子、叶儿粑、赖汤圆。蚓蚓很内行的样子,说自己一点不怕辣,点了担担面、钟水饺、红油抄手,全是辣的。彩妹说:"你想喝酒,尽管喝!不要因为我不喝,就不好意思!"这话让蚓蚓心里比喝了酒还暖。蚓蚓说:"你还不知道么?我从来不吃酒，也不吃烟哩！”彩妹望着他，只是撇嘴，不信，说：“男子汉，吃点烟酒才硬气，只别过分就行……”蚂蚂便要了一听罐啤。

担担面上来了。彩妹拿起筷子，说：“不要你请。我们各人管各人的。”

蚂蚂说：“那哪儿行？这没几个钱。”

彩妹说：“你发了多大财？什么口气！”

蚂蚂说：“实话：还没发大财。不过……先吃，先吃……”

两人便吃那担担面。都觉得格外好吃。

吃完面，别的几样也上了桌；蚂蚂且不吃，跟彩妹说：“……我都知道了……你脸上……医院要你放一万，才许你住进去……”

彩妹埋怨说：“又是董大大告诉你的？这个糟老头儿，以后我再不能跟他说什么！”

蚂蚂说：“他是好意哩！他知道我们是乡亲……他也想帮你哩……”

彩妹说：“帮什么？不用帮……我自己……能解决……”

蚂蚂说：“你哪儿拿得出一万块？”

彩妹说：“谁说非用一万块？我打针消掉它，两千足够！发发狠，两千我还拿得出……”于是讲了马靴给打针的事。

蚂蚂叫了起来：“哎呀！你信他的！我早认识他！他在每个地方，从来住不满一个月……他那叫无照行医，查出来就要取缔的！他除了给人打针，什么也不会！他那些针药，全是些过了期的！他那些针管，说是一次性使用，其实每管起码要用上十几回！……他总是不等上当的打完他说的那个针数，捞了些个钱，就跑了……当然啦，他跑，更是为了躲查抄的……他上个月还在阜成门那边嘛……现在又到这儿招摇撞骗！……你快别让他给你乱治了！……正经医院收费是高，那它真能给你治好呀！……”

蚂蚂说得彩妹心里又乱乱的，仿佛撒上了花椒。胳膊上的针眼又隐隐作痛。

蚂蚂又说：“我就不信马靴这些个狗屁大夫！……我信大医院，信正经大夫……我这条腿，你知道的吧？我妈生我的时候，让接生婆生给扯断的，后来又长起来，长歪了……我爹怕我活不了，所以给我取名叫蚂蚂，那蚯蚓命大啊，锄成两段，它还活，两段都活！……我家前年连死了两口人，你是知道的，弄得把盖好的楼都顶了债……我在这儿奋斗了这么久，总算把家里的债都帮着还清了！……你说我现在想的是什么？……盖房？……不！我也是要挣钱进医院哩！……我挂专家号，看过这腿……大夫说，我这腿能治……就是把长得不正的地方，弄开，重接……你这毛病，人家只问你要一万，我这毛病，人家说，住进去要先交两万哩！……”

“你挣够两万啦？”

“不到。不过……呀，都冷了……先吃！吃吧！”

两人便再吃。暂时无话。都在边吃边想，心里都绕着好些个圈圈。

吃得差不多，蚓蚓抹抹嘴说：“……我……两万是没有……原来一万也不到……可是，告诉你吧，就是上星期，我真运气！……你猜也猜不到！……告诉你吧，巧了！……”

于是蚓蚓告诉彩妹，他上星期有天捡垃圾时，捡到个圆圆的蛋糕盒子，里头还剩得有好大一牙蛋糕，看看并没发霉长毛，闻闻也还很香……当然，他没吃那牙蛋糕，他扔了它……他把盒子拆了——他总是要把捡的纸盒子拆成纸板，归拢一处的——结果，他发现那盒子里放蛋糕的那层垫纸底下，有一摞钞票！多少钱一张的票子？开头，他不是太兴奋，因为那票子看着小，显然不是常见的一百块或五十块的，甚至不像十块的……仔细看，才发现，都是洋票子，是哪国票子呢？一时弄不清；那是多少钱呢？他看来看去，那一摞十张，张张上头印着一样的人头，还印着 1 后面两个 0，呀，张张都是一百块，一共是一千块呀！……这可把他高兴坏了！他原来已经存下了六千块钱，这么说，一家伙就变成七千了！……前两天，他到银行去，把那张票子拿出来给人家看，才知道，那是美国钱，每张都合人民币八百多！……呀！加上这摞美国钱，现在他蚓蚓有一万五千块啦！你说这运气不运气！……

彩妹听呆了。听完，她不信：“蛋糕盒子里哪儿来的大洋钱？做蛋糕的都是些跟我们差不多的人，装蛋糕的也一样，谁得了疯病，往里头放钱？就是得了疯病，往里放钱，又哪儿来的洋钱？……”

“我想过了……钱是买蛋糕来送礼的人放的……他原以为人家吃完那蛋糕，就能见着那钱……”

“他想送人钱，送就是了！放在蛋糕底下做什么？……就为了让你捡破烂的发财？”

蚓蚓不想再讨论这个问题，他从胸兜里掏出一张美元来，递到彩妹眼前，说：“看呀！……上面那个人头，是美国总统哩！……你看这儿，是不是1后头两个0？……”

彩妹接过，细看，心想：“这么一张小纸头，怎么会就是八百多块人民币呢？”看完，她把那美元递还蚓蚓，蚓蚓接过去，却又掏出另外九张，都塞到她手里，说：“你留下。给你。不是借……是……我送给你了！你再添一千多，就能住进医院了！”

“不不不不不不……”彩妹觉得那美元烫手，拼命往蚓蚓手里回送，蚓蚓躲闪，把没喝完的啤酒杯都碰倒了……

“蚓蚓，拿去！你先用来治腿！”彩妹把那摞美元搁回到蚓蚓那边。

蚓蚓把那摞票子又搁回彩妹这边，说：“我不忙！……我这腿又没让我失业！……你动手术要紧！……”

彩妹便拿起那摞票子，做出一种夸张的样子：“你不要，那我……全撕了！”

蚓蚓这才从她手里取回那摞票子，脸涨得红红的，牙筋不住抖动，垂下眼帘说：“就因为……是我的……你才不要！……我没坏心……你别以为，我是总想着……我爹你爹的那个想法……我不会强迫你的……我是个歪腿，我懂……其实……刚才我是骗你！……医院大夫跟我说的是，像我这么个情况……没法子动手术正过来了……”蚓蚓吸了下鼻子，挺挺胸，好忍住眼泪。

彩妹心软了。她说：“蚓蚓，谁疑你不是好心？……我是……我不能随便拿别人这么多钱啊！……再说，这钱……太怪……不能算挣来的啊……蚓蚓，我谢你了！……这钱，你先留着……你容我想想啊……我真需要的时候，再来问你借！……”

蚓蚓抬起眼睛，望着彩妹：“……你快想好！……好，你借！……我一不要利息，二不定还期……什么时候你在这京城里闯出了一番事业，想还的时候，你就还！……”

彩妹嘴角透出笑了：“闯出一番事业？我？”

蚓蚓肯定地说:“就是!……这城里立一番事业的人，都是爹妈把他生在这儿、传给他家业的吗?……我就不信!”

彩妹笑出了声来。蚓蚓望着那笑容，听见那声音，心里像有鸭子在春水里嬉……

……他们出了东坡楼。

蚓蚓走到自己的三轮车边，刚开了锁，便发现前轱辘瘪得没有一口气了。他惊呼起来。下午刚打的气啊!再细看，气门芯被拔了。“准是那些坏孩子干的!”蚓蚓骂出粗话。河沿上确实有些个顽皮的孩子,不仅专爱拔停放的自行车、三轮车的气门芯，还专爱抠掉汽车上的商标饰件。

蚓蚓本来是要蹬三轮车驮彩妹回去。驮不成了，蚓蚓便执意要推着三轮车护送彩妹回去。彩妹坚拒。彩妹说:“不要!……不能这么来往!……你以后别再这么找我!……我要你帮忙的时候，我会找你的!……”说完，扭头便走;走出几步，回过头，补充说:“蚓蚓，我谢你!……真的!……我有事会找你!……”再扭过头去，便一溜烟地消失在夜色中了。蚓蚓用拳头捶捶自己的歪腿，大声叹气……

……护城河边好冷清。夜气带来丝丝凉意，往衣领衣袖里钻。彩妹缩起脖子，双手拢在袖子里，往住处小跑。

忽然，一只大手按住了彩妹肩膀，她还没来得及做出反应，另一只大手用一张胶纸猛地拍在了她嘴上，使她呼唤不得;紧跟着，一个比她高更比她宽的肉体将她挟持到了路灯光区外的阴暗处……彩妹从烟气酒气和体臭中意识到那是一个强悍的男性……她拼命挣扎，然而那人的胳膊和手就像铁杠和钢扳子，令她难以反抗……她被那人拖到了护城河边大柳树下的灌木丛里……

……那人撕彩妹的衣裤，彩妹再次拼力反抗……当彩妹感觉到那人的大手将她内衣暗兜中的那一扎钞票扯走时，她的愤懑达于极点……那人万没想到，彩妹会忽然爆发出那么强大的力量!她的全身:四肢、肩、腰、腹……乃至脖颈、头颅，都仿佛炸开了似的，排拒着那人的强暴……结果，竟一下子让那人滚到了一边……彩妹不失时机地,鱼儿般地挺蹦而起,并立刻向光亮处跑去……她的喉咙一直地猛抖……她意识到了那封嘴的胶条，于是边跑边用力撕扯……

……那人没有追赶彩妹……跨护城河的桥上有巡逻的警车驶过……同时有几个在迪斯科舞厅蹦跳完的年轻人嘻嘻哈哈地骑着自行车冲过来了……

……彩妹狂跑了好一阵，终于跑到了桥边，她本能地跑上了桥——桥上的马路要亮得多……她直到跑上了桥，倚在桥栏上，才终于站住，用力地扯下了那封嘴的胶纸……她觉得嘴唇和嘴唇周围火烧火燎的……低头一看手里揭下的那块胶纸，寸多宽，巴掌长，上头挂着湿淋淋的血丝……她不懂得保留罪证，她怕那胶纸上的血丝，便像抛掉毒蛇般地将它抛到了桥栏外……

……彩妹本是想喊，想叫，想骂，想哭……可是扯掉了那胶纸以后，她只顾大喘气，却一时喊不出，哭不出……她整理衣裤……当她摸到那藏钱的地方，一把抓空时，她觉得天在转、地在旋……可是她的意识里还能抽出这样的丝缕：幸亏没拿蚓蚓的那一千块美元……万幸！……

……桥上和街上这时没什么行人了，一些载着客和亮着“空车”红灯的出租车从桥上穿梭而过……前面大街上有一家豪华俱乐部，门面上的霓虹灯滚动扫描出来回变幻的图案……几辆只有晚上才许驶进城的运水泥车轰隆隆地开过去，驾驶舱后的巨大水泥罐还在转动搅拌着……一对情侣满不在乎地勾肩搭背并行骑车而过……

……彩妹想哭,那悲苦都蹿到喉咙口了,却冲不出来……她俯身看河水……河水里浮动着的幽幽光影，让她忽然觉得，只要朝下一跳，那么就什么都会变得很简单了！……

……一腔幽怨，没能化为长嚎哀哭，却使彩妹翻肠倒肚地朝河里呕吐起来……她觉得自己的一颗心，就快要呕出体外了……

……呕得什么也呕不出来了，彩妹深呼吸着，抚着自己的胸口；这一天的种种遭遇，虽然在意识中成为了碎片，却汇聚飞舞在她的心头，冲撞得更加细小尖利，使她的心流血……

有个在桥那边绿地中练完气功的离休干部，回桥这边时，发现了桥栏边神色异常的彩妹，便走近她问：“小妹妹……你不舒服吗？要我帮忙吗？……”

彩妹的视觉从朦胧中聚焦，当她发现面前有一张陌生的脸时，不禁畏惧地后退一步，然后便跑开了……那人望着她的背影，缓缓地摇头……

彩妹往前小跑……开始，她也不知道自己要跑到哪儿去；后来，她心头只存有一个想法，那就是，她要跑到能给她温暖，给她安慰，给她帮助，特别是能赋予她安全感的地方去……那个地方在哪儿呢？在哪儿呢？……

……彩妹跑动的轨迹不是一条直线，也不是一条方向大体不变的曲线……她忽然又改变方向，甚至扭回头，往回跑……但在潜意识的驱使下，她终于认定了一个目标……那目标是一袭瓜棚，是散发着家乡气息的丝瓜……

……彩妹深一脚浅一脚地跑到了一座工棚前，那工棚的窗户里已经没有了亮光……彩妹只听见自己急促的喘息声……她慌慌张张地伸手摸索着，睁眼搜寻着，并且用一颗狂跳的心祈盼着……

……啊！是这儿，这儿！……彩妹的手触到了工棚外的一个瓜棚，几根上身细细、下身胖胖的老丝瓜模模糊糊地映入了她的眼帘，她的心被一阵狂喜包裹住了……她穿过那瓜棚，对着瓜棚后的窗户，大声地呼唤起来："顺顺！顺顺！……顺顺啊！……我是彩妹！……顺顺，我是彩妹！……顺顺顺顺顺顺！……"

……工棚的窗户亮了，不止一盏灯，盏盏灯都亮了……工棚里不少小伙子从被窝里坐了起来……顺顺惊醒过来，听真切了，大喊："是我老家的姑娘……她叫彩妹……她准是遇上什么事了！……大家帮个忙！我要把她迎进来！……"

……顺顺麻利地穿上衣服，跟他挨着的哥儿们也都穿衣下床……离得远些的，有的仍然坐在床上，披上衣服，把铺盖拉到胸脯……

……顺顺把彩妹迎进了工棚，让她坐在仅有的一张小桌边，仅有的一把破椅子上……彩妹看清眼前站着的确是顺顺，便"哇"地放声痛哭起来……

顺顺和几个小伙子围住彩妹，有的给她递开水，有的给她递毛巾……有的急着问她究竟怎么回事……顺顺对小伙子们说："让她哭透……"

彩妹痛痛快快地哭，哭得就像唱歌一样……这哭声使围在她身旁，以及那些被惊醒还坐在床上的建筑工人们——也不完全是小伙子，其中也有已经过四十的壮年人——心弦全都不同程度地颤动起来……这是进城的乡下人的哭声，是无数难言的艰辛、复杂的况味、坚韧的奋斗、屡屡的挫折、层出的惶惑、叠加的疑问、无尽的期盼、不屈的情愫……汇聚交织成的汩汩心音！……

……彩妹哭够了，这才把她所经历的事，尤其是那最恐怖的一幕，讲了出来……

顺顺会怎样地安慰她？顺顺和他的伙伴们会怎样地帮助她？……在这京城的秋夜，这其貌不扬，矮个子，并且脸上膨胀着一个瘤子，更在遭遇暴徒蹂躏的过程中，致使那瘤子边缘渗出了血水，并且嘴唇也挂着血丝的，来自遥远的村庄，尚未与这大都会融为一体的姑娘，她将怎样地在这里继续生存、发展？……

难以叙说清楚。

但非常清楚的是，在北京火车站，在这秋风吹拂的夜晚，又有若干从到站列车上下来的农民，包括年龄在彩妹上下的农村姑娘，扛着被窝卷，挎着提包，怀着巨大的希望，从检票口涌了出来……

1996年11月24日午夜写完

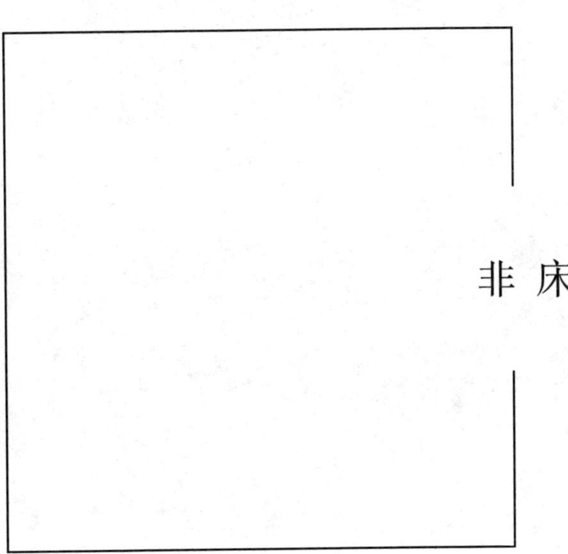

非 床

“这是《罗密欧与朱丽叶》的最新舞台版本：幕启，台上一张双人床，左右上方泻下追光，追光的底圈在床上纠缠，稍许，追光渐灭，幕落……”

笑声。哄堂大笑。鼓掌。热烈鼓掌。

柳柳起身，挤过一排膝盖，到了过道上，绕过那些没占到座位，席地坐在阶梯上的听众，出了阶梯教室。她听见那位名家接着往下发挥的一些句子，似乎在问听众：“……根本用不着演员嘛……这是不是最简洁的表现手法？”因为她“抽签”时磕碰了一些人的膝盖脚尖，有的就对她发出不满的嘘声。但她庆幸自己终于出得门来。门外摆满了自行车，她深呼吸了几下，绕过那些自行车，往校园外疾走……

“……其实，你听完了再来也行。”端端的母亲和蔼地对她说。

“那可就太晚了。他很能侃。”

“侃得怎么样？”

“挺撩人的。可是，仔细一想，也没什么深刻的东西。”

“他正当红啊！今天晚报上还有记者对他的专访，配了好大一张照片呢，喏，你瞧。”

“他可真上相，其实他本人么……”

“是吗？”

“好，端端，咱们开始吧。”她扭头对那上初三的男孩说。

“你先把妈妈给你的点心吃了吧。”端端却还不想马上听她辅导。

她瞥了一眼那只小碟子，里头是一牙花蛋糕，上头搁着一粒红樱桃，那种罐头樱桃仿佛蜡制的，而且飘散出一种类似樟脑的味道。

“咱们还是开始。”

端端谨慎地叹了口气。他妈妈正往隔壁屋走去。

“你怎么又跑回来了？”柳柳的妈问柳柳。

“你腰怎么样？”柳柳问妈妈。

“没怎么样。还那样。”妈妈问她：“吃了吗？”见她点头，接着问：“在哪儿吃的？”

她有点烦：“反正吃了。”

“端端有进步吗？”

“难说。一切都有待于期中考试的分数下来。”

“帮他考个好分数吧！”

“妈，你歇着，我给你准备滚水烫脚。”

妈妈脸上绽开了笑纹。

烫脚确实是绝顶的享受。

柳柳的妈在一家四星级大饭店工作。大饭店客房卫生间设施周全。但是，那种从西方传来的洗浴方式，无论盆浴、淋浴还是桑拿，都不怎么特别顾及脚。柳柳妈跟同事议论过，得出一个结论：别看西洋人那么爱干净，一天至少淋浴一次，可是他们不懂得专门烫脚，所以到头来寿短！饭店员工有免费在大淋浴室洗浴的福利，可是那里头没办法烫脚，要烫脚，还得回到自己家里，小板凳上一坐，脚往脚盆里一放，旁边搁一大壶热水，盆里水烫度稍减，赶紧往里头添滚水，那么一烫一泡，能够半个钟头以上，唉唉，那个舒服劲儿啊……

柳柳妈在那大饭店里专管做床。

按说，该叫铺床。但行话管那活计就叫做床。

如今全世界旅馆的床几乎全都一样。无非是木头或金属底座上头，一个席梦思弹簧垫，然后是大白床单，床单上是一层厚毯子，毯子里侧裹一幅大白单子，头上多出来，反叠在毯子头上，这上头再罩上色调雅致的床罩。客人退了房，或者不退房而白天离开了房间，柳柳妈那样的服务员就立刻进去收拾，低档点的旅店一位清洁工什么活儿都包了，从收拾卫生间，补充小牙膏小香皂、小瓶浴液和洗发液什么的，到做床、收拾地毯什么的全干，柳柳她妈所在的那家饭店比较讲究，服务员有分工，做床的专管做床，柳柳妈已经做了二十几年的床，真是熟练到极点，一张被旅客糟害得一塌糊涂的床，柳柳妈能两三分种就做妥，用过的床单、毯单、枕头套撤下，换上新洗过的，新换的床单四边还都整齐地塞压到席梦思床垫下面，包毯子的那块白单子回折的部分不多不少恰好六寸，如果是白天，床罩罩得整齐清爽，如果是傍晚，床罩会叠得规规矩矩放入橱柜，而枕头旁的毯子会掀开一角，并且在那一角旁会斜放一张印制精美的、介绍早餐品种的大卡片，以便客人考虑明早通过电话叫餐进房。

柳柳妈所在的那家饭店生意兴隆，开房率很高，而且客人流动性极大，所以做床的活路非常重。柳柳妈一个人负责整整一层楼三十六间客房的做床，经常是做得昏天黑地的。直起腰来，能到值班室坐下喘口气时，负责楼层的领班问她这回究竟做了多少张床，她往往只是发愣、傻笑。

“妈，你早点睡吧。”

“我还要再泡泡。”

“水不烫了吧？吆，壶空了，我再给坐一壶吧！”

“你就再坐一壶。真想就这么烫它一夜哩！”

“那就烫熟了。成煮鸭子了！”

“你别管我！你自己快睡！你怎么还要看书？”

“因为去家教，又回家，我已经比宿舍里她们少看多少页了！”

“少看几页就了不得啦？”

“那当然！如今竞争是无处不在！”

柳柳妈叹出声来，但马上又咽了回去。

母女对望了一眼。又都赶紧把眼光移开了。

柳柳妈叫马燕梅，今年才四十五岁。柳柳二十岁。四十五岁的妈妈外貌一点不显老，尤其在夜晚灯光下。常有人认为她们是姐俩。又特别因为，柳柳长相不随妈妈，而随爸爸，妈妈的细眉嫩面她没遗传上，倒把爸爸那粗眉黧皮的特点完全继承下来了，有回在晚上路灯下，人家不仅认为她们是姊妹，更把柳柳猜为了姐姐。

柳柳爸爸叫柳建国。他五年前得肺癌去世了。他的一幅大照片挂在了他们那间平房小屋的墙上，看上去是那么样地魁梧雄壮。

“妈，你怎么非要那么睡？”

马燕梅的睡法确实古怪，她头那儿不要枕头，却把枕头掖在腰下。采取这种睡法已经好一阵了。原来是柳柳不在的时候这么睡，后来柳柳回家时，她也忍不住还这样怪模怪样。有一回柳柳强行把她腰下的枕头薅了出来，她就下床去坐到沙发上，而且打开电视机，那时候许多频道全停播了，只有少数几个频道还有画面，其中一个频道是在推销一种宝石项链，不时闪出热线电话号码，鼓励观众从“电视商场”购买，那价格的表现方式，是把988元字样打上黑叉子，然后注明“只售866元”……她看到就咯咯咯笑了，柳柳就在床上欠起身跟她说：“妈，你腰疼想垫软点我很理解，可是不能光垫着腰，挺着个肚子，头往下控着睡，那非睡出毛病来不可！”，又跳下床，坐到她旁边，抢过遥控器，一阵点换，说：“有天有个频道推销一种磁疗皮带，说是专治腰疼，我看倒真该买条来试试……怎么现在找不着？”她就尖着嗓子说：“只售866元！”柳柳就用肩膀撞她，母女俩就笑作一团……

这回柳柳没薅妈妈腰下的枕头，而是强行把一个枕头塞到了妈妈脑袋底下，妈妈也就接受了。

马燕梅在家里绝不做床。有一回柳柳学着饭店的规矩，把家里的床做得似模似样的，没想到买菜回来的妈妈一见仿佛是成了亡国奴，而柳柳就是汉奸，一巴掌将柳柳推开，几下将“失地”收复——把那些展开铺平的被子单子罩子一顿扯乱，后来柳柳也赶紧过去“改邪归正”，把被子全按老法子卷叠起来，斜放在床铺一角，妈妈这才消了气。

母女俩一起出了门。锁住的屋子里，床铺凌乱，那是故意让它凌乱的，柳柳现在同意妈妈的看法：有这样床铺的地方，才叫家。

柳柳在大学门口意外地看到端端。

“你怎么不去上学？在这儿干什么？”

“你怎么才来？来，咱们离开这些个杂人……”

在一棵大雪松下面，端端把一份家长会通知书递给她：“你给我去！”

“为什么？该你妈妈去呀！”

“你去。这也关系到你的切身利害呀！”端端语气很老辣。

“不行。那天班主任会问，你妈妈怎么不去？”

“随你撒个谎。”

“不能撒谎。”

“现在谁不撒点谎？好比一会儿我赶到学校，第一节课快下了，我犯得上跟班主任实话实说，是找你来了？”

“你这份机灵，要用在功课上就好了。”

“别废话。你去不去吧？”

“不能去。”

“求你了！其实，班主任很可能根本不会跟你特别照眼儿。问到你，你就说是我小姨，我妈的妹妹。”

“我不去。”

“那你也就下岗了。你们大学生现在谁不想找份家教？求职的小招贴都贴到我们楼道里了。可是真被雇上的有几个？这就叫供大于求，对不对？”

“我……”

“别犹豫了。你找到这份工不容易。我总是跟妈妈说你辅导得好。你问问去，还有哪家有我妈给的钟点费高？我可知道，你们家里穷，没这份收入，就应付不了上大学的费用……”

“你这家伙！”

“不是坏家伙！下回我一定听你的，考好点儿，行不？”端端说着把一个信封塞到她手里，“这是我给你的出场费！”说完转身就跑。

她下意识地捻了捻那信封的厚薄。

晚自习以后的宿舍分外热闹。

柳柳把一些盥洗用品搁到桌子上，说：“谁爱用谁用。”那是些小型的香皂、洗发香波、沐浴露，包装上都有她妈妈工作的那家饭店的徽号。柳柳特别说明：“他们那儿重新设计了这些东西，重找了供应商，所以剩下的这批东西就当成福利发给职工了；都没过期，质量是头等的……”

方萍坐在上铺，把双脚吊下来晃荡着，快活地嚷：“嘿，拿点给我！”

鞠语珠就抓些个递给她，笑说：“这就叫——在山吃山，靠海吃海！”

柳柳再次申明：“这可真不是我妈私自拿的，是……”

留个男式分头的陆露就过来，用手指头拨弄那些小玩意儿，尖刻地说：“行啦行啦，越描越黑！现在谁不瓜分点儿！私自拿点又怎么着？这叫风俗！”

柳柳绷紧了脸。

鞠语珠捶了陆露一拳：“就你嘴碎！”

陆露也就捶她一拳：“咱们屋最缺乏的就是坦率！到503室瞧瞧去，鹃子拿来多少办公用品，上好的文件夹子，整匣的TDK软盘，整盒的签字笔、记号笔——还是带荧光的……不都是从她叔叔那个什么公司白拿来的，她们满屋的人，哪个还用自己买这些东西去？反正那公司的资产不是她叔叔祖上传下来的，也不是她叔叔艰苦奋斗自己积累起来的，她叔叔从那么个官位一下来，立马就成了董事长兼总经理，钱反正是从银行里贷的，他也不想在那公司待到还款期满……如今是不坐奥迪坐奔驰，不住限定面积的公寓住单栋的‘号司’……鹃子说得多坦率：小小不言地，也参与瓜分点国有资产……”

方萍语气不像陆露那么激昂，很闲散的样子，吟诗般地说：“呀呀呀，参与参与，瓜分瓜分，在山吃山，靠海吃海，靠着柳柳省点盥洗用品费，靠着鹃子省点文具费，靠着公司的叔叔省点求职的累，靠着副市长的伯伯咱们弄个银行信贷科科长当当……”

鞠语珠就把她那晃荡的脚杆一推：“你那副市长伯伯在哪儿呢？谁不知道你爸是三世单传？”

陆露就尖声说："人家就不兴去认成个干侄女儿？"

方萍用脚去踢陆露，结果没踢着陆露反碰着了柳柳的头，柳柳叫喊了一声，陆露就一把搂住柳柳，高叫："女士们，咱们难道真的就这么糟糕吗？"

有人从门口探进头来，嚷了一嗓子："518 室柳柳，电话！"

走廊尽头有台公用电话。一二年级的学生使用率最高，毕业班的为求职计一般都配备了手机，轻易不再使用这台机头脏兮兮的电话。

听筒撂在了机座边，柳柳拿起来，"喂，喂"几声，耳朵里却传来忙音，这是怎么回事？

早有在一旁等着往外打电话的，凑到她身边问："怎么？挂断了？你借个手机给他打吧，我可真有急事……"

柳柳舍不得放弃，还一再地"喂，喂"，但显然那边确实已经挂断，无奈只好把听筒递给了人家。一边回宿舍一边琢磨：谁呢？妈妈？端端家？……他？

收拾卫生间的同事已经出了那间客房，马燕梅抱着洗过的单子枕套赶着进去做床。这时房门按规矩虚掩着。

客人忽然回到了房间。马燕梅觉得有股浓郁的酒气从身后飘来。她迅速把床做妥，立起身，这时那客人从她两臂与身体之间的空隙飞快地伸过手去，按住她乳房就使劲地搓揉。马燕梅立刻抗拒，使劲去掰开那两只粗大的手掌，但她却并没有叫嚷。她的经验告诉她这种情况下叫嚷并不一定能引出好的结果。

马燕梅奋力扭过身子，与那男子面对面，那男子的双手现在握住了她的双臂，她挣扎着要离开，那男子把喷着酒气的嘴往她嘴唇上贴，她使出全身力气，终于挣脱，往门外跑，那男子一把拉住她右臂，跟她说："我一住进来就让你迷住了……我是真的追求你……不信你看，这是特意给你的……这几天我一直想找个机会……"马燕梅被他扯到身前，那男子右手紧紧地控制住她，左手从西服兜里掏出一条金手链，在她眼前晃……

马燕梅像鲤鱼打挺般一跳，脱离了那男子，跟他说："没门儿！"

那男子没听懂她这句表示坚决拒绝的北京土话，以为她态度有了松动，没再抓握她，脸上是一个赤红的笑："门？门我关好了，'请勿打扰'的牌子挂外头了……我也不想太勉强你……今天先让我香几下就好啦……可以再商量，好好商量啦……"

马燕梅冲到门边，迅疾打开，跑了出去。

走廊那边，搁放更换物品的推车静静地停在那里，她朝推车跑去，推车附近的客房里出来了收拾卫生间的同事，一点也没感觉到她的异常，漠然地跟她一照脸，从推车里取出些物品，又往另一间客房里去了。

大学校园有一处地方叫赛香山。那是一个土坡，上头栽满黄栌树，每到秋天叶子变得绯红。赛香山一侧的通道旁，有个公共告示牌，上面总贴满了花花绿绿的各色告示，比如这天就有一张粉色纸上写着："割爱高档复读机，祈赐200元，形同奉赠，联系请早！电话：……"另一张下面带"刘海"的纸招子上则打印着："介绍家教，落实迅疾，佣金合理，诚信为本。×××科技咨询服务公司。"纸招下面的那些"刘海"是些供谋求家教者撕下的联系电话。也有与生意无关的如业余京剧社活动通知什么的。柳柳恰好在那告示牌旁迎面遇上了董蛟。

"你刚才往我宿舍打过电话？"

"没有呀！"

"你现在往哪儿去？"

"找你呀！"

"谁信！"

"别不信，我急都急死了！"

"你不是没死吗？"

"还不到死的时候！现在是急着活！要活出个大痛快来！"

董蛟拉着她胳臂把她引到黄栌树深处。

她就知道董蛟还是那一套。果然，董蛟的"话语瀑布"，喷溅出的唾沫星子，使她脸上仿佛爬上了苍蝇。总而言之，董蛟铁了心，要辍学创业，发誓要成为"中国的比尔·盖茨"，扬言只要拿到风险投资，一年站稳脚跟，两年即可上市。

董蛟的两手像钩子般地拉住她的两只手，一边说还一边晃荡。

“你的手好热！”

“这说明我浑身贯通着创业的激情！柳柳，你为什么就不能痛下决心，跟我跳进同一条战壕——”

她没等董蛟把“并肩战斗”说出口，便抢着说：“——同归于尽！”

董蛟把脚一跺：“你这人说话怎么总这么不吉利！”

她脱开董蛟的手，稍微退了一步，说：“我要给你一个忠告——”

董蛟扬起眉毛：“好呀，好呀，你说，快说……”

她就郑重其事地说：“你要创业也好，但是，请你先从一件事情做起——每天要把牙齿刷干净！”

董蛟咔嚓撅断一根树枝，一些卵形叶片落到柳柳身上。

马燕梅在饭店内部的自行车棚里转悠了好一阵，愣找不见她那辆自行车。不是什么好车，已经骑了五年，谁会偷它？再说，上了锁的，饭店后门也有保安站岗，谁能把锁住的车在保安眼皮底下端出去？那锁可是好锁，有回丢了钥匙，想撬开，几个男子汉轮流帮忙，硬是撬不开，直到把柳柳从学校叫来，拿来她那儿的一把钥匙，才算解决问题。今天可真邪门！

“怎么啦？”有人大声问她。是电工鲍哥。鲍哥的大名没人记得清，饭店里的人要么叫他鲍哥，要么叫他鲍爷。

马燕梅把右手捏成拳头，伸到身后捶腰，告诉鲍哥：“邪门透顶，什么贼，我的破车也偷！”

鲍哥笑：“那不叫偷，叫顺，兴许有什么急事，摸到哪辆顺哪辆，先骑上再说。”

“准是咱们内部的人！”

“咳，那不就是借吗？明儿个你再来，准又在这儿了！”

“他倒方便了，我今儿个怎么回家？”

鲍哥推着他那辆加重车，接近她，笑嘻嘻地说：“我驮你家去！”

鲍哥的笑容里有种让她喜欢，而且可信任的魅力。

“让警察逮着，你交罚款！”

“咱们干什么让人逮着呢？这会儿交警也都往肚里填食去了……再说，咱们专钻胡同，大路口你下来腿几步，那不结啦？”

也是。鲍哥家离她家不远，顺路，而且确实能基本上钻胡同解决问题。

她就让鲍哥驮她回家。

所穿的一条小胡同路面不平，颠簸起来，侧身坐在后座上的她，就紧紧抓住鲍哥外套的下摆。

又穿一条胡同。在一个拐角处，鲍哥刹住车，说是要买包香烟。她跳下车，鲍哥支起后轮支架，去一户人家打开后墙开的小杂货铺买烟，她站在车旁，忍不住又用拳头去捶后腰。鲍哥买回烟，走拢车前，点燃一支，望着她说：“狗日的饭店……早该添做床的了，愣不添，看你累的……”

她不言语。只是默默地跟鲍哥对望。他们的视线有好几分钟粘连在一起，谁也不回避。

他俩知根知底。鲍哥媳妇有癫痫病，属于家族遗传，搞对象时隐瞒了。鲍哥两口子没生育，抱养了一个闺女，如今也是大学生了，不过考上的是外地的一所学院。鲍哥望着她眼睛的时候想到些什么，她猜不出。她却想到了一件事，同事从客房捡到一本香港印的《蛇年运程》，撂在值班室里好多天，大家没事时翻着玩，她属猴，柳柳属鸡，那流年运程她查了个烂熟，然后呢，她就偷偷查了属龙的运程，鲍哥属龙，在“肖龙婚配吉凶”一栏，她发现“龙猴相配为大吉”，而“龙狗相配为大凶”，掐指一算，鲍哥媳妇正属狗！当时只觉自己脸热，突突心跳，后来也就淡忘，但此刻查运程那一瞬的情绪竟又油然于心……

到了她家院门，她随口说了声：“进去坐坐，喝口水。”鲍哥就推着车，跟她进了院，把车支在她那屋外，又跟她进了屋。

也不知道进屋以后都说了几句什么，先头两人是怎么个站位姿势，等到两个人都略微明白点的时候，已经靠得很近地对站着，她感觉到鲍哥的胸脯在大起大伏，鼻息里的烟气氤氲到她脸上，眼光却落在她的胸脯上，而她的胸脯，起伏得比鲍哥更剧烈。她朦胧感觉到鲍哥在咬牙，两只下垂的手在微微发抖。她忽然一把抓起鲍哥的双手，将它们按在自己的胸脯上。鲍哥的手忍不住搓揉起来，她就爽性解开衣扣，让鲍哥的手接触到她无遮拦的乳房。鲍哥亲她，先是脸蛋，后是嘴唇。鲍哥猛地把她抱起来，往床边挪，她看到了床，立刻惊悚地挣扎，鲍哥松开她，她站在鲍哥面前，泪水簌簌地落下来。鲍哥有点手足无措。她哽咽地说："不是，我不是……"鲍哥就离开她，但没转身，倒退到门口，说："你累了，歇着吧。"

鲍哥走了，她像落叶般坠到沙发上，掩面痛哭。

柳柳把那"出场费"原封递给端端。

端端不接："我妈一回来我就跟她说，你根本就不称职！"

柳柳说："那我直接退给你妈吧。"

端端一把抢过那信封，从信封口抖出票子头，用手指头数了数，再把票子抖回去，麻利地将信封塞到了裤子屁兜里。

柳柳说："就算让你妈错过了家长会，班主任也会跟她联系的。"

端端说："只要那天没缺席，班主任不会再打电话给家长的。"

柳柳说："你妈就不会主动给班主任打电话吗？"

端端说："这阵她炒股炒疯了，什么都顾不上。你不知道上周全线下挫吗？她回家就拿我撒气。对了，谁让你脸皮薄呢，你的工资拖了一星期了吧？你要再不问她要，她才懒得给你开呢！"

正说着，单元门猛地开了，端端妈妈先笑吟吟地进屋，然后引进三位太太，个个珠光宝气。端端妈妈朝端端那间屋瞥了一眼，便扭身对那三位太太说："我们里边里边……孩子功课要紧要紧……来来来来……"

那边一声门响，然后就静了下来。柳柳侧耳，端端跟她说："你听不见搓麻哗啦声的，我妈那麻将桌上铺的绿呢子比这本书还厚。"又说："看来是熊市转牛市了。她那张脸我远远一看，就知道是什么行情。"

柳柳用指弯敲敲桌子："好啦好啦，咱们进入正题！"

约摸半小时以后，那边一声门响，立刻飘出太太们的说笑声。端端妈妈大概是往那边先送去了点心茶水什么的，然后飘然而至，端来照例的一牙花蛋糕，放在柳柳跟前，仿佛柳柳问了她什么似的，笑着说："不过是偶尔的，小来来，小来来……"

那牙蛋糕上搁着一颗蜜制的绿樱桃，柳柳立刻觉得鼻孔里钻进了类似樟脑的气息。

饭店大堂的洗手间堂皇富丽，洗手台上放着鲜花制的花插。马燕梅很少进入那里。按规定本饭店职工一般是不允许到大堂消费和方便的。只是因为这晚她有事要找趟前台经理，才来到大堂。办完事，她顺便进入洗手间。白天在里面伺候客人的那位大妈已经离去。有位年轻的女士在镜台前补妆。马燕梅也没在意。她解完手，也去镜台前的水池子洗手，一瞥之间，她觉得旁边那张脸有点面熟，但又不大敢认。那年轻的女士似乎觉察到她在观察自己，便也扭过脸来看她。这下她可认清了，忍不住唤出声来："方萍——你怎么在这儿？怎么会——"她把后半句"这么个打扮"咽了回去。那年轻女士先是倨傲的表情，很鄙夷她的样子，后来眉毛忽然使劲往上一挑，睁圆眼睛，生气而又慌张地说："谁？我不认识你！你别瞎认人呀！"说完一阵风似的消失了。

马燕梅呆呆地站在镜台那儿，肚子里仿佛有个车轮在转悠。饭店里总有些个那样的女人出现，特别是在大堂里头。也听说有的竟是女大学生，会英文，专找老外。她做床时常会遇到用完的安全套，床单甚至枕头套上有时会有明显的精液渍、阴水渍甚至血渍，以至于让她当晚吃不下饭，回到家睡到床上，也总觉得身子底下有什么没弄干净的污渍……但万没想到会在这个地方遇上方萍，没错，她绝没看走眼，不管那身打扮跟女大学生有多么错位，那包装里的真人肯定是跟柳柳同宿舍的方萍！她！天哪！远在南方的父母能想象到她会这么身打扮在这么个时间出现在这么个地方吗？……呀，柳柳她——不会不会绝不会！……可是，几次到柳柳宿舍见到方萍，都是那么温柔清纯，那么天真可爱……

马燕梅跌跌撞撞地出现在饭店后门附近，把鲍哥吓了一跳，逼近问她："你怎么了？喝醉了？病了？"她抓住鲍哥手腕说："快，借我手机……"鲍哥为了下班后揽点私活，刚买了个手机没几天，忙掏出来递给她，她推开，说："你给我拨号，通了再给我……"

她报出一串数字。是柳柳她们宿舍走廊里的那台电话的号码。

董蛟一到柳柳面前就嘻开嘴巴。

“你什么时候成了兔唇？”

“遵照您的忠告，我现在是先刷牙，再创业。”

“算了吧，现在多少公司都跟牙膏沫似的，热闹不了多少工夫，转眼就灰飞烟灭。”

他俩上了空调专线公交车。

“这车真不错。人人有座，干干净净，温度适人，才收两块钱。”柳柳下车后说，很是满足。

“哪能老坐公共！咱们公司一开张，至少有辆本田……你怎么还不抽空考本子去？那个什么端端，还是正正，辅导他干什么，能挣几个小钱？别再提篮小卖了！趁青春血热，咱们发财要赶早！”董蛟还是那么一种口气。

“创业，发财……小心落进深坑里爬不出来！”

“那也强似在平地上讨饭！”

董蛟是带她去一个大饭店，见一位深圳来的大老板，据说此人手里有大笔游资，是投往电视连续剧制作业，还是IT业，尚未拿定主意。董蛟好不容易够着这么个关系，带着自己的计划书，去投奔这位大款，希望获得风险投资，圆他的创业梦。柳柳虽不以为然，但还是陪他前往。

“还好这位大款住的不是我妈他们那一家。要是我妈看见、知道我进大饭店，非数落我不可。”

“那为什么？等我们注了册，进出大饭店，那就是我们的日常生活了嘛！”

“她最近真是越来越神神叨叨的了。那天晚上忽然给我打来电话，头一句话就问我在哪儿呢，我说你打的这电话不就是我们宿舍的吗？我在接听，还用问在哪儿？我问她跟哪儿打的电话，她说用的手机，这更奇怪了，就算借了个手机，神州行的收费，一分钟六毛呢，什么紧急的事情值当这么花费？问她究竟有什么事，又好像并没有什么事，只是跟我说，千万别去大饭店，那不是什么好地方……你说这是哪儿跟哪儿？”

董蛟没怎么在意她说的话，望着马路那边，抻她衣袖：“快看，那边怎么了？”

那边一座体育馆，临时用来举办一个人才招聘会，门口人头攒动。

“有什么稀奇的，凡这号活动总这么人头汪洋汪洋的；这还是外头，进去更挤不动，稍微好点的公司摊位，能把台面挤塌了。”

“看，吵上了，咦，那个攀到铁栅栏上的……是陆露吧？她怎么也来凑热闹？你们离毕业还有三年呢！”

“那有什么奇怪的，这叫鸡鸣早看天——呀，真是她，她那是干什么呢？”

两人就赶忙过马路，去看个究竟。

原来是许多人觉得上了当。打出的招牌是一百强联合招聘会，二十块钱一张入场券，买票进去一看，原来摊位只有几十个，勉强够谱儿的机构不足十个，所以一些人就跑出来到售票口退票，看来陆露成了个临时领袖，正一只胳臂攀住售票口旁边的铁栅栏，比别人高出大半个身子，另一只胳臂挥舞着，激昂地嚷：“不光要退票！还要主办方负责人出来给个说法！”

人群发出一片呼应声：“退票！退票！”“出来！出来！”

柳柳要往前头去接近陆露，董蛟硬把她往离开的方向拽：“不能耽搁了咱们的正经事，快离开这是非之地……”

柳柳边跟着董蛟离开边扭头回望。董蛟死死拽着她胳臂不放松：“快，快，咱们跟他们不一样，以后即使去这种地方，也是咱们租个摊位，招聘别人……”

开了家门，打开电灯，发现妈妈坐在沙发上睡着了。

妈妈惊悚地醒来，揉眼睛问：“你今天……辅导端端不是该明天吗？你去哪儿了？这么晚！”

柳柳说：“跟大蛟在一起。没想到，他那么个破策划，还真有人愿意考虑给他风险投资！”

妈妈对大蛟印象一贯不错。对他辍学创业的雄心壮志也还欣赏。只要柳柳不辍学，他们俩交朋友，她不反对，也挺放心。

柳柳脱好外衣，问：“你怎么睡沙发？该到床上睡正经觉。”

妈妈说：“别提床。就跟别跟我提羊一样。”

爸爸在世的时候，就听爸爸妈妈一起说起过，他们在内蒙插队的时候，那年冬天大雪封路，绝了饲草，连人吃的粮食一时也运不拢，只好宰羊吃，喝羊血，啃羊肉，开始还觉得香，连续好多天，弄得后来一闻见羊油羊肉味儿就恶心。所以他们回城以后，绝不吃羊肉，柳柳打小也就随他们，从不沾羊。

“可是床不是羊呀！人离了羊能活，离了床怎么行？”

“哎，我就宁愿睡沙发。只是咱们家的破沙发，形状太差。要能像个蜗牛壳似的，钻进去蜷着睡个痛快，还微微晃摇，那有多好！我就成仙了！”

“好姐姐，你也太浪漫了！”

“怎么着，我就不兴浪漫吗？我离五十都还早呢！”

“你就尽情浪漫！不过，我先坐壶水给浪漫大仙烫烫脚才是正经的。”

其实马燕梅已经烫过脚了。但她顾不得阻止柳柳。她从对面墙上的镜子里看到了自己，头发有些蓬松，脸颊绯红。她从浪漫这个字样想到了一个人一些情景，她用双手十指梳理头发，感觉到血脉中有贲张的激情在涌动，泪水倏地糊住了双眼，她就又赶紧用指弯去揩揉眼睛。

“柳柳，你的信！”

柳柳还从未在学校收到过信件。

陆露把信递给她的时候，方萍照例坐在上铺，两只脚晃荡着。方萍眼尖，看出了信封下面红色的字样，是某某证券公司，不由得打了个唿哨。

柳柳感到意外。她接过信，没在屋里拆开，拿着信到走廊里去了。

柳柳出了屋，方萍就摇头晃脑地跟陆露说：“嗬，人家可是静若处子，动若脱兔！”

陆露说：“八仙过海嘛。你不也新买了手机吗？”

方萍撇撇嘴说：“咳，二手便宜货，凑合着用罢咧。”又问：“你们那天大闹招聘会，晚报报道以后，又有什么续闻？”

陆露说：“又能把他们怎么样？北京骗不动，再往别处去骗呗。”

方萍的手机奏出《致爱丽丝》的调子，她几下落到地上，拢上鞋顾不得提妥后跟，把手机贴拢耳根，蹿出屋去。

陆露望着她的背影说：“这才真叫动若脱兔呢。”

那封信是端端妈妈写来的。不打电话，而以书信方式，约她在下回辅导前三小时到她家去面谈，那意图很明显。无所谓。也不可惜。大蛟的话不无道理，提篮小卖，究竟意思不大，钱多钱少还在其次，为那么点钟点费付出许多的尊严代价，实在不值得。

她准时到达。约那么个时间，为的是端端还没放学回家。

好说好散。端端妈多给了一回的钱，还照例让她吃那一牙花蛋糕。以往她吃掉蛋糕，只留下那颗搁在上面的樱桃。这回她没吃，并且老实不客气地对端端妈妈说："这上头的樱桃一定用了超量防腐剂，千万吃不得。"

端端妈妈正听话听声、锣鼓听音，忽然门铃叮咚响。

端端妈妈皱起眉毛去开门。没马上把门外的人让进来。似乎是在问约的不是这个时间，怎么早来了。门外似乎在解释，说中介公司通知的就是这个时间呀。门外又说要么我过一小时再来，端端妈妈就说既然来了，那就先进来坐吧。

本来门外的人声就很可疑，及至进来，啊嗬，果然，是同宿舍的鞠语珠。

柳柳从沙发上站起来，望着鞠语珠微笑。鞠语珠却顿时脸红，垂下眼皮，仿佛做了不得体的事情被人当场觑破。端端妈妈却浑然不觉，先把柳柳送出门。

柳柳在人流如过江之鲫的大街上不紧不慢地走着。她进了好几家商场、商店，问有没有那么一种磁疗腰带卖，竟都没有。

走到一家有很宽阔的落地玻璃窗的商店外，一眼看到窗里陈列着一架摇椅。马上觉得它很像半个蜗牛壳。当然，它能微微摇晃，很浪漫的。于是马上进了那商店。一问价，要 1160 元。倾囊所有，仍差一半左右。坐上去试，非常好。店家经理、店员围着她转。说是今天如果没带够钱，一周之内都给她保留。这种样式的摇椅存货不多了。而且下批货什么时候来还没准信。欲购从速，以免失爱。她就问能不能借电话打。当然可以。请请请。她给大蛟打去电话，让他马上来，来风险投资，投资额不大，600 元就行，两个月后保证收回投资，还有丰厚红利。

这天妈妈没下班，柳柳先到家。那家商店派车把摇椅给送到了屋里。

柳柳坐到摇椅上，微微晃动着，闭着眼享受。

等妈妈回来。

这不是羊，不是床……

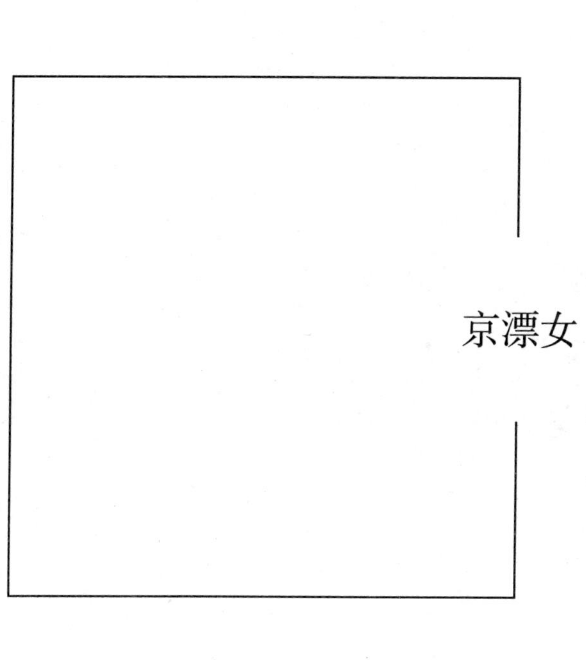

京漂女

1

“那就明天早上八点吧。”

声音懒懒的。这是很不正常的一个钟点。这种钟点他应该是正在床上酣睡。

“晚上八点？”她故意这样问。

“早上。”

这钟点弄得她一夜没睡好。不用闹钟叫，窗户稍微发青她就起来化妆。七点半她已经捏着手机跳进了出租车。七点三刻，她在车上给他挂电话，房间里的没人接，手机没有开机。

整八点，她到了他的门前。按门铃。

她不知道在门外等了多久。按了三遍门铃，听不见里面门铃的叮咚声，也许门铃导线根本没有接通。

她又一次被涮了？

她对自己淡淡一笑。仿佛对面有影院里的大银幕，上面是她的大特写，那淡淡的笑容既凄楚，也坦然。

这扇门里的那个副导演，轻易不跟人约会的。就是被他涮了，前提是真的约会过，也算有三分幸运。你总算在他那儿挂上了号。

副导演辅佐的那个大导演，对演员的最后确定要亲自拍板，自不待言；但副导演如果不把你放在备选资源内，你就无论如何也入不了大导演的瞳孔。这回副导演许诺的是女二号，她自信那角色非她莫属。

他跟自己约的时间，确实是早上八点吗？晃晃头，仔细再想想，没错。

也许这时候屋里根本就没人。

她正伸手，想再按一次门铃，忽然门被迅猛粗暴地打开了，一个年龄跟她相仿的女人，只穿着凌乱的内衣，头发更加凌乱，一只手攥着门把手，一只手叉在腰上，两眼圆睁，恶狠狠地瞪着她。

她转身就往楼下跑去。

2

对着一家还没开门的服装店的玻璃橱窗，她对自己的鬓发略事整理。

很拙劣。如果是影视里的一个情节，从编剧到导演到表演到摄影统统拙劣。

但真实的是，那来开门的竟是薇薇。这一笔倒真算神来。

有多长时间没见到薇薇了？三个月？小半年？这娼妇……怎么偏是她？

薇薇和她，还有类似的人，其中女的居多，男的相对稍少，有人粗略统计过，到2001年初，大约有一万来人，叫作“京漂”，用从日本传到台湾再传到大陆的那个词汇—— 一族——来说，则是“京漂一族”。这“京漂一族”，当然属于“外来人口”的范畴，可是绝对不能与“打工仔”、“外来妹”混为一谈，他们漂在北京并不是为了挣钱谋生，而是为了圆一个绮丽的梦——其中大多数是想跻身演艺圈，还有的想成为画家、作家、摄影家……总之，他们是因为热爱文艺，才离开家乡，带着一笔钱，跑到北京来，自己租房，四处活动，漂在各种文艺场所，混迹于摄制组、录音棚、电视台、展览会、首映式、发布会……如果上面的场所一个也混不进去，那就至少会漂浮在某些演艺圈的外围空间，比如常能遇上二三流演艺人士的歌厅舞榭、咖啡吧、啤酒屋什么的，当然也包括某些能提供与演艺圈人士邂逅机会的私人派对。

3

有人在叫她。

是阿铿。

阿铿一米八二的个头，肩宽腰细，模样很帅，表情很酷。

阿铿漂的时间比她长，曾经陪一位女明星做过一个洗发水广告，在电视台持续播出过小半年；最近常走 T 字台，一家小报刊登的大照片上，把他的身姿作为了前景；但这些成就显然都并不能填满阿铿的欲壑。

阿铿的最高目标是要么成为影视红星，要么成为电视主持人。他的欲望哪天得以实现？

她和阿铿走进附近一家台资小吃店。俩人都要了热豆浆和油条。

她喜欢阿铿，不为别的，就为阿铿自从认识她以后，尽管她一直落魄，却始终对她友善。这样的为人在“京漂族”里并不多见。

阿铿问她是不是还在那家影视公司帮忙，他们都曾经给那家公司充当过群众演员。群众演员跟群众演员也不一样。他们算“高级龙套”，比如在前景里，阿铿是洋车夫，她是坐洋车的阔小姐，有时副导演还让他们这两个龙套之间多少有一点戏，比如小姐嫌车夫汗臭掏出手帕掩鼻、车夫束紧腰带强忍饥腹什么的，最后剪接出的片子里，那一晃而过的镜头对烘托时代气氛竟非常提神，甚至有影评家专门涉及那一场景的处理，认为非大手笔的导演是不会有如此细腻的笔触的。

阿铿回忆起他们那一回的合作，说那辆假洋车他刚一提起拉手就散了架……呵呵地笑。她没笑。她记得那回让她穿的旗袍很不合身，而且不知道使用过多少次，却始终没洗熨过，散发出一种沉闷的霉味儿，更不堪的是，当她脱下来时，发现领子里有一块腻腻的东西，是油彩，还是鼻涕？……一阵恶心，她把半根油条扔到一边的烟灰缸上。

“……他让你演那个妓女了吗？”

那本是她竭力争取的角色，而且阿铿绝对是好意，可是此刻话音落进她耳朵，却令她产生当众挨骂的耻感，她用餐巾纸拼命揩手指头，气急败坏地说：“你呢？他们找着跟你亲嘴顺眼的搭档了吗？”

阿铿没有被影视导演选用，有一条理由，是说他个头太高，演言情戏，得一米七五以上身高的女演员跟他配戏，亲嘴时的镜头才能让观众顺眼；可是女演员身高到了一米七五以上，又哪儿能娇小玲珑？

“京漂族”多半喜怒无常。阿铿自己并不例外。见怪不怪，彼此彼此。

4

阿铿先走一步。服务员收拾过桌面后，她还在那里愣愣地坐着。

又有人叫她。是一种极其标准的“国语”。听那声音，出语人简直是从台北街头直接走进来的。那是都非。

“哗！这位女生，天还蛮早，怎么就在这壁厢作夕阳之叹啊！”

其实都非根本没去过台湾，一直生长在四川成都的小巷子里，可是他竟练就了一副地道的“台北腔”，还会灵活使用某些台湾流行的语言习惯，如把年轻女士一律称作“女生”，使用“蛮”替代“非常”为副词，在句首频频加上个“那”什么的。这也不奇怪，除了台湾影视歌三界明星本身的影响，大陆有的电视主持人，就靠着这样的语言风格蹿红，都非从中受到极大的启发鼓舞，他的理想，就是进入电视台成为那样的红主持。

曾经有人说，深圳树上落下一片树叶，会同时砸着好几位经理。与此类似，在北京某些场合，树上落下一片树叶，会至少砸着一位“京漂”。

都非——自然是他的艺名，绝大多数“京漂族”都尽量不让人知道他们身份证上的那个名字，都非身份证上的名字是张锦生，他自己觉得俗不可耐，于是取了现在这样一个“耐人寻味”的雅称——坐到她对面，很内行地点了一客高雄担仔面；听说她已经吃过东西，便为她点了一杯台式泡沫红茶，笑嘻嘻地说：“呜喔，男生请女生，那应该的啦！”

都非边吃面边评论昨天电视里娱乐节目的主持人的表现。都非的絮叨令她起腻。她就故意说：“我只欣赏亚宁。至少，他没有台北‘国语’腔……”她知道，都非最听不得中央电视台综艺节目的主持人亚宁的名字，还并没有混成亚宁的同行，却已然是冤家了。

都非吞着面条，脸上是痛苦的表情，她心软了，没等他说出论争的话，便笑笑问：“你今天什么日程啊？”

都非吃完面，用餐巾纸很秀气地揩嘴唇，整个气质比奶油更奶油，对她说：“真是的，你的日程如果还没排定，那我们为什么不一起去参加《心比火热》首映式？那会很开心的啦！”

拍《心比火热》的那一帮人，她当然听说过，却还没接触过。那些人搭成的班子，其实比她已经够得着的剧组档次要低，但是她闲着也是闲着，百无聊赖中，去蹚一脚倒也无妨。

出了小吃店，都非伸出手，字正腔圆地呼唤：“计程车！”她撇嘴：“北京只有出租车！要么，叫 TAXI，叫‘的’……你以为你在哪儿？”

5

但她还是有几分感激都非，因为都非没挑破那层纸——她漂了这么久，竟还没混出个真正有“日程”的状态来。但她也知道，都非拉她来这个首映式，是因为这样的活动，观众人数并无保证，需要有若干都非这样的“托儿”，想方设法再发展出一些“光临者”，来让观众厅里的座位起码不至于空得太多。

如果这天不是星期日，电影院也不敢安排上午十点的首映式。这家电影院附近有两所大学，还有好几片居民楼，这部《心比火热》，定位为青春喜剧片，映前导演和主要演职员会上台与观众见面、对话，影院经理估计怎么也能上七成座位，可是已经都到十点钟了，放映厅里却只稀稀落落地坐着一些看客，算起来不足四成，而且，其中有不少还是都非那样的，并不需要买票的人物。

十点一刻，首映仪式才开始。导演是个脑后扎马尾巴、满腮胡子的矮胖子，他亲热地招呼台下的观众：“亲爱的上帝，请离我们近一点，集中一点好吗？”坐在第十排的都非立刻站起来，往前面中间走，这原来也是策划好的一种“托法”；在几个都非式“托儿”的带动下，观众们果然大体都集中到了前面，密集起来的观众使整个放映厅里的气氛热烈了一些。

导演一一介绍上台的人物，尽管他用了好长一段话，里面嵌入了好多夸张的形容词来介绍那位瘦高的摄影师，观众们报以的掌声还是零零落落；直到他把女一号——最近一年来颇露头角的那位演员唤到台口时，台下才响起了比较热烈的掌声，都非还不失时机地吹了一声口哨，引出了一阵哄笑、一些嘘声和一些意义丰富的掌声，气氛顿时活跃起来，这正是主持者所企盼的……

她觉得，那台上的女一号，目光与她有短暂的交接，仿佛阴阳二电一触即炸，她心中闪出狂光响出惊雷。她太清楚她了！她们前后脚漂到北京，一起跑过龙套，甚至在一把伞下避过雨……今天，女一号在那短暂一射的眼光里，向她宣布了自己“有志者事竟成”；她呢，在那短暂相接的瞬间，她把什么信息传递给了对方？“再让你半年！”对，至多，一百八十天，那时候……不会是在这么个破地方，面对这么多空座位！哼！

台上的人尽量地诙谐，台下的笑声多起来，似乎也并不勉强。陆续又进来了一些观众，场面竟渐次热闹起来。她心里却越来越不痛快。那女一号穿着露出胸沟的连体黑裙，手里拿着一定是都非式“托儿”献上的花束，不断地举臂向台下观众挥动……太不得体，冲那股酸劲儿，她就断定此人成不了什么大气候！

台上请台下观众自由提问，都非头一个站起来，接过组织者递上的话筒，仿佛是刚从台北赶过来的，用标准得令人起腻的“国语”，向女一号发问：“那我很想晓得，演过这样一部喜剧以后，你会不会把自己定位于喜剧型演员，蛮自信地朝‘笑星’的目标挺进？……”

她喉咙里有欲呕的感觉。她离开座位，赶紧往外撤。

本来，都非还约着她，跟着剧组再转移到另一处电影院，参加另一场见面活动。她知道，都非和她可以坐进那辆依维柯小面包车，跟在导演与女一号他们坐的本田雅阁小轿车后面；而在车上，都非会让她也得到一个信封，里面至少会是一张百元大票（而她也就必须在下一场见面活动中站起来提“恰到好处”的问题），末后，他们还会一起到一处餐厅，吃自助火锅，而那时，无论都非，还是她，以及另外两三个“托儿”，酒肉作媒，就都有机会争取到导演，或至少是副导演的特别注意，乃至于陡获青睐，于是，那下一部戏里，怎么也就会摊上个在演员表里列出来的角色……这其实也就是他们“京漂”的日常生活；但是，她怎么能容忍，那女一号再以那样的目光，来射她睨她瞥她？更何况，如果对话，她能说什么？那一位却可能或者话很多，或者竟根本无话，这两种情况她都难以忍受！是的是的，人生的痛苦，有时候并不一定是自己失败无获，而是他人的成功丰收！

她快步走出电影院大门，下得阶梯。手机响起了蜂鸣音。

6

来电显示上的号码很是陌生，简短留言是“速到香都”。这并不让她吃惊。“京漂”之间有些约定俗成的“漂规”，凡还没出道尚在挣扎中的“漂哥”“漂妹”，常常互献信息，以备选用，也算是相濡以沫，“有饭大家吃”，一种人际温情吧。

香都饭店这天中午有电视剧和电影套拍的《客从天降》开机仪式，导演鼎鼎大名，女一号早属艳星，这都并不令她怦然心动；可是，那男一号，是她的同乡，连续三年报考电影学院、戏剧学院、广播学院均遭失败，从前年起顽强地漂在北京，七闯八奔，歪打正着，上个月偏因一个偶然机遇，被大导演一眼看中，选定为这部戏的男一号！半年前《客从天降》的小说出来时，传媒上便爆炒得沸沸扬扬，一家报纸娱乐版还发动读者，为改编这部小说挑选导演和演员，所刊登出来的男一号理想人选，打头的是苏有朋，你想想那是个什么角色！当这位大名鼎鼎的导演接了这部戏后，传媒更炸开了锅，人们本来设想的导演，都还没到这个量级啊！紧接着，传媒又告诉大家，戏里男一号，竟选用了籍籍无名的他！记者采访导演，问:“是不是又有一个葛优横空出世？”问得当然很有道理，葛优当年就是考哪儿哪儿不要，最后只被全国总工会的话剧团勉强收容，结果怎么样呢？他戛纳电影节上封了影帝，在国内更成了人见人爱的公众宠儿，论票房是“泰山石敢当”，以至凡他出面做广告推销的商品，也必定稳获高利……大导演是这样回答记者的:“他肯定不是另一个葛优，但他有可能是中国的汤姆·克鲁斯！”戏还没拍，传媒对这位“中国的汤姆·克鲁斯”的宣传已经如火如荼，小报上又是照片又是专访，甚至一家大报的娱乐版也凑热闹，把他的照片和汤姆·克鲁斯的照片并排刊出，大字标题是:《你更喜欢谁？》

说来也怪，对于那位窃取了《心比火热》女一号的主儿，她想起来就妒恨交加，对这位“中国的汤姆·克鲁斯”，她却心平气和，甚至还暗暗为他庆幸。难道嫉妒心只针对同性，特别是同一年龄段的同性发作？

其实，不用这个电话提醒，她原来也知道，香都饭店有这么个开机仪式，那场面、气派，是《心比火热》那样的班底望尘莫及的。她决定赶往香都。

7

香都饭店外面，停车场旁的一片绿地，她刚漂来时，听人家说，那里是“停机坪”，她望过去，好纳闷，那里头就是最小的直升飞机也停不下啊；后来才知道，“机”字应该换成“鸡”字，说的是那里经常有“野鸡”出没，尤其夜幕降临以后，“鸡”影幢幢，有的“鸡”会被一掷千金的男人带进饭店，或者仅是陪饭陪酒陪唱陪舞陪泳陪笑，最后身上留些拧痕皮包里添些小费；或者由豪客开房间再加陪睡，那早晨出来时会眼套黑圈而挣到成摞的票子——有时还会是硬通货；直到半夜还没有被带进饭店的“鸡”，有的怏怏地回到自己住处，以待明日；有的则没那么“矫情”，她们不得已而求其次，只要有打野食的男人来，肯给钱，无论把她们引到什么不仅不豪华甚至很卑琐的地方去“打炮”，也认命。她原来一直认为，这些“鸡”属于另一类漂流族，与她所属的“京漂”不可同日而语，“鸡”们是“肉”的层次，“京漂”在“灵”的层次。不过最近她产生了很痛苦的思绪。“京漂”里像薇薇那样以“肉”争先的例子，难道是个别的吗？而有的，曾和她一样抱着辉煌理想漂在北京的女孩，因为屡屡失败，对跻身演艺圈完全失望，便爽性到夜总会性质的地方死心塌地地当起了坐台小姐，虽说是有关部门时不时地严查严扫，担着些个风险，但很快也就挣出了商品房私家车，从外在形态上看去，倒比她这样洁身自好的“京漂”混得惬意！

她朝“停鸡坪”望过去，草皮青翠，花坛缤纷，树丛和凉亭下有些老人坐着聊天，一群小孩在甬路上追跑，一只“鸡”也没有，是啊，这种时候，“鸡”们都在自租或合租的窝里睡大觉哩。

但她心里忽然酸酸的。母亲教她唱过的那首聂耳谱曲的歌，单有一句总粘在心尖上，刺得她心酸：

舞女，是永远地漂流……

她一直很奇怪，谱出《义勇军进行曲》的人，怎么会又谱出如此凄楚的旋律？

舞女——这个称谓，把她这样的“京漂”和那些坐台小姐，乃至于那些“鸡”们，混为一谈了——其间的界限，其实很难划清！

一个男子迎面而来，兴冲冲地跟她打招呼。

8

那是夏景志，在“京漂族”里辈分比她略大，不过他们主攻的方向有所区别，她是想成为一颗影视明星，夏景志是想成为京城里的著名“娱记”，但不管怎么说，毕竟都奋斗在一个娱乐圈里，磕头碰脑的机会很多，也算是大熟人了。

“你总算来了。请柬我都给你搞定了。”夏景志脑门上汗津津的。

“原来是你给我留的言！可电话号码怎么瞧着那么生？你又把手机丢啦？”

“人永远会犯错误，可是人不能总犯相同的错误——看，我鸟枪换炮啦！”夏景志把便携式电脑晃给她看。原来，夏景志跟一家网站签了约，成为了该网站唯一的特派“娱记”。夏景志跳了不知道多少回槽，他从报社专拆读者来信的编务，终于混成了网站独当一面的“娱记”，其间的坎坷酸辛，也只有他自己心知肚明吧。

“其实，我对汤姆·克鲁斯没什么兴趣。”她说。

“知道。你欣赏的是汤姆·汉克斯。‘帅哥’算个什么？得是性格演员才值得崇拜！”夏景志讨好地说：“如果由我来预测你的发展前景，我就不会说你是中国的朱迪·福斯特，我会说你是中国的梅丽儿·斯特里普！”

她喜欢这样的讨好。当然，不必照单全收。她挥下手说：“你懂什么！朱迪·福斯特也是性格演员！”

他们一起走进了香都饭店。

9

香都饭店的大堂气派非凡，那淋漓尽致的豪华氛围令她顿觉自身的衣衫不甚相配。那身套装本是穿给那个可恶的副导演看的，在这个饭店里似乎显得有些错位。不过这地方人人都只知道自我欣赏，谁会专门注意到她？

开机仪式在三楼多功能厅举行。凭请柬入场。多功能厅里已经是蜂飞蝶舞，香雾弥漫。一个乐队正在演奏，乐队前铺好滑轨，滑轨上架着摄影机和摄像机，将只摇拍一个乐队演奏的镜头，然后宾主便可以一同享用自助餐。自助餐的菜台已然布置完毕，从生菜色拉、开胃小点、寿司、三文鱼片、中西式热菜……直到甜点、冰激凌、水果，一应俱全；冷热饮品种也不单调，长城干白与王朝干红都敞开供应，充分显示出剧组资金雄厚、腕级做派。

仪式准时开始，出品人和导演的讲话都很简短，音响里传出一阵鞭炮的响声，人们高呼“开镜大吉”，热烈鼓掌，然后果然拍了那个镜头；一声“请随意”后，一般凑热闹的来宾便大大方方地开吃，“娱记”们且顾不得享受美味，纷纷围上去采访，有的围着出品人，有的围着导演，有的围着原小说作者和编剧，有的围着女一号，而围得最像铁桶的，是那个幸运儿——中国的汤姆·克鲁斯。

夏景志抢到导演紧跟前，每个发问都带有挑逗性。导演知道这样的“娱记”一定会把访问录写成“酷评”，其实倒最能增强该剧的符码价值，所以微笑应答，而且有的地方故意往记者设定的坑里跳，这样两下里都能得趣——“娱记”有绝非造谣的“大腕狂言”刺激读者，而大腕也以并不真正丢份儿的“佯狂”维系住了观众对自己的关注。

她且松口气，自取了一只盘子，夹了些生菜叶，往上头浇了些千岛汁，又拈了一个寿司、一大片三文鱼，又从下面有加温罐的银钵子里舀出一勺番茄葡国鸡，走到大落地窗边，管自吃了起来。吃完，她换个盘子，挑了几样甜点，又取了杯红葡萄酒，正待还往窗边去享用，那剧组的一个场记走过来跟她套近乎，她当然认识他，他也是个“京飘”，想漂成个导演助理，再发展成导演；他们并不熟，他却一脸仿佛遇到了“同桌的你”的表情，非常热络地献媚说：“要不是知道他们选定你去演那个三十年代上海交际花，我们就拉你来演这里头的卖花女了！”她心中暗笑，谁是“他们”？你不过是个小小的场记，哪里就配跟导演论起“我们”来了！但是她不戳破他，只是拿些不咸不淡的话来应付。他们站在一处谈话时，她听见旁边一位半老徐娘跟不知什么人在悻悻地说：“怎么每回这种场合总有些个莫名其妙的食客？”她知道那未必是指自己，但“莫名其妙”四个字使她觉得很传神，刺到了她心里，令她鼻酸，但她没有涌出泪水，反而仰脖笑了起来。那场记以为是被他刚说出的话逗笑了，也陪着笑。

10

多数记者总算离开了猎物——采访对象，抓紧时间过来吃喝。剧中饰女一号的艳星率先解脱，笑吟吟地也去取酒。有些崇拜者过去请艳星签名，艳星很耐心地把刚捏在手里的高脚玻璃杯再放回酒菜台，姿态优雅地满足他们的要求；有的人递过去的只是餐巾纸，艳星也并不愠怒，若无其事地接过来，用签字笔在上头龙飞凤舞。还有些人挨上去，让同来的人抢拍跟她的合影，她的态度在拒绝与容忍之间，闪光灯照出的颜面上保持着自然的微笑。

艳星终于又捏起了酒杯，一刹那间，艳星晃动的目光跟她的目光对接，她想躲开那目光，艳星却用目光粘住了她，她略微有些慌乱，艳星却朝她走了过来，并且，令她惊讶的是——她身边的场记比她更为诧异——艳星准确无误地呼出了她的名字……

艳星站在她面前，穿着一身火红的紧身套服，左肩上搭着一条黑绒围巾，那并不围向右肩的处理方式非常巧妙，使“红与黑——永恒的主题”更具魅力。她细观艳星衣着时，艳星也在扫描她。她嗅出了艳星的香水品牌，是法国巴黎香奈儿；她不禁收紧肩胛，因为更锥心地意识到自己的穿着在这样场合不甚得体，以及自己所使用的化妆品所氤氲出的气息不够高雅……

艳星在另一家公司出品，由另一位导演执导，所拍的一部电影里出演古装女一号时，她曾与另外六个“京漂”在其中充当过宫女，拍戏的那几天里，艳星有自己的化装车、化妆师和小保姆，很少跟她们这些龙套过话，也肯定并没有问过她的名字，顶多是导演助理、副摄影师、场记、剧务什么的高声喊过她的名字，而今天艳星见到她，竟认出了她，并记起了她的名字，这说明了什么？艳星不愧德艺双馨？还是她确有值得储存在大腕记忆里的某种素质？这肯定是个吉兆！

艳星连她来自什么地方都知道，说起了对那地方名胜古迹的印象。艳星是刻意要让她，以及周围的人，对自己如此礼贤下士、平易近人留下铭心刻骨的印象，她呢？清醒地意识到，此时此刻，在羡妒目光包裹下，她却绝不能表现得受宠若惊、急功近利，必须礼数充分而又矜持恬淡，就像她们都是大腕，或同是“京漂”一样。

那发出“怎么每回这种场合总有些个莫名其妙的食客”感叹的半老徐娘，风韵已经荡然无存，却原来是个资深的“影评人”，过来举杯向艳星祝酒，捎带也淡淡地给了她一个笑容，似乎是用那一笑来把她从“莫名其妙”的范畴里删除……

11

她不记得在那乱哄哄的多功能厅里又跟哪些人打过招呼、凑在一处、谈笑风生，只记得到头来她喝葡萄酒过量了，后来就头晕、内急……单记得她去往洗手间的时候，在突然清净许多的玫瑰色大理石过道里，突然悲从中来——除了混了一顿吃喝，今天又是颗粒无收！啊，舞女，是永远的漂流……

她坐到马桶上以后，曾有过一段静寂，甚至可以说，整个宇宙连同她的生命都有一个停顿，那个顿号究竟滞留了多久，直到今天她也还是弄不清……

有一阵突发的声音使宇宙和她从停顿中惊醒。那些声音很奇怪，不像暴风骤雨，更不像鬼哭狼嚎，是任何视听艺术里不曾提供过的，令她本能地恐怖。她站起来，收拾好，赶紧打开马桶间门扇打算尽快离去。那阵声音在她打开门扇前已经戛然而止。但门扇开启后她眼里跳进来绝对意想不到的事物，于是她听见一声凄厉的惊叫，那声音是从她魂魄里爆发出来，并立即又反馈到她耳膜的。她双腿先软了一下，紧接着是弹簧般地跳起逃窜，结果她被一具绵软的人体绊倒……

12

她先被带到饭店保卫部，后来又被带到公安局。她被反复讯问。开始语无伦次，后来她渐渐冷静下来，如实地讲述她所闻所见及被绊倒的全过程。

有人在女洗手间被刺。凶器是匕首。她衣衫上染上了被害者的血。

公安部门没把她当疑凶。她身上和皮包里都没有匕首。但把她当作了最重要的证人。另外一些证人提供了很有价值的线索，凶手很可能是两名男子。

在讯问记录上签过名并按了指印后，一位女警察递给她一杯热茶，蔼然地对她说："这不是要求，只是一个建议——你把染了被害者血迹的衣服脱下暂时留给我们，我们借给你一套衣服先凑合穿着，换妥衣服我们拿车送你回家。好吗？"

她喝了几口热茶，拒绝了那换衣的建议，也不要公安局的车送。

出了公安局，只见夏景志在门外街头迎候她。

"真对不起！要不是我呼你来……不过，总算有惊无险。这比《客从天降》的剧情精彩多啦，还拍那个故事干什么，干脆拍这个算啦！我也被讯问了，属于证人之一，不过我还是见缝插针，把消息及时发到了网上，现在这条消息的点击率肯定奇高啦！我的标题是:《中国的汤姆·克鲁斯出师未捷身先死》……"

她从恍恍惚惚的状态彻底清醒过来，一把拉住夏景志的手问："被杀的是他？"

"你怎么回事？人家问了你半天，你回答了半天，连那个被撂倒，又绊了你一跤的人是他，都还不清楚？"

人家问她问得很详细，却始终只用"被害者"来称呼那个倒下的人。问她的问题里有一个是："你看见倒在地下的是男人还是女人？"她开头回答："女厕所里怎么会有男人？"后来细细回忆："那人脸朝下趴着，好像穿的不是裙子是裤子——"但她被绊倒前已经晕菜了，又怎能断定被害者的性别？后来她从讯问者口气里感觉到那被害者是个男的，却也没有往“中国的汤姆·克鲁斯”身上去想。

夏景志一脸诡秘，跟她说：“事出有因啊！他捞着了这个机会，眼看要暴红暴紫了，就该想到有咽不下这口气的人，会买通黑社会，把他给做了！早该防一手啊！”

她遍体清凉，定在那里，如一具石雕。

13

夏景志要送她回住处，她拒绝了。夏景志自己并不想离开，他觉得应该从警方打探出更多的信息，就又往公安局里钻。

她叫了辆出租车，往她租房的地方开。她竭力梳理心头乱麻。应该赶紧回到她租住的那个独单元，赶紧淋浴，赶紧把带血污的衣衫扔进洗衣机，赶紧吞两片安定，赶紧钻进被窝，赶紧躲到一个巧克力色的迷梦里去……

手机发出蜂鸣音。她本能地接听。在通讯设备上“武装到牙齿”，以及随时接收信息，成为了“京漂”们生存的首要前提；他们每月的电话费总要比房租饭费高出几倍。

是一家俱乐部副经理打来的。请她晚上去表演“模仿秀”。那家俱乐部里海鲜餐厅、药浴冲浪浴桑拿浴、日式指压泰式按摩、台球保龄球电子麻将、KTV包房……色色齐备，还有夜总会，每晚有两个小时的表演，主要是唱流行歌曲，真的歌星有时也会去唱，因为能得到不菲的出场费，但毕竟真歌星并不能夜夜请到，所以往往以“京漂”的“模仿秀”来充数，并且在报幕时并不说出“京漂”的名字，只宣布所模仿的歌星名字，出台时含混地问一声台下：“像不像？”就算没侵犯那歌星的权益。做“模仿秀”时从装扮、曲目、台风必须完全立足于“乱真”，所以“京漂”不可能通过这样的方式出道。她曾去模仿过范晓萱，掌声雷动，献花的不少，但乐趣全无。她只是利用这方式挣一点生活费。在模仿的过程里她痛楚地意识到丢失了自己。她也曾跟那主管夜总会的副经理提出来：“能不能就以我自己的面目出现？我至少可以成为你这里专有的一名小歌星。”她甚至提出来，可以保证把聂耳的《铁蹄下的歌女》演绎得催人泪下。那副经理说：“我们这里不是‘星工场’。范晓萱的曲目里哪有什么‘铁蹄下’？你还是多唱‘甜蜜蜜’吧！有一点你更得搞清楚，来这儿的人是买笑不是买哭的！”到那里唱歌的“模仿秀”，拿到的酬金只有真歌星的二十分之一乃至百分之一，但为生活计，不少“京漂”还是抢着去唱。她因自尊已经好久没去那里了，可副经理来电话说，原来定得死死的一位真歌星临时毁约，所以请她今晚去救场。她满心不耐，却也只好客客气气地先道谢，再以身体不适婉拒。

她打算关掉手机再不接听任何电话，不曾想跟俱乐部副经理刚说完“拜拜”，蜂鸣音又响起来。

这回来电话的是罗须。罗须的声音带有磁性：“来吧来吧快来吧，不要想，要的只是行动：来来来……”

14

罗须有四十多岁了。他在北京的“漂龄”已达十六年。他们前年在一个私人派对上邂逅，从此保持密切联系。

罗须对热衷在影视圈里发展的“京漂”很不以为然。“电影是否算得艺术？这毕竟还可以当个学术问题来讨论。电视绝对不是艺术，却是毋庸讨论的，这该是基本常识。‘肥皂剧’么，这称呼还算客气，你看看我们电视上还有些什么广告？肥皂的数量没有月经棉的数量多！电视机是‘文化垃圾箱’！坐在沙发上，手里握个遥控器，点呀点呀点呀，换呀换呀换呀，闪呀闪呀闪呀……人自己也就被搓揉成废物了！……”

她很喜欢罗须这些刻薄的议论。罗须称一向懒得搭理影视圈的“废物点心”，她就问罗须：“那你为什么容纳我？”罗须盯住她眼睛说：“你现在年轻，年轻时迷路并不可耻，也很无奈。可是我从你瞳仁里看出来，有一天你会迷途知返，因为，现在，那里面，有一个，小小的，我，罗须。”她就仔细朝罗须瞳仁里看，没看见一个小小的自己，她更迷信罗须了。

很多年里，罗须很穷。他在北京郊区，租农民的房子住，没有抽水马桶，没有煤气，没有电视机，没有电话，没有像样的家具，有的只是一大堆别人看来绝对是莫名其妙的东西，比如不只从哪儿弄来的破铅丝、烂铜线、旧钢筋。他用那些铅丝、铜线和钢筋，加上一些更莫名其妙的东西，用钳子、点焊机什么的，制作出一些自称是艺术品的玩意。先是摆了一屋子，后来加租了一间屋，又塞满了，再制作出来的就爽性放置在院子里，风吹雨淋他并不心疼，抚摩着那些铁锈，他反而说是与天公在同一审美前提下合作创造艺术品。

罗须这一路的"京漂"，不求闻达，更不求金钱，要的只是艺术；她这样的"京漂"，要艺术，也要名利；在她以下的"京漂"，那就只图名利，根本无所谓艺术不艺术了。她佩服罗须，却实在不想成为另一个罗须。也许，这确实是因为她还年轻，并且，是一个年轻的女性。

但是，"京漂"里罗须那一流派，渐渐地，也出了名人，并且利随名至。不过，一般来说，他们的名多半是出在国外，在国内一般俗众当中，还是几乎没有什么人知道他们。她曾在罗须住处，见到过一幅那样的画——画上的光头人像看上去很特别，似漫画，却又极为写实；画上的人表情怪怪的，那种表情只在生命的瞬间出现，画家愣给拎出来曝光，透着残酷。罗须问她："怎么样？"她说："拍电影电视剧，导演最怕群众演员乱看镜头，如果拍出那样的画面，一定要剪掉。这画家却偏画'乱看镜头的人'。"罗须说："你知道他叫什么吗？"她摇头："为什么该知道他？"罗须说："务必记住这个名字——方立钧。他的画现在进了西方主流画廊。这是他一幅也卖不出的时候送给我的。现在这幅画可以换一栋带车库花园的HOUSE。"

还有一天，她去罗须那里，罗须正送一位男士出来。罗须送毕那位男士才来招呼她。她问："方立钧？"罗须说："方立钧跟他比就算不上什么了。最近美国一本权威美术史，从古代一路数过来，近百年列出专节评述的，只有梵高、毕加索、夏加尔、亨利·摩尔寥寥数人，像雷诺阿、蒙克、康定斯基什么的，都只在综述里提一下，可是最后一位列专节评述的，就是此人。"她吃惊："何方神圣？"罗须告诉她："他叫蔡国强。在威尼斯双年展上，他搞的《收租院现场制作》，倾倒了许多西方美术界人士。"罗须拿出一些国外杂志，指着那上面的照片讲给她听:《收租院》是三十多年前，在四川所谓“地主庄园”里制作陈列的一组泥塑，主题是揭露、控诉大地主刘文彩对贫苦雇农的残酷剥削，“文革”里这组泥塑又加改动，添上了奋起反抗、上山找党的内容，成为那个时代青少年接受阶级斗争和革命传统教育的活教材；现在时过境迁，在西方的“后现代”理论影响下，这种东西被放在跨国资本为后盾的新审美语境里加以现场克隆，反而成为了一种非常先锋（又可以说成“前卫”）的艺术实践。她听了说模模糊糊能懂。罗须夸她:“你这个年纪，有这样的教养、悟性不易。”她问罗须:“你为什么还不能像他那样有名？至少，你该跟方立钧一样有名才对啊！”罗须笑笑:“花开花落任由之。”停顿一下又说:“我现在混得也不错。有自己的空间，可由着自己性子折腾。”

确实，罗须现在的空间相当开阔。他在农村买下了一个虽然很破败，面积却很大的院落。他用了半年的时间，基本上是靠自己动手，把那院落修整、改造成了一个艺术乐园。除了生活住房，还搭出了很大的创作棚——不仅可以在里面画架上画、搞雕塑，更可以在里头搞装置艺术、行为艺术，甚至可以当作小剧场，搞自娱性演出。那创作棚一面木版墙是活动的，可以拉开与庭院相通，庭院里有树有花，有怪石有水池，有瓜棚菜畦，还有大片空旷处。他经常约些朋友在那里肆意地发“艺术疯”，不仅有“京漂”，也有属于专业团体的人士。

她很喜欢到罗须那里去。阿铿原来也喜欢去，近来想法变了。阿铿对她说:“去那里我们能有什么收获？给他们当实验品罢了。”看她听了皱眉，便又说:“对不起，也许不该把你包括进去。单说我自己吧，越来越觉得是瞎耽误工夫。”阿铿的心思她能理解。比如，罗须和他的那些艺术家朋友，鼓动她和阿铿，以及另外一些去玩的人，参与他们的行为艺术，有一回，是纷纷用各种方式去接近庭院里那株老桑树，爬上去、骑在大分杈上，用绳子兜着胸部、吊在树上打秋千，来一个倒立、身子贴紧树干，三个人叠罗汉、最上面一位采桑叶，爬到屋顶、用竹竿敲打树冠，从树上挂下箩筐、自己坐到筐里……诸如此类，不一而足，旁边有人拍照、录像，这个行为艺术的题目是《与蚕的食物发生关系》。又比如在那创作棚里排演先锋戏剧，剧本由某人刚在电脑上敲出提纲，导演便立即发动在场的人一起参与排演，参演者可以根据自己的理解即兴发挥，有一回她和阿铿，还有另外三个人，头上都被套上麻袋，表演蛆虫的“优美律动”。她跟阿铿争论：“至少，这样的参与可以提高我们的艺术悟性！”阿铿说：“这样的悟性是一种奢侈。市场不接纳这样的东西。他们搞得比城里小剧场的演出还曲高和寡。有一天我功成名就了，我也许会再来参与这一套。但是我现在必须抓紧时间进入市场，必须赶快出名。生命脆弱，青春短暂，时不待人。你知道古人说过：年光惯会把人抛，红了樱桃，绿了芭蕉……”她就拍着手笑：“咦，你最后这几句，不都是在罗须那儿学来的吗？”阿铿还是说：“谢谢他们，但是，够了，我不想再去罗须那儿了。”

前些时，罗须问起阿铿，她就把阿铿的想法告诉了罗须，替阿铿解释说：“他有自己的追求……”罗须说：“当然。生命是在追求里消耗。只是各人所追求的方向不同罢了。是呀，人除了欲望、行动，还有什么呢？思想源于直觉。直觉出现，不想下去也罢，你就判断、行动……”当时她吃不透那话的意蕴，可是，在经历了香都饭店事件以后，在回家的出租车上，忽然接到了罗须“来来来”的召唤，她的直觉是，这正是她此刻所需要的！

她告诉罗须马上过去。关闭电话，她让司机改去远郊。

15

罗须一脸胡须，在村口截住了她坐的出租车。

罗须从来没有这样等待过她。下了车她就问：“为什么不让车开拢你那院子门口？”

罗须说：“我很抱歉……”

罗须从来没跟她道过歉。也从没听罗须跟任何人道过歉。

风把罗须身上单薄的衣服吹得紧贴在他胸腹部，他那干瘦的身体倒显示出了肌肉筋腱的刚硬。罗须上下打量她，更令她觉得奇怪。打量完她，罗须又把右手掌搭到眼眉上，朝她的来路上眺望。

她问：“还等谁来？”

罗须搂过她的肩膀，说：“再不要谁来。来，先跟我躲躲。”

"躲什么？为什么躲？"她感觉到了不祥。

16

一个绝对不能用腰带，只能用吊带系稳裤子的胖子，剃着个板寸头，坐在电脑台前兴奋地喊："又有那个夏景志贴到网里的新消息……咱们再从新来过！"

他就是剧作家兼导演豁豁。他不是"京漂"，供职于某专业剧团，热心小剧场创作，但他的艺术追求走得实在太远，以至还没有任何一个创作设想被允许公开演出。他就总跑到罗须这里，在罗须的私人创作棚里面，拉些也是来玩的客人加入到他的戏剧实验里。

豁豁最近宣扬"复制现场"的戏剧理论。他能根据报纸上的一条社会新闻，立即着手排演那新闻里的某个或数个"现场"。有人责问过他："你这不就是活报剧吗？"他便侃侃而谈："活报剧不是艺术，是宣传。我的复制现场，没有先行的主题，也没有要参与者受某种道德训诫的目的。发生过的事态，流动的生命体验，实际是不可复制的，因此我们复制现场，还原生命的瞬间感受，是很悲壮的一种行为。知其不可为而为之，正是戏剧艺术的生命力所在。我的戏往往不要纯粹的观众，每一位参与者都既观看，也表演。我所谓的复制，绝非活报剧那样的脸谱化图解。参与者只要心中有大悲悯，能启动生命脆弱、身不由己的意识，便可以用自己觉得恰切的任何方式来诠释事件与人物……"

一个小时以前，从接到关于香都饭店刺杀事件消息的头一个电话开始，他就在即兴编导、安排复制了。一位对他那戏剧理论心有灵犀的男"京漂"，就以一段即兴舞蹈，以及裹着被单扑到地上久久蠕动的方式，"复制"了"中国的汤姆·克鲁斯"被刺的"事实"与"濒死感受"。后来从互联网上看到了第一篇报道，提及凶手被疑为两个受雇的男子，并传闻事出于有人与受害者争抢那一角色，豁豁就又立即编出了更多的戏，在场的男男女女就在他指导下纷纷投入了"复制"，他自己也用一把折扇在指间翻动，说是在复制"雇凶者的心情"。

罗须对于来他那里玩艺术的人们，总是一欢迎二绝不干预三自己并不一定参加。他给她打电话时，并没在意豁豁搞的那些把戏究竟在复制一个什么事件。他出出进进忙些自己的事。他忽然想到了她，从直觉上觉得应该把她叫来聚聚。

她回复罗须马上来。偏这时豁豁从网上看到最新报道，从中得知了香都饭店惨案更精确的信息：具体作案地点是女洗手间，一位女士从马桶间里推门冲出，被趴伏的受害者绊倒，那女士叫什么，经讯问后已从公安局出来，衣衫上还留有受害者血迹，等等。豁豁的复制激情更加高涨。在他编导下，有人搬来箩筐充当恭桶，有两个人挺直身子充当门扇，有一个女“京漂”则扮演她，在一系列形体动作之后，那复制她的姑娘撑开一把红伞，以晃动那把红伞来复制她身有别人血迹时的潜意识，豁豁本人则吟诵一首刚写出的诗，说是复制上帝俯瞰现场时的心情……罗须那时走回他的创作棚，听见那复制剧里几次出现她的名字，过去问豁豁怎么回事。豁豁说是信息来自互联网，罗须就去电脑前看，看完了就直奔村口去等候她。

17

罗须带她从后门直接进入了罗须的卧室。那扇门那间屋子罗须一般是不对外公开的。屋子的窗户都遮着从屋顶垂到地面的大帷幔，白天也需要开灯照明。那是罗须的一种怪癖。

一进去她就觉得鼻腔里袭进浓浓的气息。那是被存储在屋子里的男人体臭。这股气息在那特定的生命处境，特别是心理状态下，给了她一种意外的满足。她忽然觉得，她所急切地需要的，正是来自男性阳刚之气的庇护，而在这个隐秘的空间，罗须恰能充当庇护她的神祇。

她的父母在她五岁时离婚，她从小跟着母亲长大。她的生命发育期里不仅没有可以亲近的父亲，也没有叔叔、兄弟，甚至没有舅舅——母亲也是独生女。就在身旁的罗须，此刻集父亲、兄长、男友、丈夫、情夫，所有能给她庇护的雄性角色于一体，仿佛一根柔弱的藤萝，她扑到罗须身上，簌簌抖动，越箍越紧，希图作为大树的罗须那刚硬的躯体输入给她最充分的安全感……

罗须以回抱与抚摩呼应她。罗须知道，正如男性在失败与恐惧的沮丧中会以自慰来缓解焦虑一样，女性在同样的心理状态下会有同样的生命本能爆发……

可是，罗须估计，她的恐惧还只是停留在已发生过的事态上，她还没有意识到，更恐怖的事态正在衍生。罗须拍打着她的脊背，试图让她冷静下来，以便帮助她度过这一次生命危机。

18

夏景志被礼貌而坚决地请出了公安局。带着便携式电脑，他像喝醉了酒一样，摇摇晃晃地走在大街上。

因特网真是个好东西。他发给网站的消息，网站很及时地给他贴到网上，即使网站头头为了谨慎，对他有的报道有所删改、修正，他还有自己的个人主页，在那上头他不仅完整地陈列出“刚出炉的烧饼”，还附有简单而俏皮的评论，免费供人下载，再加上他时不时地给一些朋友发送“伊妹儿”，这样，他对香都饭店刺杀案的直击而又及时的报道，肯定使他在传媒界的名声暴涨，说不定，更大的传媒，会以很高的出价，把他挖走！咦，人生难得是机遇，怎么等了那么久的机遇，今天竟从天而降？啊，啊，《客从天降》，这部戏的名字里，就埋伏着谶语！

手机响起来，他就便坐到人行道大杨树下的长椅上，接那个电话。来电话的人也是埋怨他改了手机号码不及时通知，说是绕了好大一个圈子，才算打听出了他新手机的号码。他听了很得意，说:“纳米时代嘛！”究竟什么是“纳米”，他也还不甚清楚，但这样说心里实在痛快。他原来那个手机，连汉显都没有，现在网站给配备的，不仅有汉显记事功能，而且小而薄，奶黄色，地道的掌中宝，带来的，迄今为止，全是好消息！

打电话来的，是查锰。查锰是“京漂”里的另一类——做书的，也就是人们常说的“个体书商”。查锰单刀直入，问他“先付一万干不干？”他一听就知道是要赶着制作一本尽快上市的，关于香都饭店惨案的书，一万怎么能干？他还没把不干的话说出口，查锰就紧接着告诉他，不是要出一本由他那些报道构成的书，而是要立刻推出一本“纪实推理侦探小说”，已另请了四个人捉刀赶写，但欢迎他参加撰写“纪实”部分，即第一部分，只需要两万字。他心里还在掂掇犹豫，查锰那边已经这样说了：“你不愿意拉倒。跟你说吧，这书抢出来一开印，那就跟印钞票一样！到时候咱们再分红！你听我这书名有多现成：《刺客从天降》！不过，他妈的，你别马上嚷嚷出去！”他知道查锰的厉害，香都惨案才发生了几个小时，查锰手里的那几个捉刀人肯定已经在“推理侦探”，并且已经就要“真相大白于天下”了，这本书他至多七天乃至三天就能出手，满书摊上亮相。略想了想，他就说：“行。你先给我一万现金。书一上市你再给两万，别耍赖！他们再写得好，我是源头！”查锰于是约他马上到曼陀罗咖啡厅见面。

想到顶多半小时以后，自己就能拿到一万现金——就算以后再拿不到钱，也是两个字一块钱的稿费标准了，如今多少著名作家，稿费、版税都远到不了这个数目，甚至只有这个标准的十分之一——哈哈，他那“酒不醉人人自醉”的劲头更浓酽了。

忽然，他觉得有阴影罩住了自己。仿佛一朵黑云落到了他身上。他一抬头，发现身前站着一个陌生人，戴着前檐特别阔大的旅游帽，帽子压到眉毛上，脸庞模样看不真。他本能地要站起来，却有一只手按住了他的右肩膀，一偏头，他身后有另一个人，跟身前那个人一样，很魁梧，也戴着同样的帽子，脸庞也看不清。他顿时感到有一桶冰水扣到了头上，刚才的欢欣烟消云散。

他在惶恐中听见身前那个人很和蔼地问：“女厕所里那个娘儿们，她住哪儿？告诉我地址。”

他心里立刻明白，嘴里却说：“什么女厕所？谁？我不知道……”

那从后面按住他肩膀的手给他施加了压力，仿佛有个秤砣就要嵌进肩膀肉里。

“你不想说，是不是？”口气还是非常舒缓。

“不是。我真不知道。我没去过。我们光是通过电话。”

“那就告诉我她的电话号码。”

他说了。

“这是住处的？手机呢？”

“我，我记不真……”

“查！”口气不客气起来。肩膀上更沉重了。

他就从手机储备信息里查。查出来报出那号码。

“地址！”

他查地址。忽然那两个人在一瞬间离开了。他觉得像一个怪诞的梦境。

马路上他所在这一侧，巡警的吉普车缓速开了过来，又开了过去。

要不要跑过去，招手报告？他有去的念头，身子却像烂泥般瘫在长椅上，动弹不得。

19

在罗须的创作棚里，豁豁的编导方式受到挑战。

跟他叫板的是一个满身腱子肉，却梳着一条肥黑大辫子的男子。他叫游宾。是个原来醉心于独角哑剧，现在也想往先锋戏剧的编导方面发展的“京飘”。他头上留辫子的方式，不是像清朝男子那样，把前头脑壳上的头发剃光，而是跟少女一样，丰满的头发往后拉紧，在脑后编结为发辫，那条大辫子长及他脊背中央，而且他还很喜欢把那辫子从左肩捞到前面来。

游宾对豁豁说：“够了！你那复制现场的把戏黔驴技穷了！戏剧的真正要义，并不是展现已经发生过的，而是想象可能继续发生的！现在我们应该这样探索这样表演：杀人的跑到哪儿去了？那被血泊中的倒霉蛋绊倒的女子后来怎么了？而且，那被刺的家伙果然已经死了吗？他被送到医院经过紧急抢救，很可能还能活过来！可以设想，他的敌人雇下的凶手并不打算犯个死罪，他们的目的只是让他再不可能拍戏，更不可能成为什么‘中国的汤姆·克鲁斯’，就是说，废了丫头养的！那么，他清醒以后，会是什么心情？那个卷进这场噩梦的女子，会不会跟他，或者跟凶手之一，乃至跟幕后雇凶者，在特定的情境下，产生出怪异的感情，派生出令观众吃惊而又暗羡的一段对手戏？豁豁，靠边站！让我的好戏上场！”

几个支持游宾的戏剧疯子就哇哇地叫:“快编!快导!咱们玩更过瘾的!”

豁豁很大度，拍拍游宾的辫梢说:“老兄，我是最主张艺术多元的!你就来你的!咱们井水河水，两不相犯!”还对待在电脑跟前的人喊:“那个姓夏的‘娱记’又有什么新报道?”

电脑旁的人回答:“他们网站上没新消息出来。”稍隔一会儿叫了起来:“咦，邪门!怎么他自己的网页消失啦?刚才还能调出来呀!”几个人就轮流点击，宣布:“的的确确，神秘消失啦!”

游宾不信，走过去看，看不到，就说:“你们别把罗须的电脑弄坏了!让他来给看看吧!”

几个人就高声呼唤:“罗须!”“罗兄!”“罗掌柜!”

豁豁抱着活动减肥的目的，积极地跑到院子里，再往四角去叫罗须。没有应答声。豁豁回到创作棚里宣布:“罗须出去啦!他那辆松花江没影儿啦!”

大家乱哄哄的，连打带闹。倒也没人在意。罗须经常并不完整地参加他们的活动。很可能，是开车给大家买吃的去了。罗须有“小孟尝”的美誉。他没有孟尝君那么样的社会地位，钱也没那么多，你看他现在也还买不起小轿车，连那辆松花江小面包也只是二手车，但他的爱才好客，有口皆碑。

有谁打开音响，放送出斯特拉文斯基的《火鹤》，游宾带头扭动起来，大家都根据自己对那音乐的理解扭动，连大象般的豁豁也不例外。整个儿是个群魔乱舞的场面。

20

曼陀罗咖啡厅不大，在“京漂族”里却挺有名。女老板原来是第一代“京漂”，演过两部电影、三部电视剧，却既没能在影视圈里混成腕儿，也没能在观众里头好歹混成个“脸儿熟”，于是急流勇退，金盆洗手，用几年里的积蓄，开了这间咖啡厅，兢兢业业地当上了老板，奋斗的目标，由原来的演艺圈里称后成腕，改成了在京都商界里发展成大型娱乐城的董事长兼总裁。

说是咖啡厅，其实更像个酒吧。女老板经常亲自在L形的柜台后面待客。

柜台里面的一整面墙，下头接出台面上放置着有研磨喷雾煮沸功能的咖啡机，以及可乐、雪碧、芬达零灌机，墙壁上面的隔架上陈列的却大都是威士忌、科涅克、罗姆酒、干红、干白、伏特加，以及各种品牌的瓶啤与罐啤。

L形柜台外面的五只高脚凳此刻全坐着人。其中跟女老板最熟的是查锰。查锰存了一瓶XO在这里，每次来了总是“喝自己的”，女老板给他倒酒兑冰块时说：“从今天起我要收一百块钱服务费啦！”女老板递过酒，他不正经接那酒杯，而是握住女老板那肥白细嫩的手，一个劲地摩挲，女老板抽出手来，啪地拍了他脸蛋一下，笑骂道：“还想白吃豆腐，美的你！下回我一定在你那酒里下些砒霜！”他就涎皮涎脸地伸出脖子去：“砒霜多麻烦，你就立马拿那把餐刀宰了我吧，亲爱的，那将是我最甜蜜的时刻！”旁边几个人就怪笑着起哄：“宰吧宰吧！”“我们都能给你作证——案发时你不在现场！”“是呀是呀，案发时你在我床上呢！”女老板抄起查锰那杯酒就朝他们泼成一条水龙，几个人跳下高脚凳，尖叫着躲，厅堂里喝咖啡、啜啤酒的全是熟客，知道这是本地风光，或管自侃山，或跟着哄笑。

查锰忽然严肃起来，看看厅里的挂钟，再看看腕上的手表，立刻打手机，关了手机，骂道：“没有开机？！他妈的怎么回事儿？早该到啦！”那四个喝罐啤的写手知道他是在骂夏景志，有两个就说：“没他咱们照样开锅！”“反正他那点资料全在网上了，我们捎带脚就把他那部分摆平，你就把他那份钱给我们哥几个三一三十一算啦！”

正乱着，进来一个人，猛看以为是夏景志，细看原来是都非。

都是熟人。招呼打成一团。

都非兴冲冲地说：“那，我要给你们泄露一个大机密耶！”

都静下来，想听。

都非说：“《客从天降》摄制组解散啦！哗，几个钟头以前，开镜的时候，还好热闹呀！女化妆间的惨情一爆，呜哇，转瞬间，凄凄惨惨戚戚……导演和女一号立刻宣布退出，那应该的啦，谁知道这潭水究竟有多深啦，艺术诚可贵，生命价更高啦！出品人赌咒发誓，他绝对没有得罪过方方面面，蛮委屈的啦……！”

几个人就打岔:“这算什么机密!”“停拍是必然的嘛!”

查锰问:“你小子好像并没去香都，夏景志才是第一目击报道者，你遇见他了吗?”

都非说:“何必遇见他本人呀，他那些网上的资讯，资源共享嘛……我要告诉你们的机密，就是拍摄《心比火热》的同仁们，马上就要以这个题材，拍一部新戏啦!片名你们说巧不巧，那，就加一个字:《刺客从天降》! ……”

查锰觉得耳朵里掷进了一枚炸弹，跳起来，揪住都非脖领子，大声吼:“你哪儿偷来的创意?”

都非莫名其妙，张开嘴巴合不拢。

查锰断定是夏景志出卖了他。怪不得不来，怪不得连手机也彻底关闭了。我可是答应给他一万呀，整摞钞票都带来啦，谁能给他开更高的价呀?这个下三烂，非把他放了血不行!

21

一架飞机正从某省城的机场跑道上腾起。飞机上并排坐着一对夫妻，那传媒上已经爆炒过一阵的“中国的汤姆·克鲁斯”便是他们的儿子。

给他们打去的电话直截了当地告诉他们，发生了一桩什么事，他们儿子还没死，但抢救能不能成功，很难说，让他们赶快飞过来，直接与医院和公安局打交道。

晴天霹雳，直劈他们的魂魄。

他们都才五十出头。两个人都属于“老三届”——现在的青年人还能懂得什么是“老三届”吗?——“文革”初期，他们都是“毛泽东文艺宣传队”的成员。“宣传队”学跳革命芭蕾舞剧《红色娘子军》，他扮洪常青，她扮连长，虽然伴奏用的是单声道录音带，音量很大声浪很硬，而且娘子军们的脚尖不能完全立起，各个角色的舞姿也多有破绽，但在他们所演出的小天地里，还是大受欢迎。他还一度被唤作“小庆棠”。那时能被人这么呼唤真让人得意。现在的青年人还有几个知道有个叫刘庆棠的?那是舞台上头一个跳洪常青的演员。

后来他们一起到农村插队。什么又叫作插队呢？那可不是北京话里“加塞儿”的意思。他们依然热爱文艺，表演过唱起来跟吵架差不多的《文化大革命就是好来就是好》。

再后来他们看电影《春苗》，幻想着也能被选进那样的摄制组，哪怕只扮个批斗“走资派”场面里高喊口号的小角色。看电影《决裂》，他们知道有个演反面人物的演员叫葛存壮，那反面人物居然在课堂上大讲“马尾巴的功能”，他们在地头休息时就常常学那滑稽的腔调，大家笑作一团。

再后来忽然发生了很大的变化。他们坐在电视机前观看了对“四人帮”的公开审判。他们回到了城里，分配到了工厂。老相识见了他还叫“小庆棠”，他听了脸红心跳，使劲摆手。那时候刘庆棠已经作为“四人帮”的爪牙被抓起来了。

但是他们还是无可救药地喜欢文艺。工厂里的业余话剧团演出《于无声处》，他俩又一次同台。他们结婚了。他们对着九英寸的黑白电视机，屏住气息观看美国电视剧《加里森敢死队》；他们被电影《瓦尔特保卫萨拉热窝》迷住了，以至连看了三遍；他们的儿子出生了，摇篮边的双喇叭录音机里，放送出李谷一那用气声演唱的《乡恋》；看完宽银幕电影《神秘的大佛》，他们激动不已，不光是觉得极其好看，也觉得他们心目中有了具体的英雄榜样，那就是影片里扮演女主角的刘晓庆——从此他们永远关注她，仿佛他们的文艺梦，都由刘晓庆给代为圆满了，剩下的任务，就是把儿子送进文艺界。上幼儿园期间，他们带儿子看日本电影《追捕》，儿子被吓哭了；上小学期间，他们带儿子看话剧《雷雨》，儿子睡着了，这都让他们扫兴；但儿子一天天长大，小学毕业时，儿子在台上参加了小合唱《雪绒花》，他们坐在台下听得眼睛湿润。他们经济上不富裕，不能给儿子置备钢琴，他们就投资让他学拉小提琴……

带儿子去报考过音乐学院附中，落榜。中学毕业，儿子考电影学院、戏剧学院都没能进入复试。他们灰心了，但儿子那打进文艺圈的决心却空前高涨起来。

他们对文艺渐渐地疏离了。电影票贵得吓人，好不容易下决心去看了回美国大片《廊桥遗梦》，出了电影院直心疼所花的钱，不是他们思想保守，不能容忍有丈夫的娘儿们另去爱一个老头儿，实在是那电影不能引出他们丝毫感动；电视天天看，但那些摇滚乐、流行曲，还有那些以豪华办公室、别墅内外、歌厅舞榭为基本场景的电视剧，里面那些穿着考究的“成功人士”拼命地在表现苦闷、忧伤，他们看了只是发呆；前两年他们里头的她又下了岗，爱好文艺之心更淡薄了。

儿子有了个由头，提出到北京去闯闯，那气势是他们爱同意不同意，心已成铁，不可回软，他们也就下定决心，鼓励支持。儿子上火车时，原来他们已经给他带了三千块钱，临到车快开了，母亲又把一个信封递到窗口里儿子手中，那几乎是她的全部私房：一千元。儿子从渐远的车窗里探出身子对他们喊：“想想‘马尾巴的功能’！”他们会意。葛存壮说过：“我最得意的作品就是葛优！”他们梦想进入文艺界，那梦太久太旧，苍白得快跟肥皂泡似的破灭了，却被葛优终于给葛存壮争了气的事例又修补、装饰起来，人到中年，依然有梦，寄托在了儿子身上。

成为“京漂”的儿子使他们屡屡失眠。忽然有一天邻居拿着报纸上的娱乐版跑来给他们看，儿子居然被看好为“中国的汤姆·克鲁斯”，在大导演调理下，跟爆红的艳星合作，主演《客从天降》！这真是喜从天降啊！这晚上他们俩彻夜失眠。儿子自己没有马上打来电话他们也不计较，他们懂得，那样的大任压到肩上该有多忙！他们靠在床背上几乎聊了一夜，以往所有跟文艺有关的事情都从心头冒出涌出，马尾巴的功能，马尾巴的功能啊！只是为了美国的那个汤姆·克鲁斯究竟演过什么片子，两个人讨论时互相不服，竟至于争红了脸！

从那晚以后，他们连睡了好多个香甜觉。忽然有天深夜儿子来了电话，跟他们道歉，说实在不该这时候打电话来，可是实在太忙了，只有这当口能打电话……剧组前期工作已经全部完成，资金也全部到位，马上就要开机实拍，宣传也全面铺开，估计两个半月后封镜，后期制作再用一个半月，然后会组织看片会，以促发行，不过因为普遍看好，预订的已经不少，那时候，他也领到全部报酬了，他会出钱，请他们坐飞机来北京，住进宾馆，先睹为快！儿子在电话里还感谢他们的熏陶，说：“要没你们那‘马尾巴的功能’，我现在还不知道在哪个旮旯里窝着呢！”他们轮流接听那电话，当妈的激动得哭了起来，当爸的挂断电话后还傻笑了好久。

他们还都没有坐过飞机。

这是第一次。但不是去看儿子拍完的戏……

22

夕阳给香都饭店那造型独特的楼体镀了层金。饭店附近的“停鸡坪”上已有“鸡”在来回转悠，也有打野食的男人来此寻觅，将相中的“鸡”携进饭店里消费取乐。

饭店金碧辉煌的大堂里飘荡回旋着弦乐四重奏的高雅曲调，衣香鬓绿的豪客来来去去；中午举行《客从天降》开机仪式的多功能厅里，现在正举行着一个中外两家大公司的签约仪式；发生过惨案的洗手间在公安部门完成拍照、取样、搜索后，早已拖洗干净，照常开放，里面依然是微香袭鼻，隐蔽的音响喇叭里传出詹姆斯·拉斯特乐队演奏的浪漫曲……中午这里面真的发生过那件事吗？

人们照样生活，照常享受。正如世界不会因为妇产医院有新生命坠地就发生突变一样，社会也不会因为有新的刑事案件发生就停止它的运转。

在饭店大堂吧一角，一盆高大的散尾葵旁，阿铿正和推销完《心比火热》的出品人、编剧、导演坐在一张圆桌边，就拟议中的《刺客从天降》交换意见。阿铿被他们相中扮演男一号——刑警队长。出品人并不讳言，约阿铿来演是为了省钱：“你还没出道，先图个过戏瘾吧；也许这片子就是你出道的桥梁，现在你少拿点，将来你不用开口也就少不了，是不是？”导演说：“警匪戏已经拍烂了，剧本必须出新我才接活儿。”编剧说：“不搞成破案的故事。这素材也才刚呈现，实际上离破案还早着哩。凶案的指使者可以始终不露面。把戏写成阿铿那一角在调查过程里，跟那个在女洗手间里被吓个半死的姑娘产生了感情……”导演摆手：“唉呀，都市言情戏也拍烂啦！”编剧说：“这可就不是一般的都市言情了！我们还可以就请那位姑娘本人来演，听都非说她今天上午去咱们首映式来着……把这个卖点通过夏景志那样的网虫、报虫先散出去，这片子发行上肯定有突破！”阿铿听了就说：“好主意！她也该因祸得福了！我去跟她说，她肯定接这个戏。她其实很有潜质！”出品人问：“你跟她很熟？巧了！是不是你早跟她有一腿了？”阿铿一笑，避开这个问题接着出主意：“那个没多少戏的倒霉蛋，一开演就让人堵到女厕所里扎倒在地的‘中国的汤姆·克鲁斯’，我看就让都非演吧，他这人虽然矫情，反正戏不多，多指点他，能胜任。”编剧说：“这角色戏份为什么不能多？搞不好，把他当成男一号。耐琢磨啊！我就一直在想：他为什么倒在了女洗手间里？难道一定是凶手把他逼进去的吗？”阿铿听了不高兴，拿眼看出品人，出品人就说：“别太想入非非。刑警队长还得是男一号。这样也好通过审查。”喝着咖啡又议论了一阵，出品人嘱咐阿铿：“你这就给她打个电话吧。想必她已经灵魂归窍了。看她能不能来一趟？对了，这个伤心地也许她忌讳，那就另约个地方，她要今天实在恢复不过来，那就明后天约一下。”阿铿打她手机，没有开机。打到她住处，是电话录音，让留言。出品人说：“我可不能久等。商机一错过就好比赶火车误点，只有干跺脚的份儿。其实不一定找她演。能演这个角色的姑娘我一抓一大把。前两天跑来找我的那个薇薇就行。”阿铿说：“包在我身上。至迟后天她肯定跟你见，接戏绝无问题。还是她演卖点高啊！”阿铿心里想，一定要在电话里跟她说：“到头来在镜头前面跟我接吻的，命中注定是你。这个导演不嫌我个头高。演那场面时候，你就使劲踮起脚尖吧！”

23

天竺机场新候机楼二楼餐厅角落，坐着灰头土脸的夏景志。他要了一份意大利通心粉，吃了两口就再也咽不下去。那个原来令他极其得意的便携式电脑，此刻就跟贼赃似的，被他竖在桌下，用两腿紧夹着。他盯着通心粉上的番茄酱，就仿佛那是“中国的汤姆·克鲁斯”身上溅出的血浆。恐怖充塞着他的心臆，连呼吸都困难起来。他已经买下了一张飞往银川的机票。那里有他一个叔叔，也许能容他暂避一时。班机还有四十分钟就起飞，他应该去换登机牌，通过安全检查，到候机厅里去等着登机了，可是他又犹豫起来。

……看来，这不是一桩简单的凶杀案……甚至有一个集团在背后运作……黑社会？原来大家嘴里总拿“黑社会”这个词儿开玩笑，又是什么你像龙头老大，她像虎豹阿姐，嬉笑怒骂，你推我搡，何尝真正相信有那么个存在？看那些盗版的香港烂剧，黑社会打打杀杀，乱扣人质、滥杀无辜，只觉得有趣，有时甚至还觉得残忍怪戾得不过瘾；跟圈里的编剧、导演们侃起山来，也净瞎给他们出主意，要他们在警匪戏里把黑匪们表现得更生猛、更阴鸷、更毒辣……谁知今天黑社会真的把触角伸向了自己，只轻轻往自己身上一点，自己就魂飞魄散、六神无主了！……到公安局报案？怎么说得清楚呢？万一公安局里就混进了他们的人呢？给查锰攒那本小说，不就得安排这样的情节、人物么？否则谁爱看？你要有那印起书来跟印钞票一样的效果，就还得更神更绝！……真的呀，那两个戴长檐旅游帽的人，他们并不算神也并不算绝，可我真的是晕菜了！……停了报道，撤了个人主页，关了手机，脚底抹油、腋下生翅，三十六计，这是上策！可，明天怎么办？后天呢？……

……广播里传来催促搭乘他那趟班机的旅客抓紧登机的声音，播音小姐的声气总那么和蔼，和蔼得有些个无精打采……夏景志却挪动不起沉重的屁股……如果不走呢？……已经把她的电话号码，家里的和手机的，都说出去了！泼出去的水，怎么收回？……他们已经给她打电话了吗？他们为什么要掌握她的电话号码？……她很危险？对不起她？怎么保护她呢？给她打个电话，提醒她注意？不不不，不妥……我没做错什么事，我很诚实，从幼儿园的阿姨开始，就一再教导我们要诚实，不能撒谎啊……我是个软弱的人，软弱无罪，上帝原谅弱者……可我又为什么非这么样去想？……他们不能不防着她，一定有他们的道理！……知人知面不知心！怎见得她就肯定无辜？那“中国的汤姆·克鲁斯”怎么会倒在女厕所里？也许，是他自己摸进去，找她去的！甚至于，是她把他勾引进去的！而那两个行凶者，说不定是预先藏在女厕所里的！……她漂了几年，总出不了道，也许，人穷志短，百无聊赖中，她就接了这个活儿！那一定能拿好多好多钱！……太离奇？查锰想要的，得比这个更离奇才行！……查锰还在曼陀罗咖啡馆里吗？先付一万，多乎哉？不多也！可是我如果去了银川，又哪里去找现现成成的一万块？……我跑什么？倒好像，那“中国的汤姆·克鲁斯”，是我杀的！……

夏景志站起身，提起便携式电脑，朝楼下走去……下了滚梯，他望见登机安全入口那里，已经没什么人影……广播在继续，在对他那趟班机的旅客做最后的催促……他在休息椅上坐下，不去银川的念头占据了上风……应该打开电脑，恢复报道；开通手机，再蹈沙场！无毒不丈夫，软弱非君子……对，他要在网上宣布：据消息灵通人士告知，“中国的汤姆·克鲁斯”被刺地点是在女洗手间，这并非偶然，那位所谓绊倒在他身上的女士，实在令人狐疑！对，就这么发稿，让网上立刻出现，让明天的小报刊登为头条，让在车站路口兜售小报的无照小贩满大街嚷嚷：“看报看报看报！中国的汤姆被刺！中国的梅丽儿可疑！”……嘿，多妙啊，这对她而言，反而是个出名的机会嘛！也等于给她提了个醒！她要跟我刚才那样，害了怕，那她就回家去，或者飞银川！对那些黑社会的人来说呢，我也算是帮他们警告了她一下！……唉，差点把几年在北京打出的地盘拱手放弃，何必何必……快，快去退票，等航班起飞后再退，那就损失太惨重了……

夏景志腾地蹦起来，朝退票处跑去，把旁边正坐着看报纸的一位男士吓了一跳。

24

罗须开着松花江面包车把她送回了住处。进了房间，她不让罗须走。她害怕。罗须说还得回去对付那些在他乐园里狂欢的人。罗须嘱咐她，关闭手机，拔掉屋里电话线，再别接听任何人电话，但必要时可以给他打电话，他会随叫随到。罗须离去前又嘱咐她锁好门，如果有人按门铃，最好别理，坚持到明天早晨；他明天早晨会来，不按门铃，敲门，敲出一种花鼓点，从猫眼里看清是他以后，给他开门；罗须把那花鼓点示范了两次。罗须又说她应该尽快搬家，另租住处。她在门边紧紧箍在罗须身躯上，还试图让罗须留下来。罗须亲了她，劝她洗澡、睡觉，什么也别想，让整个神经系统至少先休眠十个小时。

罗须走了。她觉得罗须很残酷。人们都很残酷。人类整个儿残酷。

她脱下那染有别人血迹的衣衫，到卫生间里淋浴。在温热的水流下，她怜惜地抚摩着自己的身体。母亲教她唱的，那谱出国歌的聂耳，所谱出的另一首歌，有两句从她心臆里一再地涌出，回旋，嗡嗡地与喷头泻下的水流和鸣：

……尝尽了人生的滋味，
舞女，是永远地漂流……

从心窝酸到眼窝，又从眼窝苦到心窝。

淋浴完了，墙上的大镜子铺满水雾，她用干毛巾揩去水雾，于是镜子里的她愣愣地望着她。多么年轻的生命，像刚刚开始绽放的玉色玫瑰……罗须说，要躲，要搬，要终止一切联系，那是什么意思？为什么？难道，必须结束“京漂”，回到远方那沉闷的生活里去？她的心在酸楚苦涩中几乎碎裂……

她拢上睡衣，冲出卫生间，扑到床上，攥紧枕头，使劲咬牙。不！不！她不能就此放弃！

为什么要“什么也别想”？她脑子里的念头急速地盘旋，仿佛立交桥上的车流。

……那些杀手并不是冲着她来的……她除了那个倒霉蛋谁也没看见……两个杀手？饭店走廊高处的监视器录下了他们的身影？她却连一个模糊的身影也没看见……她和这件事究竟有什么不得了的关系？……证人？她算多重要的证人？……其实她最倒霉！那倒在血泊里的家伙起码已经上过报纸，又是报道又是照片，“中国的汤姆·克鲁斯”，会有人记得他……我呢？哪张报纸登过我的照片，说过我是“中国的梅丽儿·斯特里普”或者“中国的朱迪·福斯特”？如果已经那样登过说过，就是他们冲着我来，流些血，只要不死，也值！……却连那个女二号的妓女角色也让薇薇抢去了！……他们为什么不去杀薇薇呢？那样的贱货活着有什么意思！……

她翻过身来，把枕头紧紧抱在胸前，仰望天花板。天色已经昏暗，窗外霓虹灯的光影一闪一闪地仿佛在天花板上放映电影，只是焦距总没对清。街上驶过的汽车，车灯的光线在天花板上有如折扇般地开了又合合了又开。传来附近一家商厦门外举办服装模特儿走T字台的伴音声，听不真那旋律，只有鼓点嘭嘭嘭地很鲜明。她想起了罗须跟她约定的那种花鼓点。为什么要那样地约定？窗外的生活仍然充满欲望与行动，我为什么要幽闭起来，倒好像是我杀了“中国的汤姆·克鲁斯”！……

她翻身坐起，一眼瞥见床头柜上带录音的电话，仿佛罗须就在身边，她朝他歪歪嘴，赌气地按下了留言放音键。

25

……明天上午十点我们剧组拍游园场面，近景需要几对年轻的恋人，劳务费还是一小时二十元，夏日裙装请自备；如愿来请于今天下午五点以前回电话……

……请最迟于星期六把第四季度房租交来；以后要改规矩了，每季度预交改为每半年预交，请您注意……

……死鬼！怎么好久不跟我联系？我可算跳出你还在迷恋的那个圈子了！老实说，我现在难还是难，可心态好多了！有好多话想跟你说！给我回电话！号码是……星期六晚上我请你去“必胜客”吃比萨饼……

……《莽原英豪》剧组的逃难场面，劳务费一小时给三十，咱们一块去，明早七点，车公庄地铁站里头月台上集合，不见不散……还有，那个姓徐的剧务坏透了，都别理他！……

……咦？又让留言？哼……

……昨天是我生日，等了一晚上，你没来电话。不是责备你。你是我放飞的。你有独立的生活了。我不知道你这些天事业上是否有了突破性进展？还总是跑龙套、“模仿秀”吗？当然，总得磨炼一番，才能颖脱而出，“梅花香自苦寒来”嘛！上个月你来信，写得比以往哪回都长，我好高兴！昨天还又拿出来看。不过，聂耳的那首《铁蹄下的歌女》，抒发的是那个特定时代的特定人物的感慨，当作历史歌曲唱唱，有助于理解以往的那些岁月，你拿来自比，就不恰当了。你的情绪让我有些个担心。不过我信任你，你在大节骨眼上，是不会踩错步子的……前几天四楼那个田大婶，在菜市场见了我老远就扯着嗓门问：“你家那个巩俐最近演什么啦？”惹得周围的人都朝我看！开头我挺生气，后来我想她也未必是恶意，就跟她说：“好着呢！你等着瞧吧！”是呀，巩俐她成名，也有个过程嘛！咱们不着急！一是自己要努力提高修养，一是要善于抓住机遇……唉，你也都明白，不多说了。我身体很好，你放心……另外，你要把饭吃好。不能总泡方便面。要多吃西红柿！现在到处都能买到叫作“圣女果”的小西红柿，洗干净生吃，补充维 C，最好！……有空来电话，不，省着点也好，还是有空写信吧！我说了这么多你别为我心疼，今天一早我去买了 IP 卡……昨天是我生日，我不能不特别地想你，我把所有的照相簿都拿出来，翻呀看呀，到了下半夜才躺下……想跟你谈心啊，多年母女成姐妹啊……

26

听到妈妈的声音，她不禁挺直脊背，枕头掉到地下，也没觉出，双手下意识地绞在一起，扭动着。

妈妈生日！去年她还记得，不仅当天打去了电话，还提前寄去了三百块钱——虽然没混出个名堂，总算也是靠文艺性劳动挣钱的独立公民了！可今年她怎么就忘了？忘得一干二净？提前退休的妈妈，过着多么清苦的生活！等待她去电话的那些分分秒秒，心里的煎熬是什么滋味？妈妈一个人吃的寿面？谁会给妈妈买去生日蛋糕？虽说用 IP 卡打电话有所优惠，对妈妈来说，录下这许多的话语，该是多么奢侈！……

她决定马上就给妈妈挂电话。但那盘留言录音传出了新的内容：

……听着！你说话小心点儿！你要小心！……

声音陌生而粗暴。

她一时不能从妈妈留言引出的情绪下摆脱出来。但那陌生而粗暴的声音传进她的耳鼓，仿佛在一束菊花上陡然落下了一把带血的刀，她的情绪不能不从伤感与自责转换为惊讶与恐怖。

谁打来的电话？警告？威胁？为什么？……

她在心里快速猜测，哪个熟人在跟她开玩笑？什么人打错了电话？……但聪明的她，随着脊背上有凉气在一节节的脊椎骨里蹿升，心里雪亮：这与香都饭店刺杀案有关！凶杀一方以为她坐在马桶上时看见了什么，害怕她说出不利于他们的证词！

她腾地站起，全身冰凉。录音带走到头了，嘎巴一声停住。

她进门就扔到餐桌上的手机，没按罗须的嘱咐关闭，陡然响了起来。那原本柔和的蜂鸣音，此刻就像钢锥刮过玻璃板一样，钻入她耳朵，令她心悸……

愣了几秒，她，来自远方的京漂女，毅然地抖擞一下全身，勒紧睡衣腰带，晃晃披肩的湿发，朝餐桌迈去。她要接听电话，更要往外打出电话。她的生命意义不在关闭自守，而在投入奋争……

2000 年 12 月 25 日至 2001 年 1 月 3 日 绿叶居

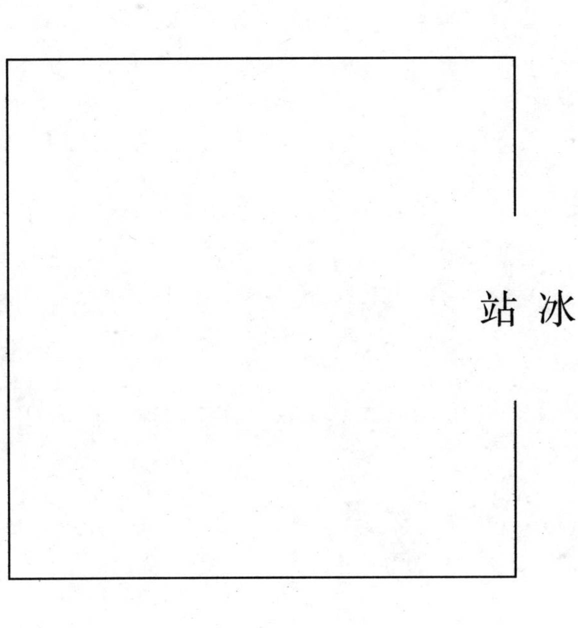

站 冰

开头，那经理不接受薛冰。先是嫌他瘦。薛冰就脱光上身，跟经理显示自己那没有脂肪只有筋腱的结实身躯。后来经理看他身份证，皱眉头，薛冰知道又是因为河南人的缘故，怎么连这么个临时的把戏也排斥河南人？但人家没明说，你也只能暗受。薛冰就说：“瞧我大名，爹妈就说我跟冰有缘分哩！”那经理再抬头望望他，点下头，摆下手，勉强把他接受了。

这公园南门外搭了个巨大的棚屋，屋外竖着好大的广告。这里正在举办冰雕展。我们的城市毕竟比不了哈尔滨，可以在露天举办冰雕展。也唯其如此，这里的冰雕展才具有特别的吸引力。其实也算不得什么高科技，只要舍得耗电制冷，就是在大夏天，也可以在这密封大棚里营造出冰雕。但天气还不冷的时候，参观者进入大棚后会耐不住那个低温。因此这里的冰雕展一般在人们刚刚换上冬衣的时候开张。春节前后生意最好，那时不必再采取任何促销手段，青年恋人手拉手络绎不绝，小孩子拽着大人衣角闹着要进，最高潮时经理会亲自往售票处贴告示，还拿着电喇叭得意地宣布实行限时参观、限量进入。但刚开张的时候容易被游客冷落，于是必须采取种种新奇的促销手段，“站冰比赛”便是花样之一。规则是泳装上阵，在冰雕前站立，显示自己的耐冷力。参加者必须签下协议书保证自己身体健康如有意外自负全责。参与后只要坚持过 20 分钟，就能获得 100 元奖金。众参与者中坚持到最后的，则可获得 1000 元大奖。

期望获得 1000 元大奖，并被经理接受的第二位是本市居民龙大援。对于薛冰，经理是嫌瘦；对于龙大援，经理却嫌他胖。胖还不好吗？脂肪层赛过羽绒服，肯定冻不坏呀！经理说人家观众不仅看你耐力，还要看健美。龙大援也就脱光膀子显示，把胸脯挺得鼓鼓的，告诉经理北京人管爷儿们的胸大肌叫块儿，大块儿有两种，一种是见棱见角的钢筋块儿，一种就是他这样浑浑厚厚的琉璃块儿，都透着男子汉大丈夫的阳刚之气，各具其美，各有人赏。经理心想前几场参加的全是清一色的外地民工，现在有本市户口的主儿参与总是好事，便点头。但一看身份证，经理说过五十的可不敢要，万一出了问题那不得了，龙大援就解释说身份证上的出生年写早了二年，为的是应付那时候的一个什么土政策，经理说你算了，带抗字的援字的名字，一看就能猜出今年有多大，谁没看过《英雄儿女》那电影？什么时候的故事，你蒙得了我？龙大援就说不才刚过一两岁吗？再说这年龄限制还不是你一拍脑瓜自己定的，你这算什么王法？你这整个儿把戏就未见得符合法律，你跟我较真儿，嘿，我也跟你较真儿，别以为咱们什么人都不认识，找几个拆你台的有什么难的？经理见他身体确实壮实，就摆手叫停，让他在协议书上签名，到里间屋去更衣，准备上场。

经理万没想到来了个娘儿们，声称也要参加站冰比赛。那女的看模样听口气都和地道的本地人一样，而且见多识广，非一般俗人。经理就跟她作揖，说姑奶奶，您就饶了我成不成？您这么一掺和，就把我这活动给复杂化了，其实我也不过是为了挣回每天维持这些个冰疙瘩的费用，熬过这段淡季罢了，就这么着全是男子汉，还有人说我的搞法太残忍，您这么一朵花儿，我把您往冰上放，这不是招人来封我的门吗？那女子却振振有词地跟经理大谈什么男女平等，以至女权主义，云山雾罩的，晕晕乎乎之间，经理大体上弄明白，今天她这冰还是站定了，而且，她这么一站，不仅不会让这冰雕展塌台，让媒体那么一报道，嘿，还会把这站冰比赛的意义提升一步，今后到这儿来看冰雕兼耐寒美人的游客，只能是越来越多！女子亮出身份证，要求签协议，且表示已带来了连体泳衣，不戴泳帽，因为身体露出部分较男士少，为公平起见，她认为自己必须站过 30 分钟才能拿那 100 元奖金；经理说我这就奖您 100 元，您免站得了！女子瞪圆杏眼，说你怎么见得坚持到最后的不是我呢？经理很无奈，看那女子身份证，女子提醒他要对其年龄保密，那好说，但身份证显示，该女子籍贯是南方某小城，她来此地有多久了？怎么那声口派头已经完全本地化了？看来此女不仅耐冰雪之寒，也耐人情之寒，实非寻常之辈！经理就跟她签了协议，心想今天站到最后的竟是她，爆个大冷门，说不定倒真能起到淡季变旺季的作用呢！

前面这三位被接受的站冰者，都是路过冰雕展门口多次，看见关于每周六下午举行“站冰比赛”的广告，也耳闻了前几场确实都兑现了小奖和大奖的消息，琢磨一番后才有备而来的。后面两位参与者却都是偶然即兴参与的。

一位是家住远郊的潘全清，他是出租汽车司机，也就是所谓的“的哥”。十来天以前他开的车被劫匪抢了。这种事公司有前例，如何处理有一套程序，公司给车上过保险，保险公司理赔后公司基本上没有什么损失，遭劫“的哥”只要能证明自己清白无辜，理论上也不必赔上什么，但完成一套程序十分烦琐，这期间虽然可以不交车份，却不能再开出租，因此也就没有了收入，还得耗费许多精力搭上一定钱钞去求得问题尽快解决，一个原本快乐的“的哥”，也就变得没头苍蝇般失去了正常表情只是一顿机械地乱跑。这天虽是周六，出租汽车公司还有人值班办事，他去继续交涉有关事宜出来，坐公共汽车回家，在那公园南门外的车站换乘，偶然瞥见了“站冰比赛”的告示，便灵机一动地跑去报名。经理一见他那个头和一脸的络腮胡子，二话没说就接受了他。

另一位是附近一家饭馆的杂工。经理常去那家饭馆吃便餐，听见人家叫他小螺丝。经理问他怎么得空来站冰？他说饭馆又换老板，把他给辞了，“一朝天子一朝臣”么。经理听了就抿嘴笑，杂工算哪门子“臣”呢？也值当“天子”换来换去体现“天威”？小螺丝准备明天去另一区的一家饭馆投奔他二叔，二叔在那家饭馆当二厨，已经通过电话，经二叔美言，那边饭馆老板答应他去了当洗碗工，“朝中有人好做官”，小螺丝笑嘻嘻地说出这个成语，经理笑得手指头点着他胸脯打战，洗碗工也是“官”啊！经理让他拿出身份证来登记一下，他说没带，是遛弯儿路过这里看见告示才来报名的。好，反正算知根底的，不看身份证也罢，那么，大名叫什么？咳，小螺丝说站你个冰还用什么大名，经理就在协议书上填上小螺丝，写完让小螺丝按手印，小螺丝说咦我会写字呀，看了看，笑，说我不是小螺丝钉，是小螺蛳，就是能吃的那种……

经理就拍他后脑勺一下，说行啦行啦，我也不再接受别的人啦，时间马上到啦，快脱衣服去吧，记住往左，右边可是女宾的地方，瞎胡钻我让联防的把你当小流氓抓起来……

“站冰大拼比”还真有点号召力。经理估计进场的观看者至少有六成是因为附加了这么个节目才下决心买的票。“在哪儿呢？哪儿？”一拐进展厅就有人一叠声地问。“嘿，还有大美妞啦！”这天还增加了夹带着口哨的惊呼声。有对中年夫妇被后面往前瞎拱抢着去看站冰的年轻人撞了一下，很不满意地议论说：“这些人呀，究竟是看人体来了还是看冰雕来了？”“是呀，这算什么经营方式？眼下不管推销什么，总免不了色字当头，唉唉唉唉……”他们不去寻站冰的，只站在那里指点欣赏冰雕作品，可那些冰雕题材里不乏维纳斯、掷铁饼者什么的，要是有个年轻人跟他们抬杠：“这些不也是女色男体吗？怎么人家去看真的你们就痛心疾首，自己看着这个心里头暗想那个就心安理得啦？”不知他们会怎么支应？

展厅中心是高大的凯旋门，还有观音立像，以及嵌有滑梯可以让儿童从这边走上去从那边滑下来的金字塔，更有一组标题叫“奔小康”的独创性作品，真是体现出了“后现代主义”那“同一空间中不同时间的并置”这一原则，但经理其实并没有什么“后现代主义”的理念，这样杂错排列纯粹是为的讨好各种不同的观赏口味。几乎所有冰雕作品都用彩灯打了光，而且过多地使用了红色和绿色，有些地方还拉了些瀑布灯，不少冰雕的肚子里装有一闪一闪的灯泡，让一些观众大惊小怪觉得是“高科技”。音响设备里传出往往分贝值过高的流行音乐，但有时会停下来报告一下站冰比赛的进展情况。

“现在五位高手都已经各就各位，看他们个个飒爽英姿，气概非凡，究竟他们能不能都站足 20 分钟，如果都超越了 20 分钟又能坚持多久，究竟哪一位能坚持到最后，又究竟能不能打破上周由王英宾先生创造的 68 分钟的站冰记录，请大家一起关注……”经理自己广播，声音像蟒蛇般在冰雕间游走……

小螺蛳今年刚二十，可是已经有了五年的打工史。五年里他换过多少地方，让多少老板接收过表扬过又让多少老板斥骂过炒过鱿鱼，连他自己都算不清了，但他干的工种很单一，就是杂工，不管是在广东顺德的玩具厂、厦门开发区的食品厂，还是天津的一家招待所，以及这边的几家饭馆，他的活计无非是打扫卫生，处理垃圾，以及被老板甚至仅仅比他地位高一级的比如说修理工、二厨什么的吆喝来支使去地干最脏最累最麻烦最琐碎的那些个活儿。他和许多民工一样，从第一份工作开始，就是不断地去投奔家乡先去一步的人，这里工厂倒闭了，那里老板翻脸了，或者白干几个月硬是不发工资乃至供不上饭了，还有时候是忽然听说哪里能住得好工资高，自己辞工乃至不辞而别地跑掉，所投奔的新处所，一定是有个家乡先去的，诸如四舅、八姨、阿旺哥、潘七爷……叫得很亲，其实未必真有多少血缘关系，即如明天将去投奔的那个二叔，也并非他父亲的胞弟或堂弟，不过是邻村的一位曾跟他父亲一起合伙种过卖过西瓜的乡亲罢了。这种蛛网般的勾连关系，在很大程度上决定着中国农村民工的流动规律，更完全决定着小螺蛳这类存在的生命轨迹。

小螺蛳怕热不怕冷。在南方打工的那些记忆里，酷热难熬的种种细节锥心刺骨，到了北方以后，有时候还会在冬夜里被热梦惊醒。所以小螺蛳开始站冰时表现得非常轻松。他站在一只巨大的冰象前面，按规定，脚踩一块冰地板上的三合板，这块木板大约一平方米，既起着不至于冻到站冰者脚心的作用，也限定了站冰者的移动范围。按经理宣布的游戏规则，站冰者可以在木板上略微改换些姿势，比如立正变稍息，稍息重心左右转换，身体轮换朝向左右，单手或双手可以叉腰，有时双臂也可以抱在胸前以凸显胸肌，但不许屈蹲摆臂尤其不允许做操。小螺蛳身高虽然只有 1 米 67，发育还不甚充分，但自成比例，看上去有小白杨挺拔朝天的感觉，那背后的大冰象跟他组合在一起，又让人觉得他是个印度的驯象少年。有几个比他还大几岁的白领女士站在他前面的冰台下指指点点，很大方地评论他的体态，有的还说希望他能成为今晚的大奖获得者。小螺蛳一手叉腰，耳朵里依稀听到些美誉，眼睛不敢跟发出声音的人交流，只望着对面顶棚的冷气管道，这样扬起下巴的他便显得添了几分傲气，欣赏他的观众有的就对他喊："小伙子，加油！坚持！"

其实小螺蛳只想坚持过 20 分钟得到 100 元。100 元对他是个很大的数字。他各处当杂工，管吃管住外，月工资基本上都是 350 元，没有带薪休息日，如果请一天假，那要扣 12 元工资，如果连请两天假，老板准不耐烦，那就等于自动辞工了。他每月发了工资都及时给他爸寄回 250 元。100 元对他来说意味着八天多的工资，现在却只需要站足 20 分钟就能获得，这真是天上掉馅饼的事，要是每星期都来站 20 分钟，那一个月下来就比天天干十来个钟头杂活还挣的多哩，但这冰灯展经理说了，一个展期里，一个参赛者只能参加一次。行呀，一次就一次，今天能这么轻省地挣个 100 元，美事儿！

他听见观众里有人说到上电视什么的，那声调里很有些讽刺的味道，意思是瞧这些个站冰的那副神气样，以为自己能上电视还是怎么着？小螺蛳心里一阵酸楚。他是真的上过电视镜头的啊，信不信由你……

小螺蛳最不愿意人家问他家里的事，尤其不愿意人家哪怕是好意地问到他的父母。他爸是个三世单传，他爷爷奶奶早就过世，孤苦的他爸一度是村里最穷的人，周围各家陆陆续续全变成一水的新砖瓦房了，他爸却还住在歪歪扭扭的草顶土屋里，三十好几了还娶不上媳妇。但二十一年前终于娶上了他妈，据说夫妻挺恩爱，家里的景况也开始好转。谁知十七年前，他三岁的时候，忽然来了一群穿制服的人，宣布他妈是被人贩子拐骗来卖给他爸的，人家费了好大劲，才把那属于团伙的人贩子抓获，证据确凿，顺藤摸瓜，摸到他家，来解救他妈，要护送回几千里外的一个山村去。他爸吓懵了，说不出话，他妈紧抱着他，也不说话，只是哭，意思是并不愿意回去。当时跟来了电视台的记者，打开强光灯，录下解救被卖妇女的一幕，那一幕里就有小螺蛳，缩在他妈怀里哇哇大哭。据说电视台播那纪实节目时，还特邀了几位嘉宾发表意见，一位省妇联的女士，很富态，很斯文，但发言很尖锐，她说不能只是惩治拐卖妇女的人贩子，更该惩治购买媳妇的人，没有买方，卖方才能绝迹。她那义正词严的发言影响很大，流传久远。但节目播过了也就算了。无论是村里、乡里、镇上还是县城，都没有任何机构或个人来起诉他爸。他爸当时给过号称媒人的人贩子 1000 块钱，其中 800 多元是借的债，直到他妈被解救走还剩下个尾巴没还完，人们都说他爸闹了个人财两空，是个可怜虫，难道还需要把这样的可怜虫抓进监狱关起来吗？连一位副县长也不跟那位妇联女士同仇敌忾，他说："该惩治的是咱们这里的穷根子。"当然这都是小螺蛳上了镇上中学才断断续续听说的。他爸在他妈被护送回乡以后，没多久也就平静下来，后来种瓜赚到些钱，把土草屋也改造成了砖瓦房，虽说周围有的人家又把砖瓦房改造成水泥预制件盖成的外头贴白瓷砖有大玻璃窗的小楼，他爸却并不眼红，只是一心一意地供他上学，说一定要把他送进大学里去。但是小螺蛳没上完初二上学期就辍学了。那是因为有一天，他爸酒后开着拖拉机运瓜进城，半路上出了车祸。当人们把他爸从血泊里扶起来时，他爸竟还哼着那边地方戏里的唱段，推开扶他的人，扭扭绊绊地朝医院方向走，再次摔倒后，人家去救他，他晕过去前吐出的一句话是："别跟小螺蛳说……"万幸的是他爸没死。但他爸伤残后只能在家编点草帽什么的换点小钱，于是小螺蛳就开始了外出打工的生涯。他爸每回到乡干部办公的地方取小螺蛳寄来的汇款单，总要自豪地说："养儿得靠啊！"村里的人们见了他爸，也往往会主动跟他爸说："真真是养儿得靠啊！"但有时也会在他爸走远后，望着他爸背影，感慨地议论："小螺蛳他妈该还在吧？又嫁了谁呢？又生了几胎？还记得小螺蛳吗？"

小螺蛳对自己母亲的秘密，主要得知于中学教他们班语文的那位老师，那是个瘦高的女子，她的一个姨嫁给了小螺蛳他们家的邻居，她常去他们村串门，见过他妈，老师说他妈个子矮，皮肤黑，但是眉眼挺清秀，喜欢用梳子蘸着花露水梳头发。小螺蛳不得不辍学外出打工，去跟那老师告别，老师知道他别的功课平常，只喜欢语文，但作文水平也不敢恭维，唯独造句常能给人意外之喜，就送给他初二下学期和初三上下两学期的语文课本，让他自学，又送他好厚一本成语典故词典，小螺蛳外出打工一直带着，这样他就不用再准备枕头了，这几本书用衣服一包，就是他的枕头。去年小螺蛳回家探亲，又去见那老师，他说看了课本里鲁迅写的《祝福》，问："贺老六是个好人还是个坏人？"老师一愣，回答他："从来没人这么去考虑过啊，当然是好人啦！"小螺蛳就绷着脸说："他购买媳妇，跟人贩子同罪。没有买的，哪有卖的？"说完，眼睛朝窗外望，脸上的神色难以形容。老师盯着他，心里滋味复杂，半晌说："你长大了。真的长大了。"小螺蛳就说："人长大了，该有理想对不？您知道我的理想是什么？"老师望着他，心里替他盘算，他沉稳地说："我的理想，一是好好赡养我爸。不，这是二。一是……我一定要找到我妈。"老师说："如今找也不难。怕的是……你妈那个情况……复杂了。"小螺蛳说："她复杂她的。我的理想很简单，就是到她跟前叫她妈，跟她合拍一张彩色照片，以后永远装在钱包里，时时能方便地看。”老师就再没搭腔，稍后，仿佛有虫子飞进了眼角，缓缓地伸出一根手指头去抹。

这个有着非常具体的理想的二十岁小伙子现在站在冰上。他渐渐感到寒冷像排排针尖在点击他的肌肤。他对自己说，你不该怕冷，你怕的是热啊。确实，不管哪个季节，在厨房里干活的那个热啊可真难熬。特别是大厨颠锅的时候，喷出的火不能叫火苗更不能叫火舌，那是地道的火妖精，蹿起老高，仿佛要往每个人肩膀上跳，每当那时候，他就觉得自己身体里又炸出汗来，可是毛孔已经被原来的汗水黏住堵塞了，整个人就仿佛先给闷到煲罐里，又给倒在了铁板烧上。最难忍耐的时候，趁老板不在，二厨带头，他们轮流去把大冰柜的柜门打开，把身子冲着那冒出来的冷气，先前面后背面，或者转圈儿，求个痛快……但现在怎么会并不痛快呢？多少分钟了？

小螺蛳就尽量去想他妈，仿佛他妈会在遥远的地方保佑他战胜这一阵阵袭来的裹住他整个身子的冷气似的……但他跟以往一样总不能把一团模糊的想象聚焦为一个清晰的形象。不过令他狂喜的是，他觉得鼻腔里忽然氤氲着花露水的气息……宿舍里的工友常问他，为什么别的洗漱用品都那么瞎凑合，却总要买瓶花露水，还用梳子蘸着花露水梳头，多娘儿们气呀！当然他从不回答……

哎呀，不妙。小螺蛳左边小腿的一根筋不争气，猛地一抖，仿佛就要挣蹦出来啦……

“邪门啊！那娘儿们有仨奶子！”有人粗鄙地大声嚷嚷，于是许多看客都往女站冰者那个方位跑。

她站立的方位跟四位男子所站的那道弧线离得较远，是在一个名为《母与子》的冰雕前方。那冰雕的造型是一个放大的半身母亲，平伸胳膊举着一个全身的娃娃。她就站在那平伸的胳臂前面。开头，人们对她的好奇只单纯出于她是女性，后来，有人发现她那鲜红的连体泳衣的开领下面，应该是乳沟的地方，居然也隆起一峰，于是惊诧莫名，骚动也因此产生。她呢，却不管人们如何在冰台下议论纷纷，只是微闭双眼，双臂下张呈对称的八字形，双手则掌心向下翘成水平，整个儿是一种既优雅又悲伤的姿势。

“呀，看呀，还动弹啦！”

确实，她那乳沟里的隆起物居然在活动。

看热闹的人们又发现有人在对着她录像。用的是很高档的数码摄像机。

原来那下面摄像的，还有若干围在前面的，都是跟她一伙的。他们预谋好，由她来这里站冰。

站在摄像者旁边的一个头发扎成马尾巴留山羊胡的男子跟周围看热闹的解释说：“她现在已经进入圣女贞德受审的境界……”有几个听得懂呢？他倒还不想脱离俗众，很耐心地打比方：“就跟白娘子被镇在了雷峰塔底下一样，还有，三圣母被镇在了华山底下，如果没有她儿子后来劈山救母，那就永远地沉沦了……惨啊，人间有许多的冤屈，许多的无辜，许多的艰辛，许多的无奈……”有个中年妇女似乎听懂了，问：“行为艺术吧？可是……那圣女贞德的胸脯怎么啦？”

有人尖叫了一声：“蛇！”吓得一些人赶忙往后退，却又跟急着赶过来凑热闹的相撞，埋怨，惊恐，引出了混乱。

经理闻讯赶了过来。扒开人群，首先对录像的嚷：“场内未经许可不准录像！”可是那扎马尾巴留山羊胡的男士却把右手食指竖在唇上，朝他和蔼地眨眼，仿佛他们本是一伙的，倒把经理给镇住了。

“不是蛇！”

“那是什么东西呀？”

人们瞪圆了眼睛盯住看。只见她那乳沟里的活物的头部钻出了泳衣，猛看像蛇头，细看又不大像。

“蝎拉虎子吧？”经理不由得叫出了口。旁边的人笑了：“再猜。”

“啊，是蜥蜴……这玩意儿叫鬃蜥，现在有人宝贝似的，当宠物养……怎么站冰还带上这东西？”一位戴眼镜的先生终于给认了出来。

那绿色的鬃蜥渐渐露出了更多，除了头，还有颈子，很害怕的模样，似乎在紧张地喘气。

录像在继续。经理毫无办法。他明白了，这群人确实是到他这儿搞行为艺术来了。真策划得妙，一分钱场租不出，到头来展方还得至少付那娘儿们100元。

“这是行为艺术。作品第 039 号。标题是《窒息还是寒冷——两难选择》。你们细品味吧。”还是马尾巴山羊胡在“礼贤下士”。

人群里有的感到被愚弄了。

“吃饱了撑的！”

这群搞行为艺术的，确实衣食无忧，胃袋常满，营养过剩，时常要持 VIP 卡到健身俱乐部去减肥瘦身。现在公园南门外的停车场上好些小轿车都是他们的。

“行啦，别现眼啦！”有人对站冰的她喊。她却置若罔闻，换了个一只胳臂下垂，一只胳臂上弯，手掌贴到耳朵边，头微歪，仍眯着眼，似睡非睡，很难形容的那么个姿势。那鬃蜥则露出半个身子来了。

“你们到办公室来一趟！”经理气急败坏。他觉得实在难办。无论如何，他总不能去把那站冰的女人拉下来吧。

“您别生气。”马尾巴山羊胡子对经理说：“这场艺术创作一传布出去，您这里马上黄金万两。您该高兴得跳起来才对！”

经理愣神算计了一下。气消了些但不可能高兴。没跳起来，撂下句：“你们等着！”转身走了。

怪不得古时候有女人是祸水一说，真是撞入邪门了，这么乱哄哄的，我们站冰还算不算数？别他妈的站了半天白挨冻，镚子儿得不着了！龙大援抻长脖子朝女站冰的方向看，视线被一些冰雕隔断，只能透过那些冰雕作品的镂空部位望见部分场面，反正是不妙。他心里恨骂，想问问冰台下的观众，究竟怎么回事儿，让给叫叫经理，撂句明白话，至少告诉一下开站已经多少分钟了，但他面前几乎就没什么观众，而且，他想起来，经理宣布过，站冰时不仅不能戴手表，更绝不能开口出声，比赛的进程，会时不时通过广播报道，必要时经理会走到你面前跟你具体交代有关事宜，如果违反了规定，那就是站得再久也要被取消比赛资格。

本来，龙大援一站到冰上就开始暗中数数，数足 1200 那不就是 20 分钟吗？看他们谁先下冰，看谁敢留下来跟自己较劲……但他数到 500 以后就乱套了，那时候那娘儿们前头还没闹起来呢。唉，天下最难安静的是人心！尤其是头些年，他的心总跟沾满了草籽似的，刺痒，烦躁，胀得慌，却又不能发个芽开朵花，梦里头也没个舒坦的时候！

人家看他的名儿，就能测出他大约是哪年生人，还一定能跟着测出他属于“文革”中的“老三届”，下乡插过队，二十几年前回的城……但那以后，就不那么好猜了，他们那一代人后来分流得很厉害，有的流入官场，电视新闻里会忽然出现，坐主席台，前头立个坡形长方牌子，冲外写着大名儿；有的流入商界，照片会印上杂志封面，里头会有捧臭脚的文人给写的什么报告文学，仿佛那主儿天生就是块发财享福的料；有的流入演艺圈，人模狗样到处抛头露脸，还时兴弄出些个绯闻来让人跟嗑瓜子似的得些个小痛快；有的流到海外，绿卡，入籍，说起洋文来满嘴滚珠，做派比洋人还洋，这几年却又争当“海龟”往回游……不过，那个词儿怎么说来着？对，凤毛麟角，人家是物以稀为贵。不稀罕的一撮一簸箕的，那就大掉价了！龙大援深知自己如今就属于这个大拨撮的群体。弱势？龙大援不认那个“弱”字。是运气不好吧！他四十六岁下了岗。那么大个工厂，原来觉得挺气派的，后来卖了地皮，开发商来了，看见什么都觉得是碍眼碍事的废物。原来的东西可以全当废物处理，原来的工人呢？谁敢废了他们呢？搞了再就业工程，其中一项是跟一家五星级大饭店挂钩，他跟老婆都参加了培训，开头无非是讲些大面上的道理规矩，大家都很兴奋，后来具体分工，人力资源部的干事领他去，穿过富丽堂皇的咖啡厅，经过翠竹拥阶的日本料理，绕过金光闪闪的观览电梯门，耳边还有大堂里真人吹萨克斯的优美乐曲声……往左一拐，一扇漂亮厚实的大门，门上钉着铜牌，牌上是个黑色的戴礼帽叼烟斗打领结的侧影，推门进去，深褐色镶黑边的大理石地面，藕荷色的大理石洗手池台面，水龙头闪着真银光泽，镜前的小花盅里插了枝南洋胡姬花，裱着精细淡花壁纸的墙面上挂着真迹绘画，满室飘着淡淡的甜香，还有不知是安装在哪儿的隐蔽音响里传出淡淡的轻音乐……“就这儿。”那干事跟他说，指点着，还告诉他会发给他雪白的西装工作服，扎银灰色领结，“除了不能坐，其实待在这儿就跟休养一样，进来的客人不会太多，你无非是笑笑，开开、关关水龙头，递递小手巾……最后拉开门，轻轻说句‘走好再见’……”“走好再见，拜拜吧您啦！”龙大援不接受这“休养”安排，转身拉门出去了。他要求另作安排，人力资源部说他过了四十五岁，又没什么技能，只能这样安排，于是他退出了再就业工程，选择了彻底退休。现在如果有人说他是下岗职工，他会生气，必得大声强调："我是退休职工。"老婆接受了大饭店潮粤餐厅的传菜工安排，如今每月拿的钱大大超过他的退休金，回到家难免面有得意之色，埋怨他这个那个的，有天晚上他要跟老婆干那个，老婆说累了，不行，他央求，说耐不住了，老婆躲开他说："我明天要是没精神，让饭店炒了鱿鱼，你能养活得了我吗？"这话像往他心窝里扔了把蒺藜，他就跳下床说："行，你养活我吧！可你听明白了，打今儿个以后，我要再动你一下，我就不再姓龙！"那晚以后，他赌气只睡外间屋的长沙发，再不睡床……唉，那些日子真糟心啊，老婆不贤惠，儿子又不争气——念完职高也没找到什么合适的对口单位，就到什么香河跟人合伙做家具生意，好几年了，也始终没见混出个人样儿来！……

龙大援这几年死了再就业之心，每天跟上班一样，一大早就骑着自行车满城地逛，天擦黑才骑车回家，中午常常不吃东西，也不买水喝，遇到有自来水龙头的地方，对嘴灌些也就解了渴，他的营养完全来自老婆每天从饭店拿回来的折罗（就是豪客们的唾余），晚上吃不完，早上再海塞一番，这么几年下来，他倒比以往更胖了。他自称还是个琉璃块儿，其实，这天底下看站冰的，就不乏指着他说"瞧那胖子"的。他的肌肉是变得更像戗面馒头了。他最爱到河湖里野泳，四季不辍，这大概是他体魄终究还能保持着大体雄健的主要原因吧。有回他在河里救出了一个溺水的少年，事迹上了晚报，两位家长还带着孩子找到他家流泪感谢，最后留下一个信封，人走后他打开看，里头是 3000 元。他把那些钱全上交了老婆，从那天起老婆对他恢复了笑脸，后来他也就重回床上去睡。这年春天一家新商厦开张，临时招了些男的女的，在前堂走 T 字台，推销几种国产内衣，龙大援也入选，走了两天挣了 1000 元，还白吃几餐盒饭，白拿回两套内衣，虽说懂行的告诉他商厦厂家如果请专业模特，那拿的至少会是他的三倍甚至十倍，他还是很开心，回到家老婆更眉眼含春，那晚他恢复了跟老婆干那事儿，大有久别胜新婚的消魂感。

这天来站冰，是龙大援进一步开发自己潜力的最新行动。他势在必胜。那个娘儿们虽说卷起了点浪头，想必也不过是咋呼一阵，怎可能坚持太久？朝另一边望，虽然冰台呈弧形，每个站冰的拉开了距离，但那三个哥儿们的身形毕竟都能望到眼里，那个络腮胡子的主儿看上去不善，也许跟自己有最后一拼，其余两个，一个瘦干条儿，一个简直还是个娃娃，都不是个儿，看吧，再过一小会儿，两位肯定都得歇菜！

“咦，这不是大援子吗？怎么，哥儿们，落魄到这地方卖块儿来啦！”

忽然，前头看客里有人发出亮脆的呼叫。龙大援定睛一看，脑壳里就嗡的一声，正在打叠的求胜心情被毁坏殆尽。真叫冤家路窄，怎么今儿个偏来了他！

龙大援那回走T字台，是在堂皇的商厦里头，虽说是推销内衣，毕竟不是这么光穿个裤衩儿，体面多了，就那样他还生怕被熟人看见，现在这么站冰，确实比那个下作多了……他咬咬牙，把眼光往上移，看棚顶，只当眼前面没那么个人！

但那人穿着高级羽绒服，紧贴到只有三十公分高的冰台前，生怕他看不真也听不真，跟身边同来散闷的朋友一个劲地指点他：“……就是他，大援子，我们原来是同学，又是邻居，‘文革’那阵他是‘红卫兵’，可神气啦……嘿，三十年河东，三十年河西，他如今在咱们眼皮底下练上天桥把式啦！……天桥素有‘八大怪’啊，他今儿个算是哪一怪呀？……”

他不想听，偏那声气盖过那边音箱里传出的音乐声，句句字字锥进他耳朵眼，又扎到他心尖上。

因为那老同学、老邻居的起哄，龙大援前头聚集的人越来越多，赛过了刚才那边女站冰者跟前的热闹。有人就指点着他的裤腰，问是不是也要爬出什么小动物来。

“嘿，大援子，绷紧你那块儿！抖擞抖擞你那肱二头肌！大家伙花钱进场，瞅的就是你这么个人体艺术！害什么臊呀您的，怎么着，冻着啦？那你这不是自找的吗？……”

他真想就此冲下冰台，揪住那家伙脖领子先扇他俩耳茄子！

这是报复！阶级报复？啊，如今还真不好说他家算个什么阶级，说不好谁跟谁之间是阶级斗争的关系……不过，他逮着这机会，大肆报复，这是一清二楚的……他妈的，怎么就那么巧！

那家伙的父亲，是一个戏曲演员，他那行当也怪，是专演丑，不是一般的丑，是男扮女的丑，据说叫彩旦，演这个也能出名，现在想起来也觉得挺奇怪的。“文革”来了，那彩旦不仅在剧团里受冲击，回到家里也不得安生，街道上也揪出来斗。那罪名也真多，演坏戏腐蚀人民还是最轻的一桩，他又有历史问题，什么问题龙大援也记不清了，其实那时候他当“红卫兵”基本上是个凑数或者说凑热闹的角色，后来也很少到学校里去造反，只在街道上混，街道革委会派他个身份，算是个“红卫兵”方面的代表，所以有时也轮到他主持街道上的批斗会，开头那批斗还郑重其事地念批判稿，喊口号，后来就变成拿“牛鬼蛇神”开涮，涮那彩旦的方式，后来固定为“跑一圈”，直到现在龙大援也不懂那是出什么戏，戏里那彩旦化了妆该是个什么模样，而且为什么在那出戏里要那么样地跑圆圈，那么跑圆圈怎么会叫作“跑圆场”，反正斗人的积极分子里有懂的，他们就那么狂吼：“跑一圈！”这是不是就让批斗会走正题儿了呢？也没什么人去讨论这个问题，反正，在场的人都很愿意看那彩旦不化妆地跑圆场，跑动起来以后就公然哄笑乱嚷，这种“跑一圈”的吼声后来不仅出现在批斗会上，就是平时，比如说彩旦正在扫胡同，一群孩子围上了他，跟他吼：“跑一圈！”他若是觉得围的人少，也许会鬼混过去，免掉一跑，但往往是一有人吼就有人往他身边聚，于是他就立即放下手里东西，跑起圆场来……

那么多年过去，龙大援还生动地记得彩旦跑圆场的模样，原本是个灰头土脸的半老头子，忽然把头一甩，脸上是突如其来的假笑，嘴里发出“呀呀呀呀”的奇怪的娘娘腔，接着脑壳就跟拨浪鼓似的激烈晃动，双手翘起兰花指，交叠在胸前，身体则仿佛陀螺歪而不倒，随着两只脚快捷地倒换，迅速地跑上一个大圈，然后会忽然煞住脚，恢复到跑前的状态，这时候围观者就会公式化概念化地连吼几声：“丑不丑？”“反动不反动？”“以后还敢不敢？”彩旦则连连低头认罪：“丑死！”“反动！”“再不敢了！”那最后一问的意思是“以后还敢不敢拿这个腐蚀人民？”但恰恰是这些“人民”在吼着逼着彩旦当众出丑时获得了极大的心理满足。当时龙大援没深想过，却也至少是浅浅地思忖过：这岂不是自相矛盾？他多次带头吼过“跑一圈”，多次逼近看到过一个被侮辱被蹂躏的人怎么忽然仿佛极快活地将自己丑成那副模样，说实在的，心底里也曾感受到一种难以言传的困惑与恐怖……

后来，斗争气氛开始缓解；再后来，开始落实政策；“四人帮”倒台以后，人家得到彻底平反，而且很快就全家搬走了。彩旦有好几个儿女，现在站在眼前的是跟龙大援同龄的一位，他们当时是怎么个心境，龙大援没有特别去注意过。万没想到事过这么多年,这位同窗还这么记仇,并不把那笔烂账都算到“四人帮”身上了事，狭路相逢，还要对他施加报复……

几年前，电视里播过一个节目，龙大援很偶然地看到，那种节目以往他绝对是一秒之后必定用遥控器点换的，但那回他却没点换，还一直看到结束。那是一个介绍那位彩旦的特别节目，他已经是高龄老人了，但模样轮廓还是马上让龙大援认出了他。原来他后来是戏校的老师，培养了许多戏曲人才，得到各方面尊敬，还有了好像是政协委员那类的身份。节目里记者问他：“您‘文革’里饱受摧残，请问您是怎么挺过来的？”荧屏上那老人现出慈蔼的笑容，缓慢地作出了一个简洁的回答，这回答让龙大援刻骨铭心：“就是……不要脸呗。”那节目龙大援回味了很久。大约是去年，龙大援从晚报上看到一条消息，那老爷子去世了，享年八十出头，也够本儿了……

“嘿，哥儿们，冲着 1000 块去啦？为‘一吨’就值当这么玩命呀？……你们看，他鼻头都冻红啦！……”那位同窗的报复心还在喷涌发泄：“别泄气呀，哥儿们！挺住！把你那块儿再绷紧点儿让大家伙好好欣赏……再绷一个！……绷一个！嘿，绷一个啊……”

龙大援身体里仿佛有两条龙纠缠在一起翻腾扭动，一条龙恨不得立即大吼一声扑过去缠在那家伙身上把他勒死，另一条龙却在阻挡那条发怒的龙，不断地把那回电视里那位老人的面容和那句对记者的回答在他脑子里回放……他都感觉到了自己上下牙床摩擦的声音，那不是由冰，而是由火激出来的……

身高 1 米 76，体重只有 63 公斤，二十八岁的薛冰站在冰上，稍远点望他，有的观众特别是老年人会情不自禁地埋怨冰雕展老板：“怎么能让这样的小伙子站冰呢？也太狠点了！”但是走近了看他，观感就不大一样了。有个中年人就这么指点他：“嘿，远看瘦干狼，近看钢筋桩！”确实，逼近了看，薛冰既不能叫瘦更不能称弱，他身上几乎没有脂肪，但贯串全身的筋腱线条分明，把并不厚凸但线条分明的胸肌和臂肌、小腿肌等处勾连得充满活力。他双腿微开，稳稳地直立，双臂下垂，双手握拳，细长的脖颈强直，棱角分明的脸庞上鼻子和嘴巴都显得有些小，但一双眼睛很大、很亮，头发蓬蓬的，当中分缝，有几绺头发固执地往上冲，显得有点乱，也让人感觉到他有些个野气。他几乎一直保持着那么个姿势，但并不是静态地站立，他很有规律地每隔几分钟就双拳紧握一下，随之胳臂上的肌肉就铰链般地收缩，紧接着这收缩波推衍到他胸部、腹部，只见他胸肌妩媚地一挺，腹肌活泼地凸现出六小块，最后那绷紧的波浪传达到小腿，在抵达脚底后告退。有几个年轻女士在观看他时发出极开放的议论，其中一句是："这一个最性感！"

薛冰的思维和语言里，连对女人都从未使用过"性感"这个词，何况是针对男人。

不过薛冰确实早已达到性成熟了。这方面他的饥渴感天知地知自己知，还有谁知？原来，他以为毛妹是知的……

薛冰和其他打工仔一样，走南闯北经历多多。这两年找到的工作是工资最高的。这份工作是他一个表舅给介绍的。表舅进城务工多年，忽然发了，现在是经营建材的商人，两年前就在近郊买了复式单元房，置了桑塔纳 2000 自己开来开去，如今业务更加繁忙，前途更加看好。表舅的主要业务关系是市政工程的承包者，他不仅向他们提供一次性建材，也出租供反复使用的建筑器械，开头只是钢筋卡子、搭架钢管什么的，后来就置了铲车、叉车、搅拌车、吊车什么的出租，因此最近又买了栋湖景别墅就要搬过去，原来的复式单元则打算出租。表舅把薛冰介绍给了高经理，高经理也不过四十来岁，本地人，从事市政工程的承包已经好几年了，当然有了漂亮的住房、漂亮的车子，还有漂亮的媳妇,漂亮的儿子和漂亮的斑点狗。现在高经理所承包的是某道桥的改建工程，薛冰在工地上当看守。工地用大围障围了起来，出入口外面挂着大牌子，标明工程名称、责任单位、施工单位、项目经理等等。附近居民楼里常有居民反映施工噪音太大，扰民，有的打电话写信向上反映，有的则亲自走过来找负责人提意见，哪里找得见？遇到的就是值班的看守。那天晚上，有个老头本是来提意见的，结果跟换下班来的薛冰聊了起来。薛冰有问必答，老头样样觉得稀奇。

比如薛冰告诉他，外头牌子上写的那个人，其实是个挂名的，这工程实际上承包给高经理了，现在工人的工资都由姓高的发，工棚、食堂也是他搭建的，整个工程完了，验收的时候，外头牌子上写的那个人也许才陪着来一下，要么就是出事了，那人不得不来露一面，露了面，工人包括薛冰他们看守也不听他的，一切还是都得听姓高的，甚至姓高的也并不怎么听那人的，只是给那人个面子罢了，因为姓高的又是从别的人那里得到这个项目的，那别的人甚至还又是从另一个人那里，当然，这些人都有公司，都办了有关的手续，这么几层转手，剩下的工程款才到了姓高的手里，姓高的可是动真的，真来修建东西的人，所以才是这工地的真皇帝，他留谁是谁，让谁走谁就只得走，没别的路子，想跟这里挣钱的，都得看高经理的脸色说话行事……老头听呆了。薛冰又告诉老头，只有看守才在他看见的这片围障里住，住的就是那边的活动房，木版墙，铁皮顶，夏天太阳烤，冬天不挡风，好在夏天有台虽然破旧倒还能制冷的空调，冬天则给两台挺像样的电暖气，他们四个看守分两班，小屋里三架上下铺，两架睡人一架放东西，所以住得还是很不错的，旁边还有个柜式临时厕所，只是用水不方便，每天只有运水车来一次储下那么一个大圆塑料桶的水，喝的，洗漱，包括洗衣服，全靠那么一桶水，冬天还好说，夏天根本不够用……老头问别的工人住哪儿呢，薛冰告诉他全住一站路远的那边绿化带的小树林里，食堂也在那边，那几座工棚老板说有树荫遮阳所以不安空调，冬天倒有土暖气，一屋八架上下铺，别的不说，臭脚丫子味儿就能把人熏晕！洗澡么，有个用太阳能热水的洗澡间，里头每回只能容一个人，那边用水因为可以接上水管供应充足，但你抢不上头几锅，后洗的时候，基本上就全是洗凉水澡了……老头听薛冰的口气，对自己的这份工作还是挺满意的，是的，薛兵讲起这些甚至还多少有些个得意，人家高经理是不用“后门兵”的，表舅好大的面子，高经理才不但接受了他，而且没让他在工地当小工，而是安排他当了这白班的看守，虽然要从早上七点守到晚上七点——中午夜班的会来稍替换一会儿，好让白班的去食堂吃个饭——但总归比干活轻省多了，工资呢，一天 25 块，一个月 750 元，很不少了！那些在工地干活的，小工一天只有 20 块，技术工有的能多到 30 到 40 块，可是阴天下雨或因什么事故停工，就只开饭不开工资了，而看守呢，什么情况下都有工上也就都有工资……老头问吃得怎么样，薛冰摇头，早上是粘粥和咸菜，中午晚上永远是米饭，管够，但菜每顿只给两锅勺，市场上什么菜快下市了熬什么，一个月里能在菜里见着两回肉片就算不错了……老头就说，你对那食堂最没感情吧？薛冰听了这一问就再没回答他，老头忙说你该休息了，打搅打搅，再见再见，薛冰心猿意马，含糊应对……

对食堂最没感情？嘿嘿，最有感情的，就是食堂啊，因为，食堂里有毛妹呀！

毛妹是他们民工群里唯一的女性。虽然在这城市里满大街有女人，而且不少是美女，他们也看得到，但那是些跟他们不相干的存在。毛妹在食堂工作，她一早来，晚上走，跟另几个给城里人当保姆的同乡妇女合租了间居民楼的地下室住。高经理为什么接受了她这么个女工，薛冰他们都不清楚，也用不着闹清楚，清清楚楚的是毛妹本人，每顿饭给他们发菜，在厨房内外活泼地大笑，有时为了哪个人一句什么话不中听，会一拳捶过来，捶得那人痒酥酥的，可是另外的人想也挨那么一拳，也故意说句逗她生气的话，她却又并无反应，也许倒转身跟没招惹她的人说笑去了。薛冰挨过她三次拳头呢，有次薛冰蹲着吃饭，毛妹弯腰捶他，一瞬间，薛冰清楚地看见了毛妹那圆领衫里露出的乳沟，仿佛一道奇异的闪电，熄灭许久之后，那亮光还让薛冰的眼睛刺痒，是甜到心窝里的那么一刺啊……

毛妹是不是美人？这个问题根本没必要提出。美人又怎么着？不止一个没娶媳妇的民工床头贴着免费弄来的商品广告，上头必有大美人，有的是比真人还大的美人头，有的穿又露又透的泳装，但那些美人你真够得着么？毛妹可是三顿饭时必见的女子，有个家里有俊媳妇的大哥都这么说："亏得有个毛妹！要不非把人闷死！"当然马上就有跟上去打趣的："怎么？你揣上坏主意啦？"另一位就接过去说："坏主意那是人人都有吧，可真干坏事，咱们这群里恐怕还找不出一个。"那先发话的大哥就说："对啦。这么一群一年顶多回一趟家的寡男，整天扎堆儿干活、吃饭、睡觉，那是怎么着眼前也该晃着个雌的啊，就不是毛妹，是毛姐、毛嫂、毛婶、毛婆……哪怕毛夜叉，也好啊！"薛冰这时候眼睛就绿了，逼上去说："不许污蔑毛妹！"大家就哄笑，有人就说："嘿，光棍好苦，杜鹃鸟叫唤啦！"

薛冰二十八岁还没对上象结成婚，这是他的心病，更是他父母兄姊的心病。城里哪个女子愿意嫁给他呢？进城打工的譬如毛妹这样的，难道会嫁给他吗？去年回老家，全家支持，二嫂张罗，给他介绍了个邻村的寡妇，跟他同岁，大月份，两个闺女；她丈夫是得癌死的，治病拉的账现在只剩个小尾巴；好的是家里三年前起了小楼，一楼是铺面房，后院也整齐；他若肯，可以倒插门。于是见过两回面。那寡妇细高身条，比他只略矮一寸，虽然长脸庞上的颧骨高了些，眼睛细了些，皮肤倒还白净，说话举止大方得体。他心里并不愿意，无奈父母兄嫂都说你再耽误不得，再拖两年过了三十，怕连这样条件的也难找到了。他回城这十来个月，每月买IC卡到公用电话那儿跟家里通电话，家里总催他下决心，警告他若再含含混混的人家可不能再等，上门给说媒的多着啦。他也跟那位女子通过两回电话，双方说的全是淡话，但他感觉到，只要他愿意，那女子倒绝不会放弃他的。

但是眼前有个毛妹。什么可能不可能，见到毛妹他就觉得世界是只有这么一个女人。不可能又怎么着？他不能不采取行动。于是，就在一个多月以前，大概是爬山虎全变红了的时候，那晚吃完饭，他也不去抢着洗澡，始终不近不远地盯着毛妹在食堂里收拾。终于，毛妹下班，要回家了。但离开那小树林前，偏有别的民工凑上去打趣，毛妹也就站住笑骂。他在小树林外路灯下等呀等，觉得简直等了一百年。后来毛妹算是走在回她住处的路上了。他从后头叫，毛妹转回身，捂着胸口说：“哇呀怎么是你，吓我好一跳！”他走拢毛妹跟前，眼光忍不住很不老实地往毛妹微露的乳沟里钻，鼓足勇气说：“我要请你吃冰激凌！”毛妹开心地笑了：“好呀！你怎么现在才想起来请我！你早前都请谁去了？”

薛冰跟毛妹坐在一处公共绿地的凉亭里，吃薛冰买来的蛋卷冰激凌。

薛冰说：“毛妹，我想跟你好。”

毛妹说：“咦，我们不是一直挺好的吗？”

薛冰说：“想比一直更好。”

毛妹把舌头伸得长长的，大舔一口冰激凌，美美地吞了，才说：“原来你有这个心思。”

薛冰“啊”了一声。

“啊什么，”毛妹问：“你有多少钱？”

薛冰一听，心花怒放，只有愿意考虑，才会有这一问啊。他立刻汇报：“几年里我汇回家的，我妈都给我存着，一共有了 20800，再加上这回春节前能领到的 9600，那就过 3 万了……”

“9600？你怎么算的？”

薛冰就细算给她听。他们工资是每年春节前才结算的。一项道桥工程往往要跨年度才能完成，承包人也不是马上能领到人家应允的全款，加上为防止打工的中途不辞而别，民工的工资是从这个春节到下个春节前才结算的，平时就是管吃管住，记工，当然，也可以预支零花钱，每月以 50 元为限。薛冰这全年的工资是 750 元乘 12 共 9000 元，因为每月都支过 50 元零花钱，剩 8400 元，但上年高经理少发了他 1200 元，也就是还欠他 1200 元，这回发的时候补足，那加起来不就是 9600 元么？

“他欠你 1200？给你开欠条啦？”

“他还能赖？他跟我表舅那个关系……”

“我可是听说，他常赖。柿子拣软的捏。有的老实巴交的，没老乡结伙撑腰的，几年欠的都讨不回来。”

“我知道。去年只有那几个四川帮的他发了全款，因为那几个人也不说什么，就在他还没觉出来的时候，把他围住了，全叉着腰，假咳嗽……他们也太过分了嘛！高经理去年确实也没拿到工程全款嘛，人家也欠着他的嘛……”

“好啦好啦，不说这个了……你有房了吗？”

“在老家盖房，两万就很体面……”

“你老家？哈，去你老家？”

“那就……在城里租……”

“租？租我现在住的那种地下室？”

薛冰不知该怎么说了。

“你也知道吧，你那点钱，要买这里正经的房，就是那经济适用的，怕也只够买个卫生间。”

薛冰手里没吃完的冰激凌化了他一手，他甩手全扔了。

“我还用得着问你有没有车吗？你该不会问我，说的什么车？自行车还是别样的车？”

薛冰的心凉了。

毛妹早连蛋卷壳也吃完了。拍手大笑：“你想跟我好！你又了解我多少呢？我结婚了没有？孩子多大了？”

薛冰知道她是故意那么说。

毛妹跳起来说：“累啦！我要回去睡啦！你也早歇吧！”

毛妹的身影像只肥猫，很快消失在夜色里……

于是，就到了那一天。离今天很近，甚至就像刚刚发生过的，又似乎很远，跟过了几辈子一样……那天下午接到高经理电话，让另外三个看守都先到工棚那边去，只留薛冰一个人守着。那天停工。实际上从前两天起就停了工，不是因为天气原因，工友里有窃窃私语的，说是高经理所承包的另一处工地上出了恶性事故，有关部门责令他那公司所有的工地全停工，接受安全大检查，也确实有一队人马，开着小轿车和小面包车，来过薛冰他们看守的那片工地，高经理陪着他们，转悠一阵走了，应该是没发现什么问题，起码没大问题，有工友说他们出来就去了海鲜楼，就是东边里头养着活海豹，还在玻璃地板底下卧着真鳄鱼的那家，另外的工友就问他：“你去过呀？你亲眼见啦？”大家就吵作一团，因为停工也就停工资，大家都盼早恢复开工，薛冰倒无所谓，甚至觉得不开工更好，更安静，更自在……

那天下午很静，出奇的静，薛冰正懒洋洋地坐在围障门里头的小板凳上发呆，忽然外头有汽车按喇叭，薛冰从门缝朝外一看，是高经理的别克车，忙把门打开，那门其实不过是安了滑轮和别杠的障板，刚开够车能进来的空档，别克就拱进来了。别克车进来，看没有别的车或人跟进，薛冰就又把那门掩了别紧。这是高经理的地盘,他爱什么时候来什么时候来,来干什么,轮不到看守问,他想跟看守说什么就说什么，不想说什么看守就别去打扰他，这规矩薛冰他们都一直遵守着。薛冰关好门转过身，看见别克车停在了大约三十米外，他们看守住的那间临建房门前。车门开了，高经理先从驾驶座那边出来。然后转到另一边，拉开车门，把另一个人拉出来……这本来也没什么稀奇，他们要进看守宿舍吗？更没什么稀奇，但……薛冰忽然仿佛被雷击了一下，使劲挣扎着才算没栽倒地下，因为，他看得分明，那另一个人，竟是毛妹！是的，确实是毛妹，高经理拉着她手，引她从车里出来，她一出来就仿佛有点犯晕，是喝了酒，醉了吗？一下子靠在了高经理身上……她的头发是什么时候变成那样的？一定是在很贵的发廊里做的，发型很潮，还染成了棕红色，她一身银闪闪的套装，一双金闪闪的高跟鞋……他们两个人很快进入了那间宿舍。

目瞪口呆的薛冰定在那里，大概很像一具冰雕，很久不能回过神来。高经理对他竟是那么样地置若罔闻，没有一句交代，一句命令，一句嘱咐，一句警告……那别克车前面的两扇门根本就不关，张开如黑蛾的翅膀。就不怕他跟随进去吗？不怕他趴窗张望吗？不怕他喊人来吗？不怕他发疯把他们杀了吗？嘿，人家就是不怕，门根本就没关紧，窗户更没另作处理……

静悄悄的。

回过神来，薛冰第一反应就是想冲过去。他身子都朝前倾了，脚底下却仿佛沾了胶，只略微移了下位。也许……高经理只不过是约毛妹到那屋里聊一聊？薛冰宁愿事情就是那样……

薛冰终于决定到窗户边张望。他都走到离窗户只有三四步的地方了，却又止住了步。他希望里面传出毛妹的呼救声，或者至少是挣扎声，但是没有，没有……

他又往前迈出一步，犹豫着。他不愿意看见最不愿意看见的情景。但是，不用去看了，他分明听见了毛妹毫不掩饰的、快活得发抖的叫床声……

高经理和毛妹完了事出来，上了车，两个人都没有张望别人的意识；高经理倒转车头后才发现门没打开，就自己下去开了那门，把车开出去以后，停下，出来推闭了那门，也没推闭严实，就又上车，车很快加速朝远处开去了……

不知道那天下午有没有人听见，那围障里忽然传出狼嗥般的声音，是哭？是骂？是悲？是愤？也许都是并且内涵更多……

薛冰冲进宿舍……就在他那张下铺！揉乱的枕头弄皱的床单甚至都没稍微拍平整理一下，床单上还分明有些潮湿黏稠的渍印……

另外三个看守吃过晚饭回来，没见到薛冰，第二天早晨也没见到。他们立即当作一桩大事打电话报告了高经理，高经理轻描淡写地说：“没事儿。马上会有新来的替他。”

人们在发现薛冰不见了同时，也发现毛妹不再出现在食堂。有几个工友就说他们俩是一起私奔了。

薛冰当夜闯到表舅家。表舅不在。表舅妈吓了一跳。第二天表舅听说了这件事，淡然一笑：“人家两相情愿，关你屁事。”但是答应他跟高经理交涉，给他结清工钱，直接寄回他老家去。

薛冰说第二天下午就回老家去。表舅妈给了他二百块钱。其实他并没有马上走。他晚上到火车站过夜，白天疯子一样在城里乱转，饿极了才找个小馆子吃碗面。他自己也不清楚辞工后究竟滞留多久了。他越来越不想回老家。他试图另找份工作，难，只干过一天临时工，挣到20块钱。他多次转悠到冰雕展这里。眼看他身上的钱就要耗光了。他决定来站冰，挣1000元。

也曾有人一看到潘全清的名字，就猜他是1964年或1965年生人，因为那时候开展着一个叫“四清”的政治运动，想必他父亲是个村大队干部，生下孩子取这个名字以表白自己样样都清吧。他确实出生在1964年，但那名字却跟政治无关，“全”是排行，他大姐、大哥还有他小弟四个人名字最后一个字合起来是“水木清华”。他家在农村阶级成分好，是下中农。他父亲没多少文化，是个木工，后来有机会进城参加古建筑维修，又学会了在木梁上彩绘花样图形的手艺，肚子里由此多少灌进了些传统文化的水儿。潘全清没有什么苦难记忆。“文革”时候他整天跟一群小伙伴在河沟里光屁股摸虾逮鱼，记得的都是些玩闹的趣事。懂事以后，社会已经改革开放。他从小学顺利地上到高中，也参加了高考，落榜，他所在那个郊区县高考升学率一贯不高，具体到他们那所镇中学，也是考上的几个算铁树开花，大拨没考上的犹如满地的庄稼，平常景象，不丢人。他在乡镇企业里被培训为司机，开过几年大货车，后来乡镇企业因为污染环境陆续关闭，他父亲把他和他哥介绍到城里古建队，意思是让他们子承父业，但他只学会了一般木工活，对古建那一套特别是彩绘什么的实在没有兴趣，父亲退休的时候，他哥在古建队里代替了父亲的角色，他却随父亲回乡了；再后来村里出让土地搞开发，建了个不小的商品楼盘榆香园，他跟人合伙开车运瓜果细菜到榆香园外头卖，一度生意不错，但后来榆香园外头盖起来个大超市，什么都卖，他们那生意就淡了；这期间他娶妻生女，相差两岁的两个女儿渐渐长大，陆续上学读书，他决定找个相对稳定而又收入稍高的工作，最后选定了进出租汽车公司当一名“的哥”。这些个生活转折，他也不觉得有什么悲苦之处，“坎坷”那类的词儿，从未涌上过他的心头。

说潘全清生活在蜂蜜罐里，未必恰当，但若说他是生活在田园牧歌里，那就不能算夸张。他家所在那个小村，至今只有三十来户人家，行政归属上划归了北边一个大村，但大小村之间隔着一条还带有野味的小河，大村那边人烟稠密又连着榆香园有了大超市越来越像城里景象，他们这小村却安谧素净，保留下的树木也多，野生的灌木及野苇野蒲野草野花也多，野雀儿因此也多，甚至有时还能发现野鹌鹑野兔。小村居民约定俗成，没人盖小楼，家家还都是平房院，但院子一般都宽敞、整洁，还爱栽果树、种草花。其实平房里的生活因为通了电，用上了煤气罐，也相当地现代化，家家电视、冰箱、洗衣机什么的都有，差别只在尺寸和品牌。潘全清家近年还自己安置了夏季用的柜式空调和冬季用的取暖锅炉，修造了有抽水马桶和电热水淋浴的卫生间。他认为自己的家比榆香园里那些住宅好得多，城里人家么，他可知道，无非是守着商厦公园什么的，好多都住得还挺狭窄憋气，更比不了他的温馨小巢。

潘全清媳妇虽是他姨从秦皇岛那边介绍来的，先结婚，后恋爱，但两口子越过越合意。潘家哥仨，全木个头不到一米七，发胖早。全华有一米七七，身量不错，脸庞却太方，双眼又分得过开。唯独全清一米八的高个头，浓眉大眼，婚后留络腮胡子，媳妇说好看，就一直只修理没刮除过，头发却有时理得很长有时候推成板寸乃至剃成光瓢，但无论怎么处理都跟那络腮胡般配;开出租车后肚子渐渐有点往外鼓,不过也只是“大校肚”没到“将军肚”那个程度，连大村的人也说，全清是整个行政村里数一数二的帅哥，而他那媳妇，则是没得挑剔的美人儿，一米七二的高挑身材，生育两胎以后也还那么不胖不瘦要腰有腰要样有样，皮肤总那么白里透红润润泽泽的，更难得的是脾性好，在家贤惠不必说，见了左邻右舍乃至大村的人们，礼数周全，总那么笑吟吟的，说话声脆而气软，讨人喜欢。两口子把小家营造成十足的安乐窝。也曾有人认为他们美中不足，就是两胎全是闺女。父母也曾提过建议，就是再试一胎，反正罚款的数儿能承受。大哥一儿一女，小弟两胎全是小子，而且那小侄儿跟全清二闺女是前后脚落生的，父母，还有嫁到沧州回门探亲的大姐全水，都说干脆全清的闺女跟全华的小子对换，两家互抱，这样岂不四角周全？全华说那好，正愁跟前没个闺女呢，全华媳妇意见也不大，反正还在一个村里，又是至亲，哪个孩子也绝不会被亏待；但全清两口子坚决拒绝，全清说潘家已经有后，自己喜欢闺女，一连给俩是老天对自己的特别奖赏，媳妇则直说抱给至亲也舍不得，于是做了绝育手术；俩闺女就这么被他们浸泡在爱意里一天天长大。

两个闺女真是争气！尤其在念书方面，一个赛一个出色。妹妹玉菊从村小毕业，一家伙考上了一所最难进入的民办中学，人称“贵族”学校，基本上只收语文数学双百分生，入学费很贵，却真的不是你随便什么成绩只要拿钱就进得去的。让分只让到196，但家长要为每缺失的1分多付1万元的赞助费。另外还有一种特长考试，不是考钢琴舞蹈武术什么的，也是语文和数学，可选考一门，但难度超常，两种学科成绩达到前30名的，学校免收一学期学费。那学费可是3000元啦！玉菊考的数学，居然名列第一！校方也很兴奋，说今后可成为参加国际奥林匹克数学竞赛的选手。送玉菊入学那天，全清还没参观到学校其余部分，光是那中心铺着绿草坪，整个400米跑道全铺着酱红色合成材料的体育场，就让他眼亮心热。他决定发奋挣钱，供女儿在这样学校里一直上到进入大学！姐姐玉荷初中还是上的他的母校镇中学，在妹妹考入好学校一年以后，她初中毕业后也考上了县重点中学，那也是很不容易的，全村应届毕业生里只有她一人考取，全镇也只有九个考上。那学校设施也很不错，学生宿舍四人一屋，还有空调；学杂费比玉菊那学校低不少，但住宿、伙食费几乎一样高，也还得给些零花钱。算起来，培养两个闺女一年怎么也不能少于三万元。

玉菊都上中学了，回到家，有时候还会很自然地扑到他怀里，坐在他腿上撒娇，他几次想跟她说：“闺女，你不能再没大没小啦！”可到头来总还是摩挲着她的头发，说不出口。他原来抽烟，瘾不大，一天也差不多要一包，玉菊上小学时候似乎没注意过他抽烟，上中学以后，两周回家一次，见他叼上烟，就跳到他身边，把烟从他嘴里拔出来，或者把打火机没收，还会剥好一粒糖果，硬塞到他嘴里，却从不跟他讲吸烟有害之类的话，就这么着，他把烟真的戒掉了。玉菊参加数学比赛，一级级拔尖，最后到了全市一级，却突然没通知她参赛，名额让一个男生占去了，据说那男生家长挺有势力，有说是大官，有说是大款，结果只得了个第四名，玉菊的数学老师说如果玉菊上，肯定夺魁，对那做手脚搞掉包的很不满意，倒是潘全清想得开，他说人家能拿第四，可见究竟也还有些本事，玉菊对这样的事嘻嘻哈哈不当回事，姐姐玉荷说些抱不平的恨话，她从身后搂住姐姐脖子，说我才不急着夺冠军啦，反正我以后有的是机会！玉菊就那么自信，尤其在数学上，但是玉荷英语好，天天用英语记日记，就把自己日记本递给妹妹说："你看我怎么形容你的？"玉菊说："看人家日记，没羞！"玉荷就羞她："怕看不懂，找台阶下！"玉菊就去抓挠玉荷胳肢窝，玉荷未痒先笑，倒退躲避，没想到正撞到端着红烧鱼进屋的妈妈手里的盘子上，咣当！真是一出闹剧！但全家谁也没生气埋怨，大家一起收拾好一切，最后姐妹俩自己罚自己再联合炒出了一盘蒿子秆，俩人边往屋里端菜边把一首流行曲改词瞎唱："蒿子秆，长纤维，吃了吓得癌告退！"

榆香园里有个画家，姓陈，常用潘全清的车。有回让潘全清拉他到北京大学去参加一个活动，活动结束出来，找到潘全清那辆车，却见不着潘全清本人。没奈何等了好一阵，才见潘全清汗津津地跑过来。原来他是头一回进北大，忍不住在里头转悠，越转越想多看看，看来看去忘记了时间更迷糊了方向。回榆香园的路上，他兴奋地跟陈画家讲自己的感想，归里包堆一句话，他要把两个闺女全送进这样的校园！陈画家说，人家开出租车的，往往两个人包一辆，特别多的是夫妻店，一个白天开，一个夜里开，这样交了车份以后剩的就多，你怎么一个人开？也不在城里租间房，每天夜里还要回村子，赶上有顺路往这边的还好，恐怕那样的机会很少，车往往要放空回来，早上怕也是空跑进城的时候多，费时间也费油呀，何不跟你媳妇分两班开呢？他说行车素来三分险，我不让媳妇跟着受累担惊，再说我这样晚上回去，一进屋什么都是现成的，往往是坐在饭桌边，眼前揭开盖子就是热饭热菜，脚底下呢，鞋袜给你脱了，双脚被送进一盆恰可好觉得有点烫却又绝对能忍受的热水里，你说那是什么滋味儿？说得陈画家也羡慕起来，说真想画这么一幅画儿。车到榆香园门口，恰好有要出行的业主在等他那车，园门外有些个拉活的野车，谨慎的业主首选却还是正经的出租车；陈画家说你今天真有运气，往日这时候送客回来，哪有什么活儿，收车嘛早了点，再返回城里又空跑太多……他却对陈画家说，我真不愿意拉他啊，昨天把闺女们接回来的，今天还在家，我想这就回去跟她们多待会子呢，何况还憋着把北大的情况说道说道，只是我还从来没拒载过，只希望这位爷别让我撩太远啰……

为了闺女们的教育费，当然还有家用，潘全清必须平均每天净挣 150 元以上才成。车份一个月是 4800 元，平均每天 160 元，加上每天的汽油费，以及其他必要的成本费，怎么也得 250 元才够，也就是说，他每天一定要平均从乘客手里至少拿到 400 元，才算完成任务，这对他来说并不是轻而易举的事，特别是遇到有的季节有的情况，最糟糕的时候甚至一天所进还不到 150 元。他全年只有春节歇两整天，三十是自己小家团聚，初一是到父母那里，哥仨全举家而至，妯娌们操持酒席饭菜，大团圆，三代人同堂，热闹非凡，真是盛世农家乐，但初二一早他就照常出车。

玉菊对爸爸的辛劳，似乎还有点浑然不觉，回家说起同宿舍的一位，家长开着奥迪车接送，每回来总运两箱瓶装太空水存着，从来不喝自来水，只喝那个……玉荷就跟她使眼色，玉菊不知何意，玉荷就跟爸爸说您可别那么害自己女儿，从不喝自来水的人有一天不得不喝自来水了，准得病！玉菊这才明白，忙说："爸，他们家多傻呀！"玉荷他们学校抓得紧，有时候两周也回不了家一次，她就往家打电话，总是她妈先接，她跟她妈有说有笑，家里使用的免提功能，为的是两口子能同时听闺女的声音，她妈聊一阵说行啦，跟你爸说两句吧，有回那边叫了声"爸"，忽然没声音了，当妈的就说咦这电话怎么坏啦？当爸的却知道，玉荷在掉眼泪，她想到爸爸这么一天天早起晚归的，为的就是给她们俩姐妹挣足教育费啊！起码还得苦挣八九年！

潘全清没想到自己竟然会被抢劫。劫匪按说该拣那望上去瘦弱的下手，他那模样，光满腮的胡子，就够让打劫者望而生畏的呀。他一点思想准备也没有。那晚三个人坐他的车，要去五环外一处地方，虽没去过那里，地图上见过，去就去吧。下了环路，拐到僻静的路段，坐后边的一个人说实在憋不住，要尿尿。路边大树下有沟，那就停边上吧。三个人都下了车，似乎都要方便一下，有一个还叫他，说大哥你也方便方便吧，他说不用，话音没落，忽然一个人弯腰冲过来，将一把匕首横到他喉结上头，跟着另一个人钻进副驾驶那个位置，虽然有隔离栅，却举着一把枪，枪管从栅缝里顶住他脑袋。第三个人估计是在车外望风。“把钱拿出来！”他听见吼声。他就把装钱的包拿出来，而且还把里头的钞票露出一些。“把手机留下！”他就把手机递过去，那拿刀的用左手接了。“出来！把手背到脑袋后头！”他就按那要求做了。他一出去一站直肯定把那三个人吓了一跳，他们都绝对没有他高。“蹲下！”他刚蹲下，那望风的已经飞快地钻进了驾驶座，那拿刀的则进了后面，门还来不及关拢，车就疯跑起来，很快没了影儿。他马上立起身来，等有车开过时试图拦车，求人帮助报案，过往的大都是些运货的卡车，偶尔有面包车，没一个停下，他就放弃了拦车，这时天已大黑，他就朝有灯光的地方大步走去……

也没什么后怕。他说他当时一瞬间就有个判断，这仨人目的是劫财要车，万不得已才害命，因此他就舍财保命。回到家，哥哥嫂子弟弟弟妹全来慰问，比他和他媳妇还反应强烈，甚至引出对世道的许多抨击感叹。他却只是细细品尝媳妇专为慰劳他下的一碗豆苗肉丝面，媳妇既无埋怨他的话也不去引申议论，只说人全须全尾地回来了的这就比什么都好。几天后周末他借了同事的出租车去接两姐妹回家度假，玉菊没觉得蹊跷，玉荷到家悄悄问妈，妈跟她说了实话，但嘱咐她一定不要问爸爸什么，玉荷又悄悄告诉了玉菊，说咱们知道就行了，别问爸爸什么，甭说什么安慰的话，玉菊懂事地点头，头一回在想到爸爸的时候鼻子酸了。直到今天，潘全清和两个女儿之间心照不宣，都估计对方知道了，都绝不提这事儿，照常欢声笑语，追进跑出。

暂时没车开，没收入，处理善后事宜啰啰嗦嗦，费力烦心，潘全清是有些个不痛快，但他心里充溢着对家庭亲人的挚爱，特别是对一双闺女的浓酽父爱，这些朴素而坚实的感情，使他现在站在冰上，虽然早已超过 20 分钟，却从心窝里朝外发热，居然一点没有觉得寒冷袭身。

不是所有进棚的人都对站冰比赛感兴趣，许多人还是把注意力集中到冰雕本身上。对站冰比赛感兴趣的呢，议论不少。有的说怎么不多招点人比赛？有的就说你也站去呀！愿意这么现眼的，100 个人里头能有几个？每回能找到 5 个就不错了。有的说怎么就 100 元跟 1000 元两种奖金？最亏的是那倒数第二名，说不定都站了好几个 20 分钟，到头来跟那站足 20 分钟就退下的一样，也只拿个 100 块！有的就说为什么不分档次给奖金，20 分钟以后头一个退下的，100，第二个 200，第三个 300，第四个 500，最后那冠军再 1000……有的就说人家开这买卖的精着啦，按你那规则，得多拿出好几百块钱，人家可是要谋求利益的最大化啊！有的却又把这观点驳了，说你细想想，如果那样，五个人商量好了，20 分钟一过，不到 5 分钟里他们全都退下，大家伙还没怎么看呢，后进来的还没见个影儿啦，全撤啦，可这儿的经理就得拿出 2100 块来，他们 5 个均分，每人 420 块到手啦……啊，是呀，有人就恍然大悟地说，现在这比赛规则好啊，特别是最后剩下的两个，心理上一定特别较劲儿，好不容易坚持这么久，一撤就只拿 100，一咬牙只晚撤 1 分钟，那就是 1000，嘿，真有点子“成则为王败则贼”的味道，好，刺激！……

后进来的，有的问在里头转悠比较久的，撤了几个啦？有热心的就介绍，原来还有个女的啦！把宠物揣怀里，不是小猫小狗，是麻绿色的大蜥蜴，叫作什么鬃蜥，瞧着让人起鸡皮疙瘩……说是搞什么“行为艺术”，还有跟着她来的录像的，这儿的经理跟他们一伙争执起来啦，这不，刚没声息，也不知他们究竟是怎么摆平的……还有更热闹的啦，站的跟看的，俩哥儿们也不知道原先有什么过节儿，对骂起来了，还差点动起手来，亏得让大家伙劝开了，嘿，你说这站冰站的，站出邪火来啦！……现在怎么只剩俩啦？是呀，还有个小伙子，腿抽筋，早撤啦……剩下的这二位，看啦看啦，各不相让，都奔那 1000 块去啦！嘿，这才有看头呀！快过去，瞧瞧他们都冻成什么样了，看哪位能坚持到最后！……

广播里传来经理的报告声：“各位游客，各位观众，今天的站冰大拼比，真是异彩纷呈，更上层楼……告诉大家一个令人振奋的好消息：目前仍在冰上屹立的两位选手，薛冰先生，潘全清先生，他们已经双双打破了上周由王英宾先生创造的 68 分钟的记录，现在他们的站冰时间都已经超过了 70 分钟……”

在薛冰和潘全清站立的冰台前，各围着些人观看，还有人来回游动在他们俩的站位之间。有鼓掌的，喊加油的，也有说行啦行啦，人的耐寒力是有极限的，别冻出事故来啊；有一位大婶就轮流到他们跟前嚷：“行啦！你们俩一块撤，各拿 550 块算啦！”……

薛冰已经度过了冰针刺肤沁骨的最难熬的生理感觉阶段。他坚持以他那双拳一紧握，然后让筋腱肌肉循序抖擞波动，把顽强的生命热力直传达到脚底的方式，来战胜八面袭来的冷气，只是频率渐渐放缓。他意识里已经没有观众，更听不见广播，甚至也没有了时间观念，但他却清楚一点：左边稍远的那位站冰者还没有撤。

薛冰的思绪随着时间流走渐渐也成了冰雕，只是难以形容那最后的形态，那是凝在核心里的，是恨。恨姓高的。恨毛妹。恨说得出来和说不出来的那些世道人心。甚至也恨自己。恨自己二十八岁了竟然还不能成家立业。恨自己没坚持该坚持的也没放弃该放弃的。恨自己现在有可能打退堂鼓败给那边的络腮胡子。最后他意识里迷迷糊糊的只有浓酽的恨。他以恨来支撑这最后的比拼……

双臂抱在胸前的潘全清，稍息的姿势，眯着眼，脸上现出隐隐的微笑。他越来越敏锐地感觉到包裹他全身的寒冷。那寒冷仿佛在收缩，像只大口袋就要把他装进去并且系上入口。真让那口袋系紧可不行。还要坚持。他已经忘记了 1000 元奖金。他的坚持是要体现出一种尊严。为什么坚持到最后的不能是他？他有足够的生命热力。他心中此时充满炽热的父爱。他怎么那样福气，有那样可爱的两个闺女？这真是命运的奇迹。她们知道了他现在的比拼会笑成什么样儿？玉菊一天天大了，该懂得不要再扑进父亲的怀里撒娇了，但她一定又会非常自然地，出乎天性地，以别的花样来充分宣泄她对父亲的那一份用不着理由的，永恒的爱意。玉荷你为什么哽咽呢，爸爸为你们所做的这一切，并不因为什么自己原来的大学梦破灭了要让你们给替代地去圆它，爸爸自己从没有过大学梦，爸爸有了你妈，有了你们，有了那叫作家的小院，院外不远还有那样的小河，河里还有那些个芦苇蒲草，有时还有野鸭到那河里叼鱼，在岸边草窠子里孵蛋……一家人有时能聚到一起，让晚风轻轻吹着，到河边遛弯，就挺好挺好……爸爸不是因为原来苦，所以要为你们去苦根，不是因为原来烦恼，所以要拼命让你们快乐，爸爸爱你们，为你们天天去挣教育费，不需要更多的理由，甚至完全可以无理……你们是我的女儿，这就够了！……潘全清最后意识也迷糊起来，也是只知道那边还有个小伙子没撤，所以他不能先撤，仿佛他先撤了，他心里那些爱就浪费了似的。他以爱来支撑这最后的比拼……

尽管入场券定价不菲，还是有不少人买票往里进。有的还没走进去就急切地问："站冰结束了吗？还剩几个？究竟谁能坚持站到最后呀？"……

2003 年 8 月 19 日写完

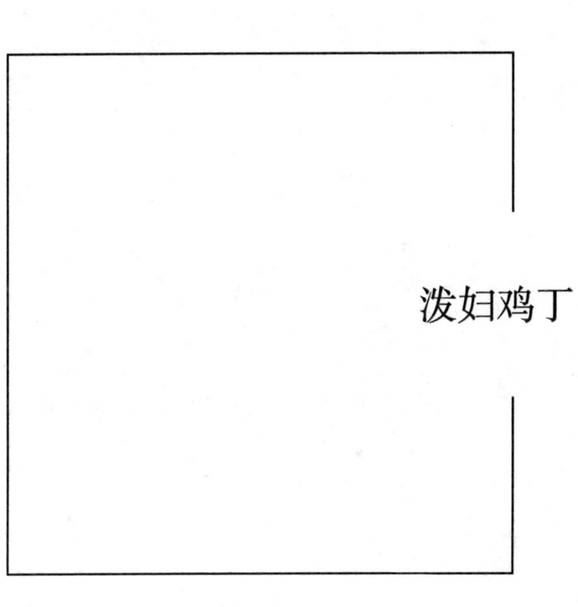

泼妇鸡丁

鱼香肝尖

老板娘打开冰箱，立即发现问题。

“大乱！”她高声呼喊。

其实完全不必高喊，大乱就在她身旁。

“咋啦？”大乱明知故问。

“你以为我不知道你那点心思！”老板娘点破：“往天你都按规矩，头几天搁进去的，先拿出来化冻，这会儿你把一早才冻上的也拿出来了，还都搁在这边一堆儿！是不是想单给何凯他们用？”

“是呀！这算啥错误呀？反正这些个东西都得卖出去不是，先卖后卖有啥区别呀！再说何凯笑梅到底是自己人嘛。您瞧这边，头半月冻上没卖完的那块牛脖子肉，这不拿出来了吗？等会儿外客来了，咱们猛推铁板牛柳，多搁点佐料，有几个人能吃出它蹲冰箱的日子来呀？”

“什么？你要把我辛辛苦苦招来的回头客全撵跑么？！”老板娘双手叉腰，配上她那肥胖的身材，活像一只双耳罐。

何凯是榆香园里的保安。位于园区的这个榆香居饭馆的主要功能其实是物业公司的食堂，给保安提供免费三餐，给物业其他人员提供低价餐，其次，才是对业主以及其他进来的食客提供点菜供应的餐馆。

“咳，哪有您说的那么严重。想回头的，怎么他都回头，不想回头的，怎么他都不回头。”大乱辩护。

“都给我换进去！”老板娘气咻咻地命令。

大乱只好再捣腾一番。但是，最后他还是把早上买来的新鲜猪肝留在了案桌上。老板娘脸虽胖，嵌在额下的小眼睛却很尖，马上指着那猪肝，鼻子里重重地哼出几声。

“不是要拉拢回头客吗？这是为雪教授预备的呀！过一会儿，她必来电话点鱼香肝尖。”

“你怎么知道她今天要点菜？”

“您又怎么知道她今天不点呢？是不是不盼她点？不要她点？”

老板娘用肥拳头捅了一下大乱胸脯，大乱夸张地弯腰哇哇叫疼。

“好啦好啦，抓紧备料！”老板娘扬起下巴，朝厨房外喊：“佟妮！笑梅！还没来吗？谁给喊一声狐狸去？不喊，他就钉在了那牌桌上，再到不了锅台！”外头毫无回应，她就边往外走边捶自己胸脯：“别干啦别干啦关张吧关张吧……”

软炸里脊

榆香园的中庭花园里，一丛叶片开始泛红的黄栌树前，铁木组合的休闲长椅上，何凯和笑梅紧紧靠坐在一起。

何凯换班休息，要到第二天早上才值班。笑梅该到餐馆上班了，却实在舍不得离开。这天是何凯生日，他跟食堂老板娘讲好了，要办一桌二百元的席，给自己祝寿，请保安队的战友们喝酒，其实更重要的，是以此来表达跟王笑梅确定关系，也就算订婚宴吧。老板娘先嫌二百元太少，大厨胡学理和二厨丁滦子都跟她说够了够了，他们能用二百块钱操办出一桌像样的席来，而且还保证老板娘能有些个赚头，“就少赚他们点吧，笑梅没少给你出力，何凯他们保来保去还不是先保了你们一家的安，人家又定在九点开席，不影响餐馆晚上生意，你有什么过不去的！”老板娘也就同意了。但老板娘没想到丁滦子，也就是绰号大乱，那么个平时马马虎虎的傻小子，却为何凯笑梅的这顿宴席，煞费苦心，细细筹办起来，一早采买来的原料，都体现出精益求精，到了晚餐备料时间，本应把冰箱里头两天没用尽的原料，先取出来化冻使用，他却偏把早上新买来的原料，取出来预备着，而且明显是为九点宴席预备，都特别搁置到了一处。

大乱的好意，笑梅早已知道，她跟何凯透露，大乱一早买到了极新鲜的里脊肉，虽然冰箱里还有头天剩下的一长条里脊，大乱绝不会给他们下那个料，他必用今天的里脊肉，发挥他那平时懒得一露的刀工，备出好料，再由狐狸，也就是大厨胡学理，烹出好菜。

“真想吃软炸里脊啊！那也是狐狸的绝活，每回端给顾客，光那模样，就让人笑口相迎……”

“究竟好不好吃啊？我看你还总给人送上一小碟沙子……”

笑梅就用头撞何凯肩膀：“你懂什么！那是炒热的胡椒盐！”

尽管一个端送过无数次，一个眼见过无数次，但这两个农村来的打工者还都没有吃过软炸里脊。想到今天晚上他们就将享用到如此的美味，心窝里真跟栽了棵茉莉似的，熏得魂魄阵阵飘香。

他们毕竟是21世纪的中国青年民工，光电视里的见识就足够他们坦然当众示爱了。何凯穿着保安服，只是因为不在班上，没戴那红色贝雷帽，极其懒散地斜倚在长椅上，满脸巴不得有人看见才好的表情。他那双两梢往下微弯的眼睛，显露出十二万分的惬意。笑梅穿着水红的外套，黑色紧身踏脚裤，一头丰厚的长发从脑后盘到顶上，扎了个跟外套呼应的水红蝴蝶结，她撒娇地往何凯脖子窝里钻，双臂搂定何凯身子，何凯也就顺势用一只胳臂弯过去搂住她的一边肩膀。

“笑梅！你就等着老板娘骂你吧！”是佟妮来叫笑梅上班了。

锅仔一品炖

冯团长老远就看见何凯那副狂样儿了。妒得牙痒，却不能不装出见怪不怪的表情。

何凯眼睛紧盯着团长，而且是紧盯团长眼睛，那团长有种，毫不躲避，甚至似乎连眼皮也不眨，直线朝何凯走来。

笑梅眼里没有别人，还那么放肆地搂定何凯。

冯团长在他们面前站定，很威严的样子，尽量把语气放舒缓，对何凯说："晚上少喝酒。"

何凯没等那话音落定就回答："你喝多少我喝多少，兄弟们也一样。"

在稍远处站住的佟妮又大声呼唤："笑梅！该去啦！"

笑梅就抽出胳臂，猛地亲了一下何凯脸蛋，跳起来，朝佟妮跑过去。

何凯不改懒散的姿势，眼睛还只盯着团长。从那微弯的眼梢，漾出一种意味深长的笑意。团长恨不能扇他一巴掌，却费大劲忍住不让牙筋抖动，含混地朝他点下头，转身走了。

何凯望着团长宽阔的后背，大声说："队长，晚上请一定赏光啦！"

对方没回头，听见一声回答："忙啊！看情况吧！"

何凯怎么又叫队长？究竟是团长还是队长？

原来，那保安队长的姓名，是冯团长。一般人管他叫团长，保安队队员们管他叫队长，有时保安队的小兄弟叫溜了嘴，管他叫了声团长，他会觉得是讽刺，拉下脸来，甚至发火。

有业主问过他："你这名字好有趣。爹妈怎么想的？"他就挺不好意思地解释:“咳，他们没文化……我们那么个山窝窝的人，以为团长就很大很大了……他们希望我能当个团长，光宗耀祖么……”他爹妈的这个盼望也不能说设想得太低，倘能实现，那不光在村里，整个镇子，乃至全县，都会轰动一阵。但是，他虽然果然参上了军，表现得很好，入党受奖，却全无提为军官的可能，时代变了，不是凭打仗就能拼出个团长师长乃至将军的了，何况现在进入和平时期，也无仗可打，抗洪救灾有点像打仗，真有致残牺牲的，但那顶多也就挣个英雄称号；如今什么地方都讲学历，军队毫不例外，义务兵至多当个班长，排长以上就都得是军事院校毕业的。

唉，学历，学历！甚至到了这榆香园当保安，他冯团长也吃够了低学历的亏！他的学历只到初中二年级。他应招到这里，先当一般保安员，很快物业公司负责保安绿化卫生的副总经理蔡宪就发现他能力超众，一个月后提升为班长，三个月后提升为副队长，半年后就当上了队长，他这队长也得到了小区业主们的认可、赞誉，在他的严格管理下，真是做到了业主每天二十四小时的任何一刻朝窗外望去，总能至少看到一个正在巡逻的保安的身影，而且手里必定握着对讲机，似乎随时在联络、报告，于是心中的安全感大增，对保安队特别是他这个队长的好评越来越多，他觉得自己在许多业主眼里简直成了一个品牌，对面相遇都乐意跟他打招呼，往往还亲热地攀谈几句，就是到小区里头的两处小卖部去赊购点东西，有时还是由底下队员帮他去赊，也都绝无困难，甚至当让店主记录下来时，对方还会说:“团长自己记得就行！”但他当了一年多队长了，却提不到保安主管的位置上，为什么？就因为他学历低，新近换上的一位主管，年龄比他小五岁，身材比他矮一截缩一圈，脸上五官跟包子褶般皱在一起，凭的就是一张大学本科生的学历！他跟何凯的天生合不来，原因之一，也是何凯有高中学历，胜他一筹，而且何凯本人对此也很在乎，现在何凯是个班长，焉知不在觊觎他这队长的位置？那天蔡总跟他说起，想提拔何凯当副队长，他先说其实用不着再设副队长，原来那副队长走了一个多月，保安队哪一点受了影响？他一个队长就足能玩转！后来听蔡总那语气，还是非有副队长不可，他就主动推荐王茂，王茂当班长很久了，确实样样都好，可是蔡总还是说:“何凯好歹是个高中生啊！”他就不言语了。

除了何凯，保安队的队员们学历都不怎么样，个别的号称初中毕业，其实连澳大利亚跟奥地利是两个国家也弄不清，更多的则只有小学学历，一般都才二十岁上下，在他三十岁的冯团长前头一站，先就被他的块头威严震慑住了，加上平时聊起天来，他的见多识广，幽默风趣，更让他威信倍增。但何凯是他心上的一根刺。有回何凯跟他说起什么三角函数，那是高中课程里才有的，他听得实在不耐烦，忍不住说："我跟大家布置的指标，你达标了吗？"他布置的是，要求保安队无论新老队员都要在年底以前，对每一位进出大门的业主，全能说出是几楼几门几号的，那可有两千多户啊，谁能有那样的记性呢？何凯语塞，而他却立刻用下巴指着那边进大门的一位男子说："21 号楼 203 的。"

何凯今天才过二十一岁生日。可是何凯却有女朋友了。还不是一般的女朋友，是在生日宴上就要当众订婚的未婚妻啊。估计没多久他们就要正式登记结婚了。冯团长对此尤其痛心疾首。痛的是自己。自己这么老大不小的了，媳妇的影儿还没见着。而且，从农村的角度来说，这样的岁数已经是只有娶寡妇的份儿了！

何凯的可恶，还表现在并不直接跟他顶撞冲突，却在许多事情上很微妙地跟他过不去。比如那回物业公司因为他带领部下及时扑救了一家厨房的起火，奖了他一百元，他就说拿那奖金请包括何凯在内的四个参与救火的部下撮一顿，就在榆香居，本来有免费晚餐，再点三个热菜，来几瓶啤酒，五十块钱打住，也就很不错了，其余几个队员也是这么合计，他让他们点菜，有的点个鱼香肉丝，有的点个宫保鸡丁，每样无非七八块钱的事儿，他让何凯点，何凯大模大样地点了锅仔一品炖！单它可就是三十八块钱的价啊！笑梅端来时，告诉他们狐狸给他们多下了一条海参，他可只看见猪肉丸子跟白菜粉丝；何凯带头一顿猛撮，海参鱿鱼什么的他一点没捞着，除了肉丸子也就捞了点笋片蘑菇，结果那天热菜四个，凉菜四个，加上啤酒，算下来他花光了奖金不说，还亏了十来块钱！在物业公司拖欠三个月工资的情形下，能这么样泼撒地花钱吗？何凯安的什么心？

东坡肘子

“38号楼502订个东坡肘子！”老板娘接完电话，马上命令佟妮：“快，趁没散摊，去买个肘子来！”

榆香园外头有个露天的农贸市场，每天下午开市，天黑收摊。这样的营业时间，是适应小区居民的购买习惯形成的，这些居民很少有一早买菜的，多半是晚上才回家做饭吃。榆香居的原料一般不从这里买，因为多半质次价高，都由大乱天蒙蒙亮就蹬三轮到八里路外的康堡镇的早市去买，但临到比如今天这样的情况，业主点菜送家，如果缺原料，那就到近处临时抱佛脚。

“哎呀，就回他话今天没肘子，让他再点个别的吧！”刚离开小卖部那边的牌桌，满肚子还是输家晦气的大厨胡学理很不乐意，他除了要赶出应付保安的伙食，还打算精心料理出一桌给何凯笑梅的宴席，实在懒得伺候这样的主顾。一般来说，像东坡肘子、毛家红烧肉什么的，都是事先做好存在冰箱里，顾客点到取出来加加热端出去，大前天做好五份东坡肘子，这天中午卖掉了最后一份。现在都什么时候了，拿生肘子炖，要占一个灶孔，费老大工夫，别的菜做不做了？

老板娘却坚持：“那陈大师能怠慢吗？他那画儿，人家说如今好几千一幅呢！不从他那儿挣钱从谁那儿挣？早该准备足肘子的！佟妮，钱都给你了，怎么还不动身？”

佟妮刚掀帘子出去，大乱紧跟着也蹿了出去。

“大乱！你是她尾巴呀？你不拌馅儿啦？”老板娘尖声喊。

哪里喊得回来。也只好由他。

大乱眼看要二十五了。先追笑梅，笑梅让何凯得着了，大乱不嫉妒，心下算了算，何凯二十一，笑梅二十，又都来自江西，而且两人的村子位于邻县，年龄相当，缘分自在，为他们成全好事吧！后来就追佟妮。佟妮上个月才来，脸庞虽说没笑梅那么花朵儿似的，身条实在够柳枝儿味道，而且是二十二岁，安徽来的，听老板娘透露，家里很穷，这就让大乱挺有信心，他不怕女家穷！他要给她脱贫！他是二厨，端东西本不是分内的事，他却总抢着帮佟妮搬火锅汤煲什么的，有回佟妮不慎烫着了手指，他立刻从衣兜里掏出一小瓶獾油，一只手捏花梗似的捏着佟妮的手指头，另一只手蜜蜂采蜜似的往那手指头上涂獾油，还低下头噘出嘴唇，徐徐地给吹气，那回老板娘看见没有吆喝他，也不惊动他们俩，还在心里暗想，我那死鬼要能这么疼我一次就好了！老板娘那死鬼，就是她丈夫，也就是这饭馆营业执照上写着大名的那位，眼下去三十里外的地方，跟人家合伙开发什么钓虾塘去了，快三个月没回来，想必包的那二奶，哼，指不定都人工流产去了！

佟妮在前头走，知道有尾巴，也不回头。到了市场卖猪肉的几个摊位前，来回张望有没有好肘子。大乱却抢在她前面把肘子买下了。佟妮把钱递给大乱，大乱不接，只说："你留下吧，我买了两个，一个是我送何凯他们的，一个我会拿些零钱给老板娘，就说是找头。"佟妮冷笑："我占这便宜？你把我当成什么人？"大乱忙认错："不妥是不妥，把钱给我吧给我吧，下不为例下不为例！"佟妮这回不是冷笑是热笑了："看你，也不算什么大错，怎么就跟要进局子似的？"大乱听了高兴，追到快步往回走的佟妮身边，跟她说："局子不要进，我想进的是……"佟妮就停住脚步，扭头问："你想进哪儿？"大乱只觉得心在乱蹦，一只手提着那两个装肘子的劣质塑料袋，另一只手从胸兜里掏出一样东西，费劲地说："……你，就不能开扇门，让我进去么？……"夕阳照射下，大乱手里那东西泛出彩虹般光晕，那是一个镀银的鸡心项链，他把那项链往佟妮手里送，佟妮摆手跳开了："我可不要！"

生煎馒头

保安队这晚的伙食是生煎馒头。保安队里多数小伙子是北方人，头一回吃这个时不禁嚷嚷：“明明包子，怎么偏叫馒头？”大乱就跟他们说：“行呀，下回我们不搁馅儿！”王茂高声说：“我们家乡那块，管大馒头叫大包子哩！”冯团长就接着说：“好！以后咱们这里的大馒头一律要搁鲜肉馅儿！”小伙子们就拍手欢呼起来。那一顿狐狸煎了三锅，还不够供应。后来就几乎每周有一晚是吃这东西，老板娘让大乱多兑些高汤，就着撒有香菜叶的高汤吃，三平底锅也就够填饱他们这些人的肚皮了。物业公司是按每个人头一天七块钱向榆香居付保安队的伙食费，老板娘天天喊不够，常望着那些狼吞虎咽的小伙子们大声唠叨：“在家吃死老子，在外吃死买卖！”但她在绝对不能没有些个赚头的前提下，也还是指挥狐狸、大乱，有时还从善如流地听取狐狸、大乱的建议，精打细算，巧作安排，尽量地让这些个离乡背井来打工的小伙子们不但能吃饱，而且也常能觉得吃饭很香，她对那伙食费的控制，是平均一人一天五块五左右，每月从中赚个八九百块钱。

已经有换下班来的保安进食堂等着吃生煎馒头了，排在领饭窗口外的头一名是个子瘦小的侯伟，老板娘见了他就笑：“又是你排第一！”侯伟解释说：“我一会儿当班。”老板娘轻拧一下他耳朵，笑得满屋子共鸣音：“是呀是呀，不叫你小猴儿，叫你大尾巴（‘巴’的发音类似‘贝儿’）！我说大尾巴呀，你别一领生煎馒头就是十个，你先领几个吃着，不够再领嘛！吃热的多好！就是到时候别人领完了，我让狐狸给你下面条，开小灶，好不好？”侯伟确实是保安队里体型跟饭量最成反比例的一位，在满堂哄笑声里，他脸红得几乎跟头上的贝雷帽混成一片。

老板娘猛想起大乱、佟妮居然还没回来，不禁气愤，对一个人在那里准备开饭的笑梅大声嚷："大乱、佟妮怎么还不回来？！"正用大盖子闷锅的狐狸听见了就嚷："粘在市场成糖瓜儿了！"老板娘一时无奈，就对排在领饭窗口外头的王茂几个说："你们要想开饭，就先给我去把大乱找回来！"谁听她这个命令？她就急得自己往门口走，大声嚷："大乱——"

恰好有两个中年妇女进来，像是来吃饭的顾客，望去眼生，大概不是榆香园的业主，跟动作急促的老板娘险些撞个满怀，没生气，倒笑了，问老板娘："怎么高喊大乱？""这叫什么词儿？"老板娘煞住脚，忙满脸堆笑，解释说："大乱是我们这儿的二厨。"其中一位妇女就说："太平年月，大乱大乱地叫，多不好！"老板娘依然一脸堆砌的笑："我们都是乡下来的，乡下人的想法，是越反着叫，越有好果子吃呢。"另一位妇女就点头笑道："是呀是呀，叫狗娃，以后反能出人头地；叫丑丫，以后说不定是个大美人儿；大乱大乱，叫着也就天下不乱，有意思有意思！"老板娘亲自把她们引到一处座位，递上菜谱，介绍道："来个铁板牛柳？我们大厨最拿手的！"其中一位妇女嗅觉灵敏，问："是桑及米豆吗？"老板娘一时懵了："您要什么？"另一位妇女笑了："她是说上海话，上海话说起生煎馒头，就是桑及米豆。没想到你们这儿晚上还有这东西，好！我们就吃这个！"老板娘心中暗暗叫苦，就算能把"桑及米豆"的价位抬得高点，又能高到哪儿去？两位闹半天不是什么值得多招呼的主儿……

这时大乱急冲冲推门进来，后头跟着冯团长等几个保安，末后才是佟妮，一脸的凄惶，细看，眼睛还湿湿的。

萝卜焖面

大乱顾不得把手里提的生肘子送往厨房，不等老板娘逼近质问，就激动地讲起了刚才的遭遇，也就是为什么耽搁了这许久才回来。老板娘本容不得他啰嗦，却因为他一张嘴就提起了暂住证，心就被他的话音牵住了。狐狸闻声跑出厨房，也不接取那肘子，只当听众。原来排队等着领生煎馒头的保安，以及跟进来的那些保安，也围过来听大乱倾诉。

这榆香居的店堂空间，用一列长屏风切割为了两部分，接近厨房的部分，主要用来当作食堂，屏风那边，则是招待点菜顾客的地方，而且在尽里头，还辟有三个用三合板隔成的单间雅座。此刻那两位女顾客坐在屏风那边，只听屏风这边乱哄哄的，莫名其妙。

大乱讲到这样的遭遇：他和佟妮刚走出农贸市场没几步，就有两个人过来，气势汹汹地要检查他们的暂住证。佟妮害起怕来。他们越发凶了。先说要把他们带到集中的地方遣返还乡，后来又说可以罚款了事，张口就是四百块。大乱头两分钟也有点慌，后来马上镇定下来，要那两个人拿出证件来，那两个人里有一个从兜里掏出个像证件的东西晃了晃，另一个人就掏出个小本本，催他们快交钱，说交钱能开票，没带四百，身上有多少先交多少，余下的会写在单据上，补办暂住证的时候再补交……

大乱没讲完，冯团长先骂了出来："放屁！"

大乱是在群情激昂的声浪里讲完整个情形的。他勇敢地索要那两个人的证件，表示必须看个仔细，那两个人表示要去把他们的遣返车开过来，喝令大乱跟佟妮站着别动，佟妮吓哭了，大乱等那两个人转身离去，立刻牵着佟妮手，一路跑了回来。佟妮到了小区大门前，看见冯团长，也就是保安队长，正在那里安排换门岗，才意识到必须甩开大乱的手。

“那俩冒牌货！要是我，我倒要抓住他们不许动弹，打110报警，送狗日的进局子！”王茂说。

“你办暂住证啦？不冒牌的来了，查出你来，更麻烦！”狐狸说他。

他们都没办暂住证。更准确地说，除了新来的佟妮，原来他们都办过，都过期了，都没续办。物业公司不出钱给工作人员办，但这些保安已经三个月没领到工资，自己哪有钱去办？老板和老板娘也是外地来的，原来都给自己办，也催雇工自办，但物业已经拖欠他们伙食款两个月，他们也拖欠了除狐狸以外的其他雇工工资一个月，他们自己就没办，也没催雇工办。

“可气！什么暂住！这榆香园破土我们就来了,五年啦！”老板娘愤愤地说：“凭什么还不把我们当本地人？年年要办那破证儿！”确实，当年开发榆香园，老板老板娘就随建筑队来这里承包了食堂，建筑队走了，他们留下来，正式在工商部门注册了这个饭馆。

“就是刚来的，他只要是中国人，就没必要办暂住证！中国人在中国人地面上还不能随便长住，这合理吗？”狐狸也挺气愤。

“专找民工的麻烦！这榆香园里一大半是外地来的，发了点财，买套房子住着，买辆小汽车开着，穿得鲜亮点，谁问他们有没有暂住证？”冯团长说：“我们保安这张皮，比大乱你们稍稳当点，可也不敢往城里去，半路上遇上谁知真的假的，说是查暂住证，没有，那就一样会倒霉！真他妈想不通，一样中国人，怎么分两种户口？农村户口凭什么就低人一等？再穷一点，就更不算人啦？！”

“说得好！”是何凯也来了，听了冯团长的愤激之言，由衷呼应。

“真是！”老板娘一刹间完全忘了生意，鼓动说：“小凯，这里头就数你肚皮里墨水多，你就写写咱们的冤屈，往上报报，让他们废了这暂住证吧！”

屏风那边的两位妇女不耐烦了，其中一个就走过来招呼老板娘：“怎么？你们还卖不卖饭啦？”

老板娘这才回过神来，拍了下巴掌，其余的人也就很自然地分散开，狐狸接过大乱手里的肘子，俩人一起进了厨房。过一会儿，佟妮开始给排在窗口外的保安发放生煎馒头，大乱提出一大桶热腾腾的高汤，笑梅给屏风那边的两位妇女端去六只生煎馒头，又说服她们要了一客砂锅豆腐，何凯不吃东西，在战友们面前来回来去地说："留点肚子，九点以后咱们吃好的！"又想到队长刚才真是一身正气，平时真不该暗中跟他较劲，晚上一定要请他赏光，但四面一望，队长已不见踪影。

冯团长因为心情一阵激动，完全没了胃口，一个人回到宿舍，那时宿舍里没别人，他就顺势往自己铺位上仰倒，双手枕在脑后，双脚斜出床外，左脚脖子搭在右脚脖子上，闭眼，想心事。

三十出头，算得上岁月悠悠了。悠悠岁月里，有的隐痛，不能轻易跟人诉说，只能自己慢慢地消化，那年，他二十三岁，已经换过六种活计，还是挣不到什么钱，听人说南方能挣到大钱，仅仅根据一个渺茫的线索，就只身闯南方去了。居然挺顺利地找到一份挺不错的工作，是在一家位于城郊的玩具厂里当包装工，工资不像在家乡传说的那么高，但每月按时发放，只要不染上坏毛病，比如不嗜烟酒不下馆子，不赌博不找小姐，省吃俭用，能存下钱来。可是有一天休息，千不该万不该，他进了趟城，回来坐错了车，迷了路，天黑了还没找对方向，结果被截住检查，虽有暂住证，人家不信，带到集中地，让交 10 元钱，借手机打电话，只要能打通找到取保的人，第二天就允许来人领走，他倒是打通那玩具厂电话了，但接电话的说的当地方言，他还不会说那方言，用北方话说，那边听不明白，也不耐烦，挂断了，这样，他就算没保人的氓流了，就被轰上一辆大卡车，运到一处他至今说不清是何处的地方，给收容了。他原来听人说过，收容以后，会安排干粗重活路，比如筛沙子，让你自己挣出路费以后，再将你遣返；他的遭遇却并非如此，被收容有一个多月，并没有安排干活，就是让住进一处地方，很简陋的房子，里头的上下铺不是木头的也不是铁的，是用水泥板砌的，上头也没褥子也没枕头，只有一团黑黢黢黏糊糊，不知道多少人盖过的毡毯；还听人说过，收容站的人不仅粗声恶语，还会动手打人，他的遭遇也并非如此，执行收容的那些人态度固然生硬，却也并没怎么高声吆喝叱骂，更没对被收容的人施以拳脚，他在那里头挨过打，打他的是跟他一样身份的人；他们一到收容站就让把身上带的东西全部掏出来，包括现金，五元以上的钞票，全给装进一个信封，信皮上让自己写上名字，说是遣返的时候会还给你，五元以下的零票，则可以自己保留，申请购买香烟或者方便面什么的；那里头每天供应两顿饭，夹着砂子的糙米饭和煮烂菜叶倒无所谓难不难吃，最难受的是根本不能有饱的感觉，于是里头凶悍的就会来打你，让你把零钱给他买吃的买烟……在那里头也不知道什么时候能把你遣返，有同屋的悄悄告诉他，那要等到上面给管他们的人发下钱来，按人头计算的遣返费，有了那笔开支，才会实施遣返。终于那么一天来到了，他们被叫出来，轰上一辆大卡车，没有人提出来发还那个装钱的信封，实际上有那样信封的人也不是太多，他虽然有个信封，里头有三张 10 元一张 5 元，想起来肉痛，却也没有张口讨要。卡车并没有开到火车站，开到一个荒野地方，就让他们下来，他们一下来，那卡车就调头开回去了。后来天亮了，他们走到一个村子里，问出来，是另外一个省了……他不敢再找回那个玩具厂，因为一路上很可能再被收容；而且他再也不想到那个省去了。他在新到的这个省里流浪了一阵，最后找到了一份烧砖窑的工作。他终于又领到了工资，少，但毕竟是新的收入，他到集上给自己买了条新裤子，把破旧得不像样的那条裤子洗晾后塞在枕头里珍藏起来，那条裤子对他是有恩的，在被收容时，他一直小心翼翼地保护着那裤腰，因为他在裤腰自己缝出的夹层里，藏着一千多元的存折，始终没暴露出来。烧砖窑期间老板让在窝棚里白住，不管吃，但烧饭可以白用柴禾，他就几乎天天自己弄萝卜焖面吃，那做法很简单，往锅里放不多的水，先把萝卜块搁进去，撒上盐，滴点油，煮开，然后把切面铺在上面，盖上锅盖，将面焖熟，每回揭开锅盖，那一股子味道蹿进鼻孔，真觉得是天下第一美味……后来遇上个算命的，说他的福气不在南方而在北方，他才辗转来到了这边，又几经变换工作，才来到这榆香园……也曾跟狐狸说起过萝卜焖面，建议他做来当保安队的伙食，狐狸却说："那算哪一路做法？谁会爱吃？"唉，人跟人，就那么难沟通……

忽然他衣兜里的对讲机鸣叫起来，他闻声一个鲤鱼打挺，从床上站立地面。对讲机里传来这样的报告："队长，门岗这儿吵起来啦！"他旋风般冲出宿舍。

剁椒鱼头

38 号楼 502 的陈画家因为家里来了远客，惊呼热中肠，打开一瓶 XO，各执一只雕花玻璃杯，兑冰水欢饮话旧，一时竟忘了向榆香居叫过东坡肘子的事。

来客是当年高中同学。如今定居澳大利亚悉尼。也画画，自然也算得画家，但自己画的难卖，操持一个画廊，卖别人的画。这位画廊老板路先生，回国才几天，得知了陈画家的电话号码，一小时前试着拨了一下，居然一拨就通，尽管十几年不见，陈画家竟立刻听出他的声音叫出他的名字，他直道冒昧，陈画家却说高兴还来不及，道哪门子外国歉！问他在哪儿呢？说出一个地名，哎，离榆香园虽不算近，打个“的”来走环路很方便，陈画家说你若无事何不马上过来一聚？路先生于是很快出现在陈画家这里。

陈画家先带路先生参观了一下自己的住宅。是个跃层的单元，五楼是生活空间，六楼是创作空间，原来有个露天平台，正好改成了玻璃结构的画室。路先生见整个宅子里没有一点原来见过的那位陈太太的痕迹，摆挂的照片都只是画家自己或子女孙辈的，就知已经离异，遂绝不问及嫂夫人；其实他也早另组家庭，陈画家未必清楚，却也不去问及，只跟他打听澳大利亚风情，以及画廊的事。路先生对陈画家的宅子啧啧称赞，唯一代之遗憾的是这楼没有电梯。陈画家却说当时所以下决心买下，平台可建画室固然是主要原因，觉得每天能上下五层楼梯，也等于是买了个大型的锻炼器械，有益于健康。以后真老得动弹不得时，可以再换住处。

路先生满面红光地倾诉他的感受。变化太大了！他原来住的那块地方，简直是站到任何角度望过去，都认不出来了。这边的百货公司、超市，水平跟澳大利亚已经基本平齐，商品满坑满谷，而且那购销两旺的情景，超过悉尼了！原来的老同学，一联系，几乎个个都换了新居，有的开上了自己的小汽车，有的子女有车送来送去，在餐馆请起客来，个个点出满桌丰盛的菜肴，现金支付能力令他咋舌。从宏观上看，目前世界各国经济发展，中国的增长率奇高，可谓一枝独秀；西方各国几乎都遇到这样那样的麻烦，澳大利亚算其中麻烦较小的，但光那连续几年夏季必有的森林大火，面积之广，时间之长，损失之大，也够烦恼的。真是又一次康乾盛世！但这次回来，街上买了一份什么周末报，令他大失所望，主要板块全是些揭阴报忧的文字，在他看来纯属哗众取宠，这类文字当年他没出国时候也是特别喜欢，到处找来看，看得上了瘾，就跟吸鸦片一样，以至凡遇到好处说好的文字，就视为谄媚取宠；到了海外，才知道到头来人家看你的眼光，主要是看你那背景，你背后的祖国富裕强大了，人家才把你当回事儿，否则难给你个正眼儿，现在澳大利亚人多多少少知道中国人阔起来了，对中国开放了旅游，发现中国游客真能大把地花钱，像袋鼠皮手包、绵羊润肤油、鲛鲨烯营养丸什么的，都是十几份几十份地往回买，海关关员对中国人的笑脸，也就多起来了，连我那画廊里卖的中国画家的作品，也销得动了！澳大利亚现在有多份华文报纸，哪份也没办成这周报那样，都是赞华为主，也不是拿了这边的钱，全是私人的，股份制的，自觉地那么定位，根在中国嘛！路先生把酒论道，滔滔不绝。陈画家觉得，这位老兄的性格一点没变，真诚，直率，易激动，激动起来还特别喜欢挑起争论。但陈画家只是微笑倾听，久不插言。

路先生提出来要看看陈画家的近作。陈画家说近来很懒，只画了几幅架上画，追求一种童趣，在这边的两个画廊里不时地卖出一两幅，价位也都一般。路先生就说冒昧地问一下，“一般”是多少？陈画家说没超出过五千。路先生就没提拿些画到他画廊的事，陈画家自然也没表露出有那个愿望。

陈画家肚子饿了，忽然想起订过东坡肘子，马上往榆香居打电话，问炖好了没有，其实还欠火候，但老板娘照例满口说好了好了马上送去，陈画家说就别送来了，我带朋友过去吃，还要点些别的菜，老板娘顺口推荐铁板牛柳，陈画家说去了再说吧，挂上了电话，转身对路先生说：“今天不请你去外头的好馆子——附近的都糟，像点样的起码得开车出去十几分钟——就在我们这里边的小饭馆，其实是个食堂，那大厨小胡手艺居然不俗，一般家常菜都弄得颇可口，你无妨随喜一次。”路先生就抱拳道“叨扰”。

两人从38楼出来，夕阳已经很暗，但楼体和其间绿化的景象视觉上还颇清晰。陈画家指点着介绍：在离市中心这么个距离的圆周上，这样的商品楼盘算是价位低的了。旁边这个村子出地，开发商造楼。原来这里都是农田，因为田里有棵老榆树，设计的时候就把它留下来，现在以它为圆心，布置出了中心花园，也搞了些水景，喷水池呀，小瀑布什么的，但我迁来这么久，只见演过一次“水法”，因为那用电用水的费用，都是要计入业主缴纳的物业费的，没几个业主愿意出钱图个虚热闹。村子卖地，是个大价钱，但只见几位村干部的住宅越装修越豪华，开上了奔驰车，肚皮越来越往外挺，一般村民却没分到一分钱，而且没了土地，只能八仙过海，各谋生计，这榆香园里头，每天有来打扫卫生的，搞绿化的，是些村里的妇女和半老头子，算是物业的合同工，每月拿个三四百块工资，是最没办法的一群；有的则在这榆香园外头开黑“的”，因为正式的出租车很少到这里拉活，难遇上，因此黑“的”尽管风险大，被逮住有罚款两万甚至没收车辆的危险，却屡禁不止，我就常坐他们的车，上车司机就嘱咐，一旦警察截住，就说咱们是亲戚，我坐的时候倒没遇上过警察，跟司机聊，有的那乘客见警察拦了车，根本不愿给说好话，自己拍屁股一走，这车就被扣了，不过，一般都能托人给要回来，哪个真让他罚两万？又哪个真让他把车没收？出血那是必要出的，一般的行情是两千块左右，能托人把车解脱出来；这开黑“的”的一群，不出事每月闹个两三千块不成问题，算是混得中等的；再有就是把当街的铺面房，开成商店，卖建材，开饭馆，还有不少发廊——我头发长了也不敢进，因为多半是提供小姐的地方……这些人有的发了点小财，有的，渐渐做大，就开成公司，包揽工程，参与开发，算是一方款爷了吧……

路先生一边听介绍，一边饶有兴致地四处张望，评价说：这情景，肯定超过一般发展中国家，逼近发达国家了，花木扶疏，路灯也似模似样，停车坪很规整，甬路满秀气，只是楼体似乎造得粗糙了一点点，还有一、二层窗户阳台的那些个铁栅栏，看上去怪怪的，这是澳大利亚见不到的，何必呢？……

这时陆续有些小汽车开进来，是一些业主从城里归家。陈画家指点着说："你看，没什么名贵的，大体是些桑塔纳、捷达、富康……甚至夏利、奥拓，中低档的车，偶尔有奥迪、本田什么的出现，少。买这里房子的人，我这样的很少，一部分是城里胡同杂院的，拆迁时拿到一笔赔偿，买不起回迁房，到这里来买个单元住；大多数呢，是外地来的，在这边做些小生意，发了点财，买再贵的还吃力，就先在这里安个窝儿；当然，也有些离退休的干部、知识分子，图清净，住到这里；也有些年轻白领，一套房子一辆车，一个孩子一条狗……"恰好有遛狗的人出现，有的牵着体型很大的斑点狗和熊狗，陈画家补充说："有人喜欢这里，也是因为不限制养大型狗，也不限制燃放烟花爆竹……我嘿，喜欢早晨推开窗户的感觉，空气岂止是清新，还含有淡淡的粪肥气息，于是淡淡的哀愁，就旋转在我的胸臆……"

路先生拍了下陈画家的肩膊，说："神仙一般的生活了，你还哀愁什么！"

说着，他们已经快到榆香居了。榆香居离小区大门很近，这也是为了招徕非小区的顾客，它顶上的霓虹灯艳红翠绿，入夜从大门外挺远就能看见。

两位走进大门，就发现那里发生着纠纷。那纠纷已经持续了一段时间，现在进入了激烈阶段。

纠纷的一方，是一位业主。另一方，是保安——也不仅是保安，保安队长的到来也没能平息事端，这天保安主管请假不在，物业副总经理蔡宪亲自出动了。事情的开端，是一辆运装修材料的小卡车要开进去，保安拦住问司机要临时出入证，按物业管理规定，搞装修的人和车都必须先办好临时出入证，这车和这司机却没证，司机报出楼号门号，让保安给业主打电话，保安请业主出楼到大门接一下这辆车，业主接电话一听火了，让把电话给司机，跟司机大声嚷："你别管他们那一套，你马上给我开进来！"司机就要开车进去，保安就拦，一度非常危险；后来业主跑了出来，见了保安劈头就骂，保安本是些血性小伙子，怎能吃骂？就对骂，而且很快发展到使用肢体语言……

围观的人渐多。其中的业主都站在那位业主一边，且不论这件事的是非，七嘴八舌地把对开发商和物业的不满悉数发泄出来：

“你们就会给罗莉莉当狗！”罗莉莉是开发商的名字。她常被业主狠狠地点名。

“我们交了物业费的，你们就都是我们合伙雇的伙计，伙计怎么能这样对待雇主？”这榆香园和许多商品楼盘一样，物业公司就是开发商自己的，屁股自然总跟开发商坐在一条板凳上，不仅不能代表业主利益，竭诚为业主服务，倒成了领导、管理业主的权力部门似的。

“什么讲规矩！那罗莉莉就头一个不规矩！我那单元的面积就愣给算大了三米四六！至今不退我款！”

“卖的时候说得天花乱坠，现在哪样真兑现啦？原来说是有会所，现在会所在哪儿？那 23 号楼，原是按会所设计的，现在改了改都当住宅卖啦！”

“说是六证齐全，住进来才知道，只有那头一排办了售房许可证，我们这些楼并没办，房产证至今拿不到！纯粹是欺诈！”

“这里水质问题为什么总解决不了？卖的时候说龙头里能流出地热无菌水来，现在不热也罢，我们取样拿给有关部门检验，光含氡量就吓死人！”

“夜灯净用些劣质灯泡，三天两头憋坏，我那楼前黑咕隆咚半个月了！”

“眼看冬天又要到了，我们用燃气取暖的，还得按那强盗价格收费吗？”

“他们那个燃气公司根本是无本生意，罗莉莉只出个公司名字，村里只出地皮，从银行里骗出贷款来，糊弄到今天，他们根本还不上贷，不跟咱们谋取暴利，哪儿找平去？”

……

陈画家和路先生路过那乱哄哄的场面时，物业一方正处在不利局面，蔡宪不得不耐着性子说些软话，又劈头责备冯团长，说他们保安不懂事，应该灵活掌握规定，业主是上帝嘛，怎么能跟业主犯混？当着那么多人，就宣布要罚队长和当值门卫的工资，冯团长也只好低声下气认错，心里暗暗叫苦，工资本来就拖欠着，以后发放时竟还要罚扣！最后只得向那业主赔礼道歉，让人家的运料车大摇大摆开进去。人散后，冯团长不由得跟蔡副总经理抱怨，说那回他勇跳到前保险杠上，阻拦住一辆门卫对付不了的违规车，以那司机倒车败退收场，事后不是还在大会上受到表扬了吗？蔡宪就啐一口，骂他：“笨蛋！亏你混了三十多！欺单必胜，犯众必败，连这个都不懂！”冯团长末后在晚风里，沿甬路徘徊了好久，自己也觉得真是好糊涂，怎么总不能把这世道人心看透！

陈画家和路先生当然没等那闹剧收场就进了榆香居。那时候屏风那边作为食堂部分的空间里已经没有人了，屏风这边有三桌食客，还有个单间里开出了一桌。陈画家就把路先生引到尽里边的一张空桌，两人坐下，笑梅马上送来一壶免费热茶，老板娘亲自笑迎，递上菜单，又推荐铁板牛柳，陈画家让路先生点，路先生说你熟悉，你点，结果陈画家除了已经预定的东坡肘子，又点了剁椒鱼头和酸辣汤，另外让取一瓶红星二锅头来，说：“其实这酒喝着最爽，茅台、XO 什么的都比下去了！”路先生说：“悉尼唐人街的二锅头好畅销，不过，比这里贵十几倍！”

菜上来了，陈画家指着剁椒鱼头说：“怎么样？不吃先看，像不像幅画儿？”俩人喝酒吃菜，觉得东坡肘子一般，剁椒鱼头味道极佳。

陈画家说：“刚才那乱吵的场面，你印象深刻吧？是不是在悉尼很少遇得上？”

路先生说：“当然。我都不大习惯这种在公共空间里的争吵场面了。一刹时，我先脸红了，倒好像自己当众尿了裤子似的。”

陈画家说：“还有我们这小区外头，村子周边，垃圾总清理不净，也不光这里，城里一些地方何尝不是一样，乱抛东西，往地上啐痰擤鼻涕，永远地脏、乱、差，有人说这个毛病，总得两代人过去以后，才能基本解决。我是赶不上了。你倒好，找了个既安静又干净的地方，远远地来欣赏这康乾盛世。”

路先生就说：“你也别以为那边的生活就那么写意。不错，澳大利亚跟加拿大差不多，地大人少，中产阶级为主，家家住得都不错，住单栋小楼带花园的一点不稀奇，是常态生活。不过仔细想起来，一般中产阶级的生活也很枯燥。无非是贷款买栋宅子，每月按规定还贷。平时每周一到周五，夫妻各自开自己的车往各自的上班的地方去，来回两三个小时是家常便饭，回到家就累得不行，洗个澡就睡觉。星期五晚上如获大赦，回家前可能跟同事、朋友或者情人去酒吧消磨到深夜，回家倒头闷睡到第二天中午。星期六下午就开车去超市，把下一周要吃的用的买回家，晚上看看电视。星期天往往得修剪花园草坪，清洗汽车，要么全家去趟当地公园或游乐场，晚上破费吃顿不是快餐的饭，但是点菜会非常谨慎，如果是吃西餐，那得狠下决心，才能每人点份甜点。到了长假，也无非是从旅游广告里，挑一条经济上能承受的旅游线路，去旅游一番。日子也就这么过下去，日复一日，年复一年，最后，退休，生病，死掉，埋在一处什么墓地，立上块碑。你说这样的人生究竟又有多好？”

陈画家就忍不住说:“既然如此,你又为什么定居那里？何不也成为一只‘海龟（归）’？”

路先生就沉吟地说：“我说出了我并不喜欢那里的因素。而我喜欢的，没有说，不说了吧……我是为了自己喜欢的那些因素，选择了在那里定居的。”呷了一口酒，问：“你呢？也有机会出去啊。为什么还留在这里？”

陈画家就说：“我跟你说了我不喜欢这里的种种因素。除了故土难离这样的大道理，我喜欢的那些，也许是很琐屑的因素，来不及全说，也不说了吧……正是这些我喜欢的因素，让我选择了这样的生活空间和生活方式……”他指指已经快吃光可食用部分的那个空鱼头壳，说：“正像这劈开的鱼头，向我们显示出了某种哲理……”

路先生就呵呵呵笑了：“你醉了吧，只有醉人才会说出如此深奥玄妙的话来……”

拔丝苹果

原来保安队宿舍一直安排在物业办公楼的地下室里，这年夏天地下室里渗水严重，墙壁地面总是湿漉漉的，因此后来就搬到了一层的一个大屋子里，这屋子当初不知是怎么设计的，正面完全是玻璃封起的，当中有很大的滑动门，里面虽然很高很大，却没有任何窗户，也许是打算租出去当铺面？一度当过仓库，现在成了保安宿舍。这屋子没有渗水潮湿的问题了，原来在地下室分三小间住的保安员，统统住进来，搬来九张上下铺的钢架床，外加冯团长的一张单人铺——作为队长他享有的特权除了睡单人铺外，还有一张两头沉的三屉桌，三个抽屉放保安日志什么的，算是公用，那两头沉却单由他使用。这大屋子现在一边靠墙竖放着五架上下铺，一边竖放着四架，放四架那边空出来的位置，斜放着那张两头沉三屉桌，上头搁着一台电视机，电视机上顶着一台 VCD 放映机。对门的后墙那里，则是队长的单人铺，特别显眼。此外，有些折叠椅，平时全整齐地倚内墙放着，晚上允许不当班的人看电视光盘时，取来坐着。最近还添了一张折叠桌，不用时也倚墙安放，不过那并不是给保安队员们使用的。搬到这间大屋以后，在玻璃墙门里面，挂上了可以将其完全挡住的蔚蓝色布幔，白天也遮住里头。这间屋门朝北，整天不见阳光，何凯说它是“地上的地下室”。虽然解决了躲避潮湿的问题，新的问题也随之而来——就是鞋臭的问题，原来地下室是当中有走廊，队长命令所有人晚上洗完脚，只许穿干净拖鞋进屋，白天穿的鞋子一律搁在走廊里头。现在洗漱解手还让去地下室，睡觉前脱了鞋子却不好放在屋外檐下，因为那就暴露在业主们眼里了，可怎么办呢？后来还是何凯提了个合理化建议：在进门的一侧安放了一只封闭式的鞋柜，严格地执行脱鞋入柜的规定，这样总算不至于鞋臭满屋。这些从农村来的小伙子们，就这样地生活在一起，为的是管吃管住之外，每月能挣五百块钱——当然，班长能多一点，最多达到五百八，而队长能挣八百。

何凯当然知道门岗跟业主发生冲突的事，但他没有过去参与，也不仅是因为他晚上九点有非常重要的事情，他在这保安队，一贯采取“上岗认真，下岗不问”的处事态度。他们的宿舍虽然搬出了地下室，但准许他们使用的盥漱室和厕所，以及存物室，都还在地下室里。存物室里有一溜简陋而结实的木柜，他们每人使用一个，锁头钥匙自己准备。天黑了下来，何凯去地下存物室，打算在那里把身上的保安服换成便装，他有一件前几个月在康堡镇商店买来的米黄底子咖啡格子的茄克衫，胸口上有鳄鱼图案，他懂得鳄鱼是名牌，也懂得这件鳄鱼是假的，而保安队其他小伙子多半对此双不懂，这也许就是他文化水平比他们都高的一个小小例证吧！

何凯进了悄无人声的地下室，走廊灯坏了一半，幽幽的。存物室的门永远是不关的，他推开就顺手按灯键，灯猛一亮，他喊出来：“你吓我一跳！”那是穿着全套保安服的侯伟，正站在他自己的那个木柜前，大概是刚放进什么东西，才锁好；灯亮闻声，侯伟扭回头，惊悚地望着何凯。何凯并不在意，走向自己的存物柜，他听见侯伟嗫嚅地跟他说：“我……回来上厕所小便……”他就知道侯伟是怕他向队长汇报，因为按规定值班时间里是不允许来存物间处理私事的，就一边开自己的柜锁一边说：“大尾巴，你真像电视剧里的小特务！你以后别这么缩头缩脑的行不行？”侯伟在他开锁时候已经走掉了，何凯取完衣服也就把大尾巴忘记了。

何凯到宿舍换衣服。那时屋子里只有他一个人。忽然声音先至人随到，蔡宪和另外两个人，全都吸着香烟，大大咧咧地进了屋。“蔡总！汪总！”何凯乖巧地迎上去。任何一位副职，称呼他们时都一定不要带出副字来，以后他如果当上副队长，那不管冯团爱不爱听，所有队员一定都称他何队长，甚至就简称队长，他也会安然接受。那汪总是物业公司负责财务的副总经理，第三位何凯没认出来，有点像园外村街上哪家建材店的老板。何凯不等他们吩咐就麻利地把那张折叠桌拿到屋子当中架好，又去拿四把折叠椅摆放四边。汪总把夹在胳臂里的东西递给何凯，何凯更麻利地进行处理，原来那包在外面的是一方厚绿呢布，里面则是一匣骨粉制的麻将牌。铺好绿呢子布，取出麻将牌，把空盒子放到那边三屉桌的一只抽屉里，再从那抽屉里取出四包雀巢三合一速溶咖啡，四只一次性纸杯，何凯说："我这就去食堂拿暖水瓶。"转身要走，蔡宪命令他："我们三缺一，你去把幡爷叫来！我知道他在那单间里哩！"

何凯出宿舍十几步，停住，深呼吸，心里悻悻然。自从宿舍从地下室移到这间大屋，蔡宪就把这里当成了约人赌牌的地方。蔡宪在这榆香园里有套单元，为什么不在自己家里赌？他家里人怕吵？不值勤的保安队员晚上就睡在牌桌周围，难道就可以吵吗？为了不让业主看见？业主一般确实不会到这宿舍里来，也不至于大晚上的从外朝里张望，何况还有大布幔挡住……但业主看见了又怎么样？一些业主单元里，大白天还开赌局呢！对了，一定是觉得保安队员宿舍里最安全，从哪方面来说都更安全，尤其是一旦有公安局查赌的来，门岗首先会用对讲机向他报告啊……反正，欺负我们这些农村来的小保安！冯团长心里也明白这个，有回蔡宪他们来搓麻，大半夜的还让冯团长起来给他们去叫醒狐狸，给他们做夜宵，冯团长揉着眼睛往外走，在甬路上跟值勤的何凯差点撞个满怀，冯团长骂了声："不是些东西！"路灯光下，何凯从冯团长眼睛里看到的，全是愤懑，那当然并不是针对他何凯。但冯团长既在人家屋檐下，身高也只能做矮人，那些速溶咖啡和一次性纸杯，就是冯团长自费奉献的，也不知究竟讨得到几分好！

何凯朝榆香居走去。接着想，既然三缺一，索性就把狐狸约来岂不痛快！但蔡宪觉得狐狸跟他们这些人不是一个层次的，所以从来没约过狐狸，再，也知道狐狸是个赌王，赢多输少，难对付……狐狸晚上就睡在饭馆单间里，有时去找狐狸做夜宵，他那里也约着人赌呢，也想点补肚皮，因此倒也不厌烦……

何凯从榆香居返回，提来一个大暖水瓶，汇报说："幡爷说他一时来不了，让您先请别的人。"蔡宪就说："这回包的小姐就那么难舍？邪兴！"这时蔡宪打手机约来的另一人进了屋，好，牌局立马开始！何凯给他们冲好咖啡一一递过去。

那咖啡的气味，闻起来好香。何凯还从来没喝过。有一天半夜，蔡宪他们算完输赢走了，一直没睡着的何凯，在一片战友的鼾声里，看见侯伟从那边下铺跳起来，几步蹿到那折叠桌前，把人家丢弃的纸杯一个个仰脖朝嘴里倒，偷饮那剩咖啡呢！他就忙闭上眼睛，一动不动，心里酸酸的。他是绝对不会这样去获得那些自己未曾享受到的东西的！他想获得，而且，将来一定会获得，起码能获得跟这榆香园的业主一样的享受，但那必须是在大太阳底下，通过自己的努力，公公平平、名正言顺地去获得……

趁蔡宪他们游泳似的挥臂洗牌，何凯想溜出宿舍，却被蔡宪扭头叫住："去！让狐狸先给我们来一大盘拔丝苹果！"他应声出得门来，恨得牙痒。糟了！今晚狐狸还不够伺候他们的哩，我那生日宴，还怎么开得出来啊！

京酱肉丝

何凯在榆香园外头的雪松下迎面遇到笑梅。笑梅是给业主送菜去。

“你怎么啦？”笑梅问何凯。他才意识到自己脸色一定很难看。确实，那一刻他本来向下微弯的眼梢，已经被郁闷扯平。“没什么啊。”路灯光下，笑梅满脸欢喜。她欢喜，他也就欢喜，眼梢又活泼地往下弯动。笑梅告诉他：“你别给老板娘钱啦。”他摇头：“哎哎哎，咱们说得好好的嘛，今晚请的是我的战友，钱我出。再说，上月你也没领着工资……”笑梅就说：“老板娘在空单间里，给了我一百块钱，让我别跟大乱、佟妮他们说……”何凯不大明白：“她什么时候这么大方起来？”笑梅就解释，老板娘的意思，是单发给她工资，她一个月三百块的工资，扣除一会儿宴请的二百块，不正好一百块嘛！“啊，”何凯就说：“那一会儿我给你二百。”笑梅斜了她一眼，大眼白在路灯光下闪得像颗珍珠，绕过他肩膀送菜去了。

还没挪脚，迎面又来了谢超节，手里也提着个装菜盒子的塑料袋。“给我媳妇打盒京酱肉丝。她实在是馋得不行了。”敦敦实实、眉毛粗黑的谢超节跟他解释。

“我还当你又来征求签名了呢！”何凯脱口而出，说出来立刻有点后悔，马上用别的话岔过去：“狐狸的京酱肉丝向来好！那回队长请客我们点过。他给你豆腐皮了吗？要卷着吃的。”谢超节笑笑说：“我们统共还剩二百来块钱了。管他的，总不能让娃受委屈啊！”说完点点头往园外走。何凯朝他背影大声说：“替我们问巧巧好！”

谢超节是物业公司维修队的一个领班。他出生在清明节刚过的半夜里。农村人认为清明节是鬼节，不能在那一天里出生，他母亲其实在清明一早就觉得瓜儿熟了蒂该落了，为了超出那个日子，硬是忍熬到半夜以后，才把他生了下来，爷爷因此对他们娘母子都很满意，给他取了这么个不解释难理解的怪名字。谢超节二十一岁来榆香园，二十二岁跟园外超市里同龄的杜巧巧谈上恋爱，二十三岁把巧巧带回老家成了亲，两个人在春节婚期过后就又都回到这里，现在他们二十四岁，巧巧肚子里已经有了娃。物业公司拖欠工资，对谢超节影响最大。巧巧怀孕已经七个月，这之前已经不到超市上班，没有任何收入，他们在园外村里租农民房居住，自己开伙，房租水电伙食开支再俭省每月也总得五百块钱，谢超节的工资每月是六百，如果按时发放那维持生活没有问题，现在拖欠三个月了，而且还没有哪怕补发一个月的消息，搞不好还要继续拖欠下去，忍无可忍，谢超节就去找总经理询问，人家回答他罗董没把款拨过来，等拨过来自然就发。那董事长罗莉莉哪里找得见，只能写信，就问两条：为什么拖欠？什么时候补发？信白写了，根本不理。于是谢超节开始给有关部门写投诉信,这事也就渐渐地由他的个人行为,发展为集体行为,维修部的全都拥护他，他就搞了个材料，让大家签名，说他亲自送到那管这号事的衙门，而且要那衙门的正官接见他。在那投诉材料后头，除了几个胆小的，维修队的人差不多全签了名，那天谢超节拿到保安队宿舍征求签名，王茂一见，冲动起来，拿笔就要往上签，何凯心里也想签，但是冯团长拦了一下，先叫谢超节一声“哥儿们”，又叫一声王茂“兄弟”，遂对大家说：“我比你们痴长几岁，经的事情多点，心里有想法，讲出来供大家参考。我们当保安的，虽欠着工资，毕竟还管着吃住，处境比维修队的哥儿们强些个，还能撑一阵子。可是维修队的没工资，伙食都起不了,更有要养家糊口的,反一反,太有道理！我也希望超节能成就一桩大事。可是，我的经验，是到头来，闹得再凶，也没什么大用处。前几年我在建筑队干过。那工资更欠得惨，一整年没见着个一张票子，年关近了，有兄弟就上了塔吊，发狠誓，说再不发，就打那上头跳下来，警察来了，在塔吊底下张了个大气囊，报社记者来了，还采访到我，据说当官的后来也来了，反正，轰轰烈烈,拿大喇叭朝上头喊,说一定解决问题,最后那几个兄弟也就从塔吊上下来了。我们就等着发工资。这还能不发吗？那几天，我天天舍得花钱买报纸，买来就念给兄弟们听。开头上头全是给我们出气的话。后来就说上塔吊不可取，应该使用法律手段解决问题。再后来有一天就说那是‘塔吊秀’,据说‘秀’是英文，就是演戏，装假，文章的意思是，你不是也没真从那上头跳下来吗？我还怎么念得下去？也就不再买那报了。过些天，每人发了三百块，说公司实在没钱，只能以后再说，大家就揣上这三百块钱，回家过年去了。过年回来，找到原来工地，产权已经转手了，原来的公司根本找不到了。谁傻到别的不干，靠投诉过日子？有活就先干着吧，唯愿这新老板能给钱！要么，就再另外找活儿。我说了这么一大篇，你们不爱听吧？我究竟是个什么意思？是个平常的意思，就是这么个情况，老板他真拿不出钱，高官拿他也没有办法。问老板讨一讨，往上投诉投诉，上上塔吊，找找报馆，都是办法。忍一忍，能过得去就先过着。忍不了，另找能开钱的地方。也都是办法。总之别光一时冲动。凡事三思而行为好。”一大篇话说完，王茂也就搁下了笔。谢超节笑笑说：“的确，各人情况不一样。你们毕竟还管吃管住，再忍一时吧。”但临出屋前，单把两眼盯着冯团长，跟他说：“我要是罗莉莉，我就让你当这物业公司总经理。”冯团长只是一脸惨笑，没再吭声。

谢超节拿着那盒京酱肉丝走出园门了，从何凯站的地方还能看见他那模糊的背影。何凯平日与谢超节接触较多，很佩服他。谢超节有股子拗劲儿，追求巧巧的时候，巧巧有回说他“单薄”，他就每天做50个俯卧撑。巧巧跟他确定关系后，每天下了班，他就坐长途汽车进城，去上培训班，先后考下了高级电工本和高级管工本，后来又上了个电脑班，还带动巧巧一起去上。有回何凯下班去超市，正遇上谢超节和巧巧并肩往长途汽车站去，那时候天色已经灰黑了，何凯心想，他们从城里学回来，肯定头顶星星了，怎么那么不怕辛苦啊！招呼了他们，何凯忍不住打趣谢超节：“是想学成个大老板吧？”谢超节笑吟吟地说：“听说过这个话吧：不想当将军的士兵，不是一个好士兵。其实，不想当老板的民工，也不是一个好民工，对不对？不过，我当老板，一定要当个好老板，首先，绝不拖欠员工工资！”当时听了这话，何凯只觉得说笑而已，现在何凯隐隐觉得，也许以后的世道里，就是谢超节这样的老板，取代罗莉莉那样的老板呢！

何凯一直目送着谢超节的背影，忽然，心里旋出丝丝缕缕的，难以用语言表述的感动。

巧克力黑莓派

一阵小旋风，把些早落的秋叶刮到冯团长身上，令他更感迷茫，不，是更感孤独，深深的孤独。半年前，开园区和市区间班车的聂哥没辞职的时候，他还算有个谈得来的伴儿。叫起来是聂哥，其实只比他大三个月。也只有初中学历，也参过军，也闯荡过南方，也是混到三十啷当岁还没立个业，没娶上媳妇。所以共同语言很多，能私下说些惊心动魄的、丢开面子露光腚子的话。但是，毕竟聂哥还是比他强，比如，他活到这么大，就真还没尝到过女人的滋味，聂哥却尝过，并且不是到发廊厮混，不是跟幡爷那样包小姐同居，那样地尝，是正经搞对象，跟女朋友来真的，岂止搂着亲嘴，是痛快淋漓地在床上发生关系。聂哥告诉他，那女的疯起来，会使劲地把舌头，伸进对方嘴里，又抖又搅，还跟吸铁石似的，拼命把男的舌头往外吸，直到也伸到她那嘴里……他听呆了，原来他以为那疯劲儿全在下头，没想到上头也热闹到这地步，就羡慕得不行，有回梦里向往，把他宿舍里那张单人铺摇得嘎啦嘎啦响，离他最近的王茂就坐起来揉眼睛跟他答“到”，以为是集合哨响了呢……

聂哥那对象都跟他那样疯过了，最后却还是甩了他，据聂哥说在最后一次通电话时她跟他直道歉，说对不起实在对不起，那人有房子，有小汽车，她爹她妈说她要不答应就跟她断绝关系……聂哥就说祝她幸福，就挂断了电话……后来班车在路上就出了事故，再后来有一天冯团长去聂哥在园外村里租的房子里找他，那房已经空了，房东说头天夜里就走了，也没说搬到哪儿去；冯团长回到园里就遇上新来的司机，原来聂哥跟经理递上辞职报告转身就走，欠薪都不要了……

自聂哥走了后，冯团长便完全置身在一群比自己小十来岁的浑小子里，连个能说说私房话的同伴也没有了……而比他小的，比如谢超节，居然就要抱孩子了；何凯呢，晚上就要借所谓生日宴，跟笑梅当众订婚了……他自己，什么时候才能尝到……那个滋味？……

尤其是，这天傍晚发生了大门口那场冲突以后，冯团长心绪更坏。他此刻是在查岗吗？不是，他完全漫无目的地在小区里转悠……

忽然，他眼光被一样东西撩拨。那是一栋楼的二楼，一扇闪烁着菊色灯光的窗户，那窗台上，摆放着一只花瓶，瓶里的花颜色看不分明，但轮廓清晰，那是几株郁金香，没错，那种花叫郁金香……

那个单元里，住着个单身女人。没有人知道她究竟多大年纪。反正，不年轻了。她的屋子装修得很特别，是西洋古典式，木制墙围上面的墙壁，糊着银褐色的绸子，被一些带枝叶形装饰的曲线木框包围着。她屋里满铺地毯，也是褐色为主。总之，她喜欢褐色，连衣服也总是褐色。当然那些褐色深浅不一，也不都是单纯的褐色，有些偏红，有些偏黄，也有些偏蓝。她的起居室里有钢琴，但没人听见她弹过。她沙发特别多，更多的是沙发上的靠垫，也就是腰枕，多到堆砌的地步，当然也是褐色为主。她屋里墙上挂着、到处摆着大大小小的照片，全是她自己，从还是小姑娘的她到几年前的她，那些照片的镜框都特别讲究，有的挺大，有的小小的、圆圆的，只有茶杯盖那么大；如果仔细看，就会发现绝大部分是剧照。对了，她是一个演员，或者说，曾经是一个演员。一度很有名吗？不好说。有关中国戏剧电影史的资料索引里，必有她出现，偶尔她演过的电影，还会在电视台的专门频道里播出，就是几年前，她也还在几部电视连续剧里露过面，字幕上会特别在她的名字前标出“特邀”字样，但如今大概除了研究中国戏剧电影发展史的，一般俗众都不知道她。她结过婚也离过婚，有子女，但她的这个居所里至少在表面上，找不出丝毫关于她以前那几个丈夫或子女的痕迹，也不光是没有那些人的照片，整个儿的氛围，是她极度地离群索居。

冯团长头一回进入她那住房，大约在半年前。那时榆香园的管道煤气还没开通，保安队兼管为业主换煤气罐。一般情况下，业主把电话打到物业，物业转告到他，作为队长他自己是支嘴不动手的，但那天他眼前能支使的只有大尾巴，那小子本来瘦弱，又刚得了场感冒，看见大尾巴把煤气罐搬到三轮车上已经喘个不住，他就挥手让大尾巴一边待着，自己蹬车到了那楼，把煤气罐送到了那业主家。冯团长也曾在装修队打过工，这些年见到的豪华装修不算少，但这家的装修还是让他吃惊，是他在现实生活里未曾见到过，却能联想起电视里那些外国古装电影某些场景的怪模样。厨房也很奇怪，不锈钢水池上头，吊着一盆植物，枝叶往下垂，一大蓬，也不是正经绿颜色，带出芝麻酱色，安放好煤气罐，他就伸手去摸那叶片，问："阿姨，这是真的吗？"那女士就说："当然真的。不过别叫我阿姨。现在不是时兴叫老师吗？我在大学教过书，大学老师就是教授，对不对？你叫我雪教授好啦，雪，就是天上下雪的那个雪。"他笑了："还有姓雪的啊！"雪教授就说："小伙子，你牙齿很整齐，刷得很白。这很好，你要保持。"

收了换罐的钱，冯团长要把用完的罐扛出去，雪教授说："小伙子，别忙，先帮我坐壶开水，我实在累得很了，你帮我灌完暖水瓶再走，好吗？"这当然不成问题。可是雪教授要他到卫生间先把手洗干净，厨房那水壶本来就很干净，她也还是要他冲洗一番再灌水放到灶孔上。

等水开的工夫里，雪教授请冯团长在起居室沙发上坐下，冯团长犹豫，她就自己先坐下，强调说："小伙子，再不坐下，就是不礼貌了。"冯团长便落座，只觉得那沙发既柔软又有弹性，心里想原来沙发的真滋味竟有这么美妙！雪教授说："小伙子，陪我说说话……"冯团长于是说："您别叫我小伙子了，我姓冯，您叫我小冯好啦。"雪教授自然问他叫什么名字，自然是他一说出来对方就先挑眉惊异，听他解释后则笑了起来。雪教授说："我以后就叫你团长。这名字很好。很有力量。是个男人的名字。"后来又随便聊了一会儿，厨房的开水壶火车鸣笛般叫了起来，冯团长就帮雪教授灌暖水瓶。雪教授还要留他沏咖啡一起喝，他说打扰太久啦，雪教授也就让他扛空煤气罐走了，他噔噔噔往楼下走的时候，听见雪教授对着他的背影说："团长，慢些，别闪了腰！"他大声回答："雪教授，我是钢筋腰，没事儿！您休息吧！"

那以后没多久，有天傍晚冯团长在楼外甬路上遇见雪教授，不由得双脚一并，挺起腰，甩起右手到右眉，给她行了个礼，嘴里自然呼“雪教授”，雪教授很高兴，对面站着聊了几句，雪教授就说：“团长，遇见你正好，来，帮我做点事！”冯团长就跟着她往她那个单元去，一边说：“您还是叫我小伙子吧！”雪教授哪里听他的，只管“团长”“团长”地叫。进了屋，雪教授跟他说，想把起居室里的沙发和电视机换换位置。冯团长听她指点完位置，就说：“我再叫个战友来吧。”雪教授皱眉：“不必。如果你一个人搬不动，那就算了。”冯团长再用眼衡量了一下，就说：“我试试吧！”一个人搬弄起来，雪教授一旁几次忍不住要搭手，冯团长都用语言和眼神以及面部肌肉运动制止她，干到一半冯团长脱下制服，后来更脱去衬衫，只穿个汗背心，连最沉重而且最难办的长沙发，也硬是当腰抱持着移动到了指定位置。整个干完了，那背心湿透了紧箍在冯团长身上。雪教授就让他去卫生间擦洗身子，他有点不好意思，雪教授就把他推进去，指给他，哪条毛巾可以用，那个液态香皂怎么挤接，然后从外面拉上毛玻璃门，告诉他她且到那边阳台透气，他擦洗完了她再过来。他很快擦洗完，出来咳嗽了几声，雪教授就返回了起居室。他们坐到沙发上，试试新位置看电视合不合适。冯团长拿着遥控器，一下子点出个“样板戏”，雪教授摆手：“不要！不要！”又点出个F4在那里唱什么“流星雨”，雪教授依然摆手：“不要！不要！”冯团长对这些节目倒无所谓，要不要都行，甚至也可以不要，但他不理解雪教授怎么就那么厌恶。后来点到一个频道，正在讲关于电灯的发明过程，两个人都看下去了。雪教授就说：“团长，你也接受这种节目？”他说：“是呀，您以为我是只能接受《风在江湖》什么的吗？”雪教授就盯着他说：“好呀好呀……刚才我喜欢看你搬东西，现在，我喜欢你说这个话，还有说这话的表情……你出乎我的想象啊！”就这么样，他们亲近起来了，双方都觉得待在一起能聊出不少话来。后来冯团长的对讲机发出呼叫声，冯团长接听，一个正巡逻的保安要向他汇报什么情况，问他：“队长你现在的位置？”冯团长不假思索地答出另一座楼的楼号来，雪教授点头微笑。冯团长要走了，雪教授跟他说：“我希望你常来，帮我做事，陪我说话……这样吧，你注意我这扇窗户，如果我把郁金香花放到了窗台上，就表示在希望你来。如果没有，那你可别自己跑来。”他很高兴。他发现雪教授家里基本上没有假花，只有这瓶木头制作的郁金香是个例外。

那天以后，冯团长一度非常注意雪教授家的窗户，却很多天都没有郁金香花瓶摆放到那窗台上。也没能在园子通道或中心绿地等处遇上过她。只是有回正在吃晚饭，听见老板娘接电话，好像是雪教授在叫菜，老板娘一再地对着话筒说猪肝保证新鲜，中午才买来，刚从冰箱里取出来的……后来笑梅去送那鱼香肝尖，冯团长望着笑梅背影，心里头竟有些个羡慕……

忽然有一天那窗台上的郁金香出现了，冯团长应约而去……那天细看了那些挂着、摆着的照片，才知道原来雪教授曾是个挺有名的演员。接二连三，郁金香出现着。冯团长有一天在雪教授家聊到晚上十点四十五，十一点他必须去主持交接班，真是恋恋不舍地离开。当队长的好处之一，就是如果没有特殊的呼叫，你在换班时出现就行，一般队员不会去想：这会儿队长在做什么？蔡宪和那保安主管一般没事也不会想到他。雪教授会饶有兴致地听他讲自己的身世。他甚至讲到小时候，家里穷，母亲好不容易买回一块豆腐，还没下锅，他就围着母亲转，母亲就切下了薄薄一小绺给他，他嫌少，扔到了地下，母亲一气之下就把他抱起来扔到大门外，把门闩插得紧紧的……他在门外冻饿了几个钟头，愣不哭，到头来还是母亲打开门来找的他……当他讲到在南方某省被收容的那些遭遇时，雪教授眼里涌出泪水，握住他的手，喃喃地说："受苦了，团长……谢谢你，把这样的事都告诉我……"雪教授没有跟他讲自己身世，但零零碎碎的，讲到些演戏中的甘苦，引发出些对人生的感悟，他听起来有种在雪天里，用舌头接吮雪花的感觉，心里头酥酥的……

但在夏天的一场大雨以后，郁金香又不出现了。也看不到雪教授的身影。有回在食堂，老板娘接业主叫餐电话，他正在旁边，忍不住说："是那雪教授吗？"老板娘说："不是出国去了吗？我指着挣她的？猫儿食，顶多要份鱼香肝尖……"他就觉得心里头空荡荡的好荒凉。

……此刻，郁金香却突然出现了！冯团长迫不及待地去楼门旁的呼叫板上按了房号，一个懒懒的，却极富吸引力的声音问："哪位？""我，小冯……团长！""啊，那上来吧。"似乎并不怎么热情。上面按了电键，门锁弹开了，冯团长旋风般来到二楼，再按单元门铃，门稍微过了一会儿才开。"我……打搅您了吗？”“怎么会？不是有郁金香吗？”进了屋，就觉得有种温馨的气息扑来，迅速裹住全身，而且往皮肉里渗……

开头都说了些什么话，事后全不记得，大概无非互问没见面期间的情况……雪教授坐在长沙发那一头，斜倚着，冯团长坐在单座沙发上，朝着她。雪教授这天穿得特别洋气，连衣裙上身露出很多，再用一块有长穗子的大披肩裹住肩膀。当她站起来走动时，那长长的裙裾拖在地毯上。恍惚中，冯团长觉得雪教授不是一个真正存在于眼前的人，而自己也不是在真实的生活里，倒像是电视里的某一个外国电影里的镜头，跌落到了这榆香园里。雪教授总要求他：“再说点有趣的事，你自己生活里经历过的……”他能有多少能让这么个女士觉得有趣的事呢？但他努力满足她的愿望，搜索枯肠，把这样一件童年往事也想了起来讲了出来：那还是上小学的时候，有回他爹得了感冒，从卫生所拿回家一盒药，里头是一排塑料的针管形水状药，他爹吃了一半就没再吃，可能是感冒好了吧，他就偷偷拿了一管到房后头……不是想偷吃，凡药总离不了苦味，哪个孩子会偷苦东西吃？他是把那药管尽上头掐开了，用手指头把那里头的药水挤出来，看见那酱油汤似的药水滋出老远，他心里特痛快，挤挤滋滋的，他自己咯咯咯笑个不停……结果被他爹看见，揪过去掀翻差点把他屁股打烂！雪教授听了以后就扬眉毛、耸肩膀，感叹说：“好孩子，你竟能记得自己这样的事情……你很敏感啊……这应该用弗洛伊德学说解释……”他听不懂雪教授那最后一句话，但能让她感觉有意思，这就好……

后来他闻见一种奇怪的甜味，雪教授说：“呀，我都把烘炉忘了！我自己做巧克力黑莓派呢！这就熟了，我去取出来，我们一起品尝。”……后来他们就坐在沙发上，吃端到茶几上的那甜点。雪教授喝咖啡，本来也让他喝，他说不习惯，就给了他红茶，其实他也不习惯，包括那“派”，但他很高兴，出外混饭这么多年，为什么只有这个雪教授能这样平等地对待他？岂止是平等，真的，比他自己母亲，待他还好，但雪教授又分明不是母亲，站远点，吊灯光下，看上去只该叫声姐姐哩……

再后来，雪教授拿来一堆照片，还有一个空的照相簿，让他帮着把那些照片插进去，拿到哪张插哪张，不必考虑次序。他就边看边插。原来都是前些时候在国外照的。大多数照片上，背景上不相干的人影不算，拍的都是雪教授本人，有的则是她与别的人合影，跟她合影的有洋人也有中国人，有老人也有小孩，还有跟她很亲密地靠在一起的男士，当雪教授发现他对那些合影表现出好奇，特别地停下来多看时，便说："不要管别的人！你觉得我怎么样？"他就说："真好，显得这么年轻！"雪教授问他："看出来了吗？这是在哪国呢？"他想说美国，又不敢肯定，后来他看出来照片背景上有个东西，猜："埃及……吧？"雪教授夸奖他："了不起！在你来说，能这样判断就不容易了！这是金字塔，不过是玻璃金字塔，埃及的可是石头造的，那要大得多，而且在沙漠上……这是巴黎，PARIS，法国……这是巴黎卢浮宫前的广场，这玻璃金字塔是后建的，是贝聿铭设计的，造它的时候，呵呵，好大的争议，激昂的反对派在广场组织了纠察线……"那些照片终于一一插完，雪教授问："累吗？"他说："不累。这算什么活儿？只是……"雪教授走到那大盆的凤尾竹旁的安乐椅上，优雅地坐上去，轻轻晃动，摇摇头发说："我倒真有些累了！"又叫："团长，你过来，坐在这儿，告诉我，你刚才想说什么来着？你不觉得累，你只是……什么？"

冯团长坐到那安乐椅一侧的沙发墩上，告诉她："我想说的是……我在您这儿一点不累……只是，我觉得，我们离得实在太远太远了……"

雪教授懂得他想表达的意思，但顺口说道："怎么会远？我们从来没离得这么近过！"一边说一边稍稍偏头朝他一望，这一望不要紧，雪教授只觉得心脏被一只无形的手挠了一把，不由得呼出一个名字来，冯团长听出来那分明不是叫他，很惊讶，就把头伸过去，意思是我是这个人不是那个人呀，这样两个人的距离更近了以后，雪教授的心完全碎了，她觉得冯团长那滑动着的隆起的喉骨，就是那个人的，这么多年过去，那个人竟奇迹般地又来到她的身边，而且是保持原样地，仍然处在青春期里……而冯团长在一瞬间里，看见披肩滑落后，雪教授裙衣上身开口非常之低，那起伏强烈的乳房完全不像上了年纪的女人那种，特别是那深裂进去的乳沟，仿佛是能吸入他整个身体的磁石……雪教授就伸出双臂把他的脖颈揽了过去，忘情地吻他的喉骨，他就俯在她的胸脯上，斗胆吻她的乳沟……最后他们疯狂地接吻，他率先把舌头伸进了她嘴里，她喉咙里发出惊喜的声响，也回敬给他……

是他先惊醒过来的。他一下跳开，眼睛发黑……

“对不起，雪教授……对不起……”他扣紧衣领，立正，觉得脚底下在陷落……

雪教授却仍意乱神迷地仰卧在安乐椅上，闭着双眼，眼角有泪水，却淌不下去，双臂自然下垂着，那安乐椅以渐次减缓的频率晃动着……

人儿菜苞米面团子

这真不可思议！

陈画家和路先生从榆香居回到陈画家居室，坐下来就着香茗又聊了一阵，陈画家说难得老同窗相逢，照几张相留念吧！但是去拿照相机时，却发现竟不翼而飞！那相机就放在客厅一侧的半月桌上，一贯放在那儿，因为常用。拍拍脑袋，是不是放别的地方了？到处找了一圈，没有，就应该在那儿。是喝醉了，糊涂了？路先生也万分惊讶，因为去吃饭以前，边聊天边在那屋里踱步时，看到过那相机，是日本尼康牌，蛮高级的，当时路先生还拿起来摩挲了几下，问陈画家是否在国内买的，多少钱，回答后，还感叹说，折合成澳元，比在悉尼买还便宜些……

难道是，在他们去榆香居吃饭的时候，有贼来过？从哪儿进来的呢？一点溜门撬锁的痕迹没有，去看各处窗户，也都好好的，这居室又在高处，怎么爬上来呢？再说榆香园是封闭式庭院，二十四小时有保安巡逻……

路先生就问，是不是还有别的人，有这居室的钥匙？陈画家说不可能。想了想又说，女儿有一把，但是现在在匈牙利做生意，头天晚上还从布达佩斯往这儿打过电话，难道是她骑着魔法扫帚飞回来，钻窗户缝进来过？……路先生就让他再检查一下还丢了别的东西没有？经检查，还真没再发现什么丢失。两个人就都纳闷。究竟是不是喝酒喝的？先 XO，后二锅头的……记忆错位？

丢了尼康相机还不仅是经济损失。他们好不容易又聚到一起，实在该留影纪念，那相机有很好的自拍功能，里头又装妥了 400 度的柯达胶卷，36 张的，肯定至少还有一半没照……扫兴！真扫兴！

时间已晚，陈画家只好先把路先生送走。且喜刚下楼巧遇上一辆送人来这榆香园后，空着往外慢驶的正规出租车，立即招呼，司机也喜出望外。告别时，路先生握住陈画家手说："此一别，又不知何日邂逅。今天照相机的不翼而飞，倒是个希区柯克式的悬念。下回见面，你头一个话题就是给我揭开这个谜底！"陈画家也旷达地说："人生得失，常在意料之外。今天有朋自远方来，是大大的得，真是不亦乐乎！"两人挥手告别，那"的"哥听了只抿着嘴笑。

出租车开远了，陈画家的情绪从"不亦乐乎"迅速转换为了"不亦怨夫"，他见那边有保安身影，立即招呼："过来过来！"

那保安身形瘦小，开头似乎是没听见，后来倒是个跑过来的姿势，但跑得很慢，跟没吃饱似的。陈画家原来不曾特别注意过保安，现在一看来到身前的是这么个形象，更加有气。

"你叫什么？"

"侯伟。"

"多大啦？"

"十八。"

"虚岁吧？"

"唔。"

"怎么把你招进来的？"

"保安学校介绍的。"

"保安学校怎么招的你？"

"俺爹交了他们钱。"

"交钱就收？就你这个头、身体！"

侯伟埋下脸不言语。

"学过擒拿吗？"

"没……唔……学过队列……"

"学了多久？"

"唔……半拉月……"

"天哪，你那是什么保安学校啊！"

侯伟脸快埋进领口里去了，陈画家眼前只有一顶红色贝雷帽在微微抖动。

“哎，原来是些这样的保安。二十四小时巡逻又有什么用？遇上贼，还不知道谁把谁擒拿了呢！”陈画家叹口气，命令他：“叫你们队长来！”

侯伟抬起点脸，眼睛往上仰看，又赶快顺下眉，慌张地问：“怎么……怎么啦？……”

陈画家就说：“怎么啦？！我家失盗啦！丢失贵重物品啦！我先告诉你们！你们这样不中用，我干脆打110！”

侯伟这才把手里一直握着的对讲机搁到嘴边，呼叫队长。往常一叫就通，这次不知怎么的没回音。陈画家看他那样无能，就摆摆手说：“算啦算啦，废物典型！你去吧！我上楼打110报警。”扭身走了。

侯伟见那业主走了，魂儿才颤巍巍地试着归舍。

陈画家那台照相机，是他偷的。

本来他也不一定要偷东西。

他家很穷。那地方自然条件极差。冬天很长。只有春天到了，地里冒出青芽了，最穷的人才觉得，自己死不了了。地里的青芽，指的不是庄稼，是野菜。有种野菜，刚蹿出来的时候也就寸把高，掐下嫩芽，剁碎了，加点盐，和上头年没吃光的苞米面，蒸成大团子，那是他家最美好的饭食。那野菜，掐过的，只要根还在，就还能活，长起来，最后能蹿得齐人腰高，不过一旦长起来，如果不是大荒年，大家也就不去吃它了。当地叫它人儿菜。……他爹原是农民，后来在小煤窑挖煤，有回出了事故，窑里死了好几个，他爹命大，没死，但轧断了一条腿，这以后就只能靠坐在地上敲矸石，挣很少的钱；那些敲出来的矸石，小煤窑的老板用来掺在煤里头，往外卖，好多赚些钱。他一个哥哥也在小煤窑里挖煤，爹说他就别干那玩命的活了，给他凑了些钱，再借些钱，让回村里过完春节的邻居，带他来了这个地方，进了所谓的保安培训学校，混上这么个事由儿。如今城里大兴土木，到处是商品楼，各个楼盘对保安的需求量很大，是个新兴行业。有的保安队挺正规，有的就那么回事儿。大体而言，离市中心越远的楼盘，保安队的质量就越良莠不齐。

侯伟跟绝大多数战友一样，从农村来到这大都会，一般都是直接从车站来到所谓保安学校，很快就来到这榆香园，或者经亲友介绍，直接来到这里，来了第二天就参与值勤，三班倒，一年三百六十五天都如此，没什么星期天休息一说，所有节假日都如此，因此他们就没进过城，最远的足迹也不过是去趟康堡镇，没见识过榆香园以外的城市生活。但侯伟刚开始非常满足，因为这里管吃管住，发的那身保安服也挺体面，也曾领到过几个月的工资，给家里写信时寄回过在康堡镇拍的一次成像的戎装彩照，还寄回过三百块钱，让他那缺了一只腿的父亲和缺了半嘴牙的母亲高兴得不行，逢人就把那相片拿出来显摆，看到的也不知道那孩子究竟是封了个什么级别的军官，怎么头上戴着那么个怪模怪样的红帽子，反正，都不禁肃然起敬、羡慕不已。有的就想把自己的儿子、孙子也送进城里当这种管吃管住的“保安军官”。

榆香园保安队的队员们，对园里业主们比自己富裕的生活状态，心理上都有不平衡存在，但每个人内心里那不平衡的侧重点不同。侯伟最不平衡的是什么？是人家吃得好？穿得好？住得好？有小汽车？……谁也难猜到，他心理上最难承受的，是那些独生子女的玩得好。尤其是到了星期六和星期天，那些上寄宿学校的孩子回到园子里，玩什么的都有，最刺眼也最刺心的，是有些孩子开着电动小汽车，在通道甚至甬路上横冲直撞，一副目中无人的骄横模样。还有的玩蹬蹬车，又叫手扶滑板，就是一个带轱辘的金属滑板，前头有个竖起来的立柱，立柱顶端横着扶手，玩的时候双手抓着那扶手，一只脚搁在滑板上，一只脚猛蹬，往前蹿，蹿起来两只脚全可以放在滑板上……他值班巡逻的时候，这些滑板往往就会从他身后呈S形飙往前面，吓他一跳。他休息时，会站在通道旁，呆呆地看那些孩子玩那东西。有一回趁滑到他身边的一个孩子停下来休息，他忍不住请求说：“嘿，借我玩一下好吗？”那孩子斜眼看他，鄙夷地说：“你？土老帽！一边去！”说完，蹬上那滑板扬长而去。土老帽！他已经用洋得不行的贝雷帽包装了起来，但人家还是把你看成土农民、穷小子！……

两个月以前，他在巡逻的时候，捡到了一把钥匙。他没有上交。那是一把车钥匙，还是一把门钥匙呢？经他研究，判定为门钥匙，因为不算钥匙链，也比较大。能开哪扇门呢？会不会是那个骂他“土老帽”的B孩子的？他知道那孩子家在哪楼几号，有天见他们全家开车出园了，他就偷偷去试着开那家的门锁，根本插不进去……后来，每次巡逻，插空他就偷着去开门，开头很怕人发现，后来，即使他往楼上走，跟下楼的业主擦肩而过，也没人特别地注意他，大概觉得他是上去办什么事，比如送信上门什么的；他很快知道，这里的人是各户只顾自己，绝对不问他人瓦上霜更不扫别人门前雪的……

这把钥匙，正是陈画家女儿丢失的。她有一天开车，带六岁的儿子来父亲这儿，用这把钥匙开的门，后来父亲回来了，她和儿子待到晚上吃完饭才离开，下楼临上车的时候，儿子闹着要吃口香糖，她从手包里掏口香糖的时候，儿子嫌她动作慢，跳起来抢，她一边呵斥一边掏，就在那时候，门钥匙掉到了地上，没有发觉。因为第二天她就飞布达佩斯了，另用别的手包，当然也就不知道丢了钥匙。

……侯伟终于发现了这把钥匙能开的是哪扇门，而且终于等到了一个业主外出的空当……但他进去以后非常恐慌，最后只拿了那台照相机，并且赶忙跑到地下室，摸黑将它藏在了自己的那个存物柜里，刚锁定，突然灯亮，是何凯进来了……何凯好像没生疑心……但是，现在那业主竟叫住了自己，他已经知道是我偷的吗？好像还不知道……那照相机究竟值多少钱呢？一百块？三百？五百？有那么多吗？怎么卖出去呢？……能不能换辆蹬蹬车呢？哎，傻 B！他骂自己，你要那玩意儿干啥？……

香辣狗肉煲

一阵阵警车鸣笛的呜哇声，离榆香园越来越近。

“幡哥，是逮你的吧？”马姬娜用筷子点着幡爷鼻子说。别人都管叫爷的，她敢叫哥，这透着亲密，关系不一般哪！

“八成他妈的是逮你来的！”幡爷一条腿蹬在旁边空椅子上，仰脖干掉一杯二锅头，朝马姬娜瞪圆眼睛。

“嘿！我看准定是冲咱们俩来的。好呀！咱们没成夫妻，不能双双把家还，今儿个他妈的一块儿进局子，倒也算是不错的缘分！来来来，趁还没戴上铐子，再吃几口狗肉！”马姬娜说完哈哈大笑，把筷子伸进那煲锅里，麻利地拈出一块红红的东西，没到嘴边又使劲一甩，差点甩到进那单间给他们送香辣蟹的佟妮身上，佟妮本能地缩脖一躲，马姬娜狂笑不止，末后用筷子在佟妮刚放下的盘子里一阵翻拣，指责说：“怎么搞的，怎么都是些辣椒段？蒙谁啦？香辣狗肉、香辣蟹不是这么个做法！只有重庆辣子鸡时兴堆满辣椒段……把你们经理叫来！”

幡爷就说：“挑什么刺儿！这是熟店，我是熟客，你将就点吧！咱们再喝再聊是正经，刚才聊到怎么个话茬儿啦？”

没有逻辑，没有焦点，没有明确目的，更无所谓正经，他们的交谈就跟他们的人生一样，混沌，放肆，然而生动、过瘾。

“咱们是多少年的狗肉朋友啦？”马姬娜吞进一块狗肉，亮开嗓门说：“那回咱们吃得比这回过瘾！”

他们曾是城根贫民聚居区的邻居，也算是同学。“文革”开始的时候，幡哥上到初三，那本是个男校，但到 1968 年“复课闹革命”的时候，实行就近入学，女生也就进来了，马姬娜那时候叫马淑红，算上了初一，其实那时候学校还是根本上不成什么课，幡哥和一帮半大小子整天在城根胡闹，马淑红竟参与其中，有回他们逮着只野狗，就打杀煮来吃了……后来让所有的学生上山下乡，要么去农村插队“改天换地”，要么去兵团“屯垦戍边”，幡哥和马淑红都是 1968 年 12 月 20 号那天被安排到四点零八分启动的火车上，运往目的地的，在那趟火车上，诗人食指写下了他那首著名的诗，但直到今天，跟食指坐过同一趟车的幡哥和马姬娜，仍然不知道有这么一首诗，更不知道食指后来还写了传诵甚广的《相信未来》，其实他们跟人类写出的任何一首诗都未曾有过丝毫关系，他们的意识里根本没有诗这玩意儿，对于他们来说，也无所谓过去、现在、未来，他们强悍的生命力自然流淌，在时代的缝隙里作为社会填充物，存在至今。

他们先后未经批准从不同的插队地点溜回城里。没有户口，没有包括粮票在内的，在当时对一个城市居民至关重要的生活基本资源的供应配额，当然更不可能有一份合法的工作，但他们若无其事地活着。马姬娜父亲是房修队的杂工，有只眼睛老早就被厚厚的白翳糊住，每天下了班就闷坐喝最便宜的白薯干烧酒。她妈则在家糊火柴盒，往往满屋子堆满了一摞摞的火柴盒，数完了一算工钱，还不到一块，她弟弟妹妹放了学都帮着糊，她逃回家却只是晚上来睡个觉，有时甚至一夜不着家，她爸对她不闻不问，她妈骂足一个月以后也甩手不管，因为她似乎有吃有喝，也还常穿来一件半新不旧的，家里没有过的褂子。当然，她成了一个女流氓。那段时间里，她也并不经常跟幡哥混，他们只是偶尔遇上，什么叫爱情？他们那时不懂，现在也不追求，但他们紧贴着城根那锈着苔斑的大城砖发生过关系。

幡哥，幡爷，自然都不是大名。有时候他都不知道自己大名究竟是什么了。他从插队地回来，就更是一个男流氓了。被叫作幡爷，是因为在城根一带跟一些老把式，还有大小爷们哥们练掼跤，他最狠，也最灵，称霸一方，后来练中幡，就是把一根粗大的长竹竿，顶上挂起幡子，搁在身上来回玩耍，肩膀顶，脑门顶，转着身子把那幡竿甩起来，换着肩膀接，或者用后背接，用胸脯接，这都不算稀奇，最绝的是用嘴接，也就是用牙接，还能用牙把那幡竿加以旋转，玩得真是又惊险又顺溜，花样迭出，乐此不疲，常常一玩就是半拉钟头，围观的哪个不赞？幡爷成为他的称号，也便顺理成章。

幡爷有多少兄弟姐妹？连他也算不清。1947年的时候，他大爸把他一个哥哥，带到台湾去了。他大爸是戏班里翻筋斗的龙套，哥哥是娃娃生，那时候台湾从日本鬼子手里光复，国民党派过去一些接收的人员，那个剧班老板的亲戚是其中一个，来信说那边有人想看戏，老板就带着一班人一路唱到福建，再唱到了台湾。当时大爸跟他妈说，在那边混好了，再把全家接过去。哪里知道去后杳无音信。1949年城市解放，别再提台湾，他妈改嫁，嫁了个拉排子车运货的，那时候他妈带着他一个哥哥一个姐姐，他爸是死了老婆续弦，也已经有了俩闺女一个小子，后来他妈他爸又生下了他和一个妹妹一个弟弟，算起来全家兄弟姐妹多达八个。最具戏剧性的是，1986年突然有个台湾客来到他家，见了他妈扑通跪下，泪流满面。原来那是失散多年的大哥。他那时候才知道他妈的前夫并没有死，而是去了台湾，他妈让他管那个爸爸叫大爸，他哥哥倒不用叫二爸了，因为他的亲爸爸已经在1978年去世。他那大哥如今在台湾经营一家超市，自1986到1991年回大陆探亲，1992年他妈去世以后，每两年回来给生母扫一次墓。但别以为他们家族只有九个兄弟姐妹，他那大爸后来在台湾又结过两次婚，又生有两男三女，这样全加起来，竟多达十四个之多。以他自己为本位，则有同父同母的，有同父异母的，有同母异父的，也有既不同父也不同母但仍应算为兄弟姐妹的。不过幡爷的生存，既从不依托于父爱母爱，更从不缱绻于什么兄弟姐妹的亲情。也不是说他对兄弟姐妹毫无感情。可举一例：他那未去台湾的同母哥哥，性格与他迥异，一生胆小怕事，循规蹈矩，后来在一家百货商场当售货员，有回他听说那商场里有个家伙欺负了他哥哥，他就大摇大摆找到那家，捋起袖子，一直捋到露出高耸跳动的肱二头肌，点名叫着那家伙的名字，那家人全慌了，那家伙出来直跟他点头哈腰讨饶，他却不动那家伙一根毫毛，只问："谁是你哥？让他出来！"那哥哥也是个老实人，就出了屋，他认准那确实是那家伙哥哥，二话没说，薅过来就左右各煽了个耳茄子，立刻嘴角就流出血来，他也不逃，只指着那家伙鼻子说："原来你也有哥！看你以后再敢欺负我哥！”那家其他人又气又怕，他从容不迫地摇晃肩膀走人了，那家人有的就说这还了得，要报案，那家伙先说可别再惹他了，那哥哥也抹着嘴角说，幡爷这下找齐了，他不会再治咱们家了，若再惹他，指不定下回他怎么横呢！那可是个不怕进局子的啊！这就是幡爷对哥哥表达亲情的方式。后来那台湾的同母哥回来，他带他去俱乐部玩，找三陪小姐，一起吃喝玩乐，事先大哥先跟他按官价把美元换成人民币，亲兄弟，明算账，谁也不占谁的便宜，玩完了各付各的账，只是给小姐小费，大哥出手比他爽，他也不攀比；大哥走的时候他照例送到机场，大哥进了隔离带，回身跟他招招手，他不习惯跟人招手，就咧嘴笑笑，这也就是他们的手足情吧。

改革开放以后，城里头一批发财的，人们都知道，就有那原来最让人瞧不起的“劳改释放人员”,后来“劳改”这词儿淡化下去,那就得叫“刑满释放人员”，幡爷、马淑红都属于这个社会族群的成员，其实他俩虽说有几进几出的经历，但折进去也无非是流氓群殴或“乱搞”之类的小罪名,有时拘留一阵也就放出，有时只是“劳动教养”而非正式判刑，各被判过一次刑，也都是一年半的小刑期,实在也算不得什么严重的前科。他们是最早跑起长途运输的“倒爷”“倒婆”，但并没有一起合作过，好多年里，幡爷都是往北跑，倒腾钢材什么的，而马淑红则是往南跑，倒腾服装，二十年多年过去，幡爷都把马淑红完全忘记了，他有了老婆，以及许多临时性的亲密女人，他的生活里并不需要一个马淑红。

他们在这一天邂逅。幡爷暴富过，挥霍过，骗过人，更被人骗过，现在并非他的黄金时代了。但也还自得其乐。他现在主要靠代销一种安装在室内的燃气取暖设备赚钱。不是零敲碎打地销售，是跟商品楼盘的物业公司合作，或者说勾结，来整体推销，或者说大面积蒙骗，来分成取润。这榆香园在售房时，广告上说双气入室，售楼小姐推销期房时也信誓旦旦地保证将来入住有暖气，到业主入住后才发现，他们的居室并非集中供暖，而是需要分散自主地供暖，于是幡爷手下人就会出现，向他们推销那种一户使用的燃气供暖设备，而物业公司则表示只有这种设备他们维修部才协助安装，后来的业主见先来的安装的多半是这种设备，也就往往随众安装，这几年幡爷从这榆香园里获利不小。当然他不断地扩大着业务范围，打入一个又一个楼盘，结果这天一个楼盘里的一位马女士往他手机打来电话，说他们给安装的那设备根本打不着火，他说派人去看，那女士说：“你老板自己来一趟！你当我是那起小家子用户吗？”当时他就觉得那声气有点耳熟，结果开车过去，发现那是栋三层的别墅，车房外停的是辆加长卡迪拉克，进得门去，迎面来了个人，虽然那发型衣裳绝对新潮，裹在里头的那块活肉他认为是一点儿没变，对方望见他，更觉得连衣裳也还是当年那种穿法，除了眼泡子鼓了出来，也是一点没变，俩人就对面互指着哈哈大笑：“他妈的，原来是你！”

到这榆香居单间坐下以后，幡爷说：“我那伙计把我那手机号码告诉你的时候，不是跟你说了我名字吗？你怎么见着我才知道是我？”

“说真的，你那名字以前我也从来没记住过，你就是幡哥嘛！看你，也算发了财的人了，衣服还是这么穿！”

幡爷四季上身都只穿一件衣服，从没穿过所谓的内衣，春秋要么光身子穿衬衫，要么光身子穿中山装、西服外套、茄克衫，天凉了，光身子穿毛衣，最怪是到了冬天，光身子穿冬衣，以往是棉袄，现在是皮茄克、羽绒服，从来都绝对只穿一件衣服，而且很少穿套头样式的，一般都是当中可以解开扣子拉开拉链的，他在坐下吃饭时，稍觉热一点，便会习惯性地敞开胸怀，而那两片又鼓又硬的胸肌，便会赫然暴露，并且随着他说话咀嚼，肌肉纤维还会有所跳动，构成比他面部还丰富的表情。

“瞧你，怎么发得不再横一点！我总觉得，你该比我发得大！”他们各开自己的车来到这榆香园，幡爷只不过是辆桑塔纳2000。

“是呀，就冲我这样穿衣服，能当再大的老板吗？”幡爷又灌自己一盅，问，“你他妈是怎么发到这地步的？怎么又叫他妈的什么‘鸡’了？你这么阔了，你该养‘鸭’啦，你这改的什么名儿吆！”

“咳，瞎胡混，让我赶着了呗！”马姬娜告诉他：“我现在是外国人啦！”

“外国人？瞧你这副中国人的下水！这么多麻辣还不够，又点什么重庆毛血旺！”当时佟妮告诉马姬娜没有猪血这菜做不了，马姬娜就改点了虎皮尖椒。

马姬娜现在持有哪国护照？她是外籍华人了吗？她不想细说，也一下子说不清，就像幡哥一下子说不清他究竟为什么会有那么多兄弟姐妹一样。按护照的显示，她现在并无中国血统。如果在菲律宾，她算得一个外籍菲人。她是从深圳偷渡到香港，再从香港转到菲律宾，最后她顶替了一个死去的菲律宾女子的身份，那女子的名字译成中文是姬娜·玛撒宾塔……再后来，她以外商身份进入中国，名片上的名字成了马姬娜，没在都会中心活动，只在边缘游猎……她一直没有结婚，也一直没有停息过跟男人睡觉，也曾包养过“鸭”……她父母已经双亡，也不跟弟妹联络，就是偶然遇到过去认得的人，她也装作绝不认识，人家也就只能心存疑惑而不敢认她，真个是独来独往，六亲不论。但幡哥对她是个例外。她并不跟幡哥把这些年来的经历交代清楚，也并不想把幡哥这些年来的情况弄个清楚，这次巧遇令她非常开心，但也并不想就此保持密切联系，幡哥对她亦然，这也就是他们坐在一处吃喝如此放松的根本原因。至于引出他们见面的那个具体原因，幡哥认出她来没多久就说了：“你安这破取暖设备干什么？我明天就让底下来了给你拆了！人家上这个当情有可原，你他妈也来瞎凑热闹！”两个人就哈哈大笑，把那厅里水晶吊灯的叶片都震得瑟瑟发响。

马姬娜现在真是大发了。她最得意的大手笔，就是帮一个省的一个地区市搞外贸。她把一种半成品原料进口给一家企业，又把一家企业的产品出口到境外。当地的官员对她真是感激莫名，因为统计起该处的外贸进出口额度，那真是非常地喜人，比附近各市高出许多个百分点。但其实她为这家所提供的“进口原料”，就是那家所生产的“出口产品”。两家企业所在地离得并不远。两家企业的头头，连同当地某些主管部门的头头脑脑，都由她分别邀请到国外“考察”过，她会安排他们去赌城“开阔眼界”，去红灯区脱衣舞场了解那边社会有多么腐朽。至于那些既是“出口”又是“进口”的半成品原料究竟是不是真到境外公海上兜了一圈，谁能说得清楚？也许开始几批还兜过，后来么，简直就径直地用卡车运过去，但一应证明单据等等俱全。多好玩的外贸生意啊！

俩人吃喝聊骂正在兴头上，那呜哇呜叫着的警车开进了榆香园。

极品金牌鲍翅皇

警车的到来，让几个人极不高兴。

首先是蔡宪。牌战正酣，手气正旺，怎舍得停下？而且，小区出了什么事，一般都是由保安队请示他，经他批准，然后再报警。想必是业主自己报的。一般业主有事也会先找保安，这回是哪个保安这么糊涂，竟没把业主稳住？那冯团长又是怎么回事？事先也不来汇报，警车进门了，才跑进来见他。蔡宪听明白，无非是那陈画家丢了个照相机，算不得什么大事。但警笛鸣响，一园皆知，众业主本来对物业就很有意见，这下一定会觉得保安方面出了漏洞，没了安全感。他看那冯团长一脸晦气，大失往常的英姿杀伐，站在他身旁竟一筹莫展，更不禁满腔怒火，把桌子一拍，吼起来："就说我不在！谁拉的稀屎谁擦屁股！你给我滚！"完了扭回头，对三位牌友说："接着来接着来！他妈的一个破相机也值当打110,真他妈穷疯了！"稀里哗啦就游泳般地洗牌。其实那圈还没打完，本来就要"门前清"叫和的汪总就冲他高叫："嘿嘿嘿，有你这么赖皮的吗？"……

冯团长不仅是不高兴，觉得自己简直要疯了。刚刚发生不久的，雪教授家的那一幕，让他胸臆里满溢着罪感。他是从天堂，回到了地狱？不不不，他在心里对自己说，那雪教授家是地狱，现在他是回到了地面……但那又是多么迷人的地狱啊！……他很难从天堂或者地狱里的那个角色，转换复原为一个保安队长，原来接应镇派出所或者刑警队来人，对他来说是驾轻驭熟的事，此刻他迎着停稳的警车走去，却六神无主……

在厨房帮着洗盘碗的何凯烦透了。他知道，按惯例，这些开警车来的，事后多半要由蔡总挽留，到榆香居吃“工作餐”。那就又要折腾好一阵。他那意义重大的晚宴，还能不能如期举行啊？他朝备料的大乱望去，大乱也是一脸的不高兴。再朝狐狸望去，正在旺火前颠锅，看不清表情。

不高兴的还有王茂。警笛声响以前他就不高兴。因为蔡总他们又来打牌，他们轮休的保安队员不仅不便进屋到自己床上躺靠，更糟糕的是，也就不能看电视和光盘。有个卫星台正播《情深深雨濛濛》，他们前几天都看的，现在还记得头天那一集最后的“扣子”，究竟今天的两集里，怎么解开那“扣子”，又有怎样的新“扣子”出现？此刻他坐在庭院里的长椅上，心里痒痒的。他们这些保安的生活，说实在的，上班和下班并没多大的差别。榆香园就那么大，那个空间上班巡逻得已经腻味到要吐，下了班难道还把那空间当公园逛？纪律上又不许随便出园门，因此下了班唯一的乐趣也就是看看电视和光盘，现在《情深深雨濛濛》看不成，头天请假出去，从园外音像店租来，本是留到今天晚上看的那盘成龙武打片，也看不成，而且后天还盘时必得加钱！唉！警车进园后，王茂高兴了一小会儿，本以为蔡总他们的牌局也就收场，结果发现是队长去迎那些人，张嘴就是“对不起蔡总不在”的谎，宿舍也依然还是赌场！他一脚踢开脚下的一块石子，恨恨地把双臂展开用手掌抠住椅背，无聊地望着自己伸直的双腿。忽然，他想起来，有一天，他轮休，也是这样的姿势，坐在那边甬路边的长椅上，恰好陈画家送一个客人路过，看见他，那客人就说：“小伙子，好长一双胳臂好长一双腿，若是从小培养，是个芭蕾舞剧《天鹅湖》里演王子的料！”陈画家也点头说：“是呀是呀，要画小王子，这是最好的模特儿啊！”他没大听懂他们的话，但说他是块“王子料”，这个夸赞的意思，仿佛一颗糖果，落进他的心湖，不断地溶解着，令他想起就感到甜蜜。这天在昏暗的夜色里，他坐在那里胡思乱想，默默重温那琼瑶剧的前几集，结果，他越想越觉得，他已经进入了那个剧里，他是一个王子，而林心如演的那一角，爱的既不是古巨基也不是苏有朋演的那些角色，爱的是王子，也就是他……晚风拂过他的脸颊，他清醒了些，魂儿出了那个剧，但并不沮丧，因为他觉得，就在这儿，在榆香居，有一位的眉眼儿，至少是有三分像那林心如……唉唉……能得着这个林心如，那自己也就远胜过苏有朋，以及天下所有的王子了！……

也有反而高兴的。老板娘就是一个。别看皤爷只带了一个女的进包间，点的菜足能供八个人吃了！而且皤爷一贯爽气，百元五十的大票，甩下从不要找头。更可喜的是，那多少天没人点的螃蟹，在冰箱里怕都有半拉月了，今天全做成香辣蟹销出去了。警车来了那就更好了，就是人家不想吃，蔡宪也得把他们拽来吃，反正到物业财务上报销！那几条平鱼，大乱说馊了，不能给何凯他们上，好呀好呀，别给何凯，就让狐狸多搁葱姜蒜，多放酱油醋辣椒，端去慰劳蔡宪他们！

还有一个高兴的是笑梅。她虽然也听到了警笛声，看到了警车，但觉得跟自己没有丝毫的关系。她从一辆野“的”上下来,捧着一个大盒子,走进了园门。她跟老板娘请了假，说去给何凯买生日蛋糕，老板娘自然批准，本以为她不过是到园外的超市去买，一小会儿就回来，谁知她花了来回十五块车钱，到康垡镇上去买回一个四十五块钱的大蛋糕！笑梅回到厨房，何凯才知道她干什么去了，原以为她是去给业主送餐了呢！揭开盒盖，上头还有特意让人家用彩色奶油挤出的“祝何凯生日快乐”字样，以及附送的一包小蜡烛，围观的就全赞好，老板娘难得地说:“先搁冰箱吧，吃它还早啦！”何凯埋怨笑梅太破费，大乱说:“要怪就怪我，是我悄悄跟她说的，这外边超市那些二三十块的，用的全是麦琪淋，就是人造奶油，瞧人康垡镇的，等会儿你吃了就明白，真奶油的味道就是不一样！”何凯这才一扫烦恼，望着回来就忙着去给客人上菜的笑梅，心里仿佛有蜜水在流淌……

警员到陈画家那里听取了案情，做了笔录，也就离去。临走前对冯团长说:“看来是用钥匙进的门。钥匙哪儿来的？配的？还是有那万能钥匙？你们先做些调查研究，有线索随时跟我们联系。”冯团长本不敢擅自做主，但话还是不能不说:“吃了再走吧。”人家就笑:“这是什么饭点儿？”是呀，晚饭人家一定刚吃过，夜宵又太早。警车总算没鸣笛地离园了，冯团长望着那尾灯吁出一口气。一直跟在冯团长屁股后头的侯伟这时在他身旁说了句:“肯定是有那万能钥匙……”冯团长就扭头威严地对他说:“你怎么在这儿晃？还不赶紧接着巡逻？但凡你眼睛尖一点，也不至于让那贼钻了空子！下了班你好好给我写检查！”侯伟就马上溜开了……

刚平静下来不到一刻钟，忽然又涌来一拨。

蔡宪手气不好，正心烦意乱地忙着捞回来，忽听冯团长站在身旁报告:“蔡总，罗董来了……”

蔡宪本能地把胳臂扬起来，嘴里差点骂出“滚一边去”，刹那间胳臂僵住，扭头皱眉问:“你说谁来了？”

那汪副总经理却听得明白，本来快要叫和，立刻放弃，手忙脚乱地收拾起来。他是怕那罗莉莉找到这宿舍来。

罗莉莉难得一来。来了，当然不会到保安宿舍。她径直进办公楼，往总经理室去。她的男秘书抢在前面。物业公司总经理姓秦，在这园里也有个单元，他接到罗董秘书半路打给他的电话后，已经恭候在楼道里。

蔡宪和那汪副总经理赶到总经理办公室，一进门就看见罗莉莉铁青着一张脸，坐在大皮沙发上，正眼也不看他们，只是说:“好呀，你们手机都不开。不想干了是不是？”就都不敢落座，站在那里只是发愣。

“那车是谁的？”罗莉莉问。

三个经理都不知道她问的是什么车，面面相觑。

男秘书就说:“怎么停着辆卡迪拉克？乍看跟罗董的一样。”

三个经理都不知道，没注意，答不出来。

那是马姬娜的车。物业办公楼前的停车坪，业主一般不会在那里停车，在那里停放的一般都是外来车。像幡爷那种一般的车型，刺不了罗莉莉的眼。

“我马上让保安查问。”蔡宪说，就要出去布置。

“不用你的马后炮。”罗莉莉命令秘书，“你去。告诉那保安队长，别的人都不能进楼来！”

三个经理就知道罗董来得不善。

“站着干什么？是不是也要我站着说话？”

三个大男人这才坐到她对面的沙发上。

这罗莉莉四十出头，打扮得很仔细，却显得比实际年龄大。她容貌上的最显著特点，就是上下牙齿咬在一起，那两排牙齿都还整齐，也很白，但既不是天包地，也不是地包天，不说话的时候也常露出来，天地相合，给人一种格外坚毅、果断的感觉。她一身紧身黑装，一串很长的水晶项链，一直垂到瘦瘦的胸部，被高级名牌黑装一衬，在灯光下熠熠闪亮。

“哪位能跟我说说，那谢超节是个什么东西？”

原来她急急到此，正题是关于谢超节的。

蔡宪立即汇报。罗莉莉用一只手摩挲着那项链下垂的部分，仿佛心不在焉。

“谢超节影响有限，目前各部门员工情绪稳定……”秦总经理插话。

“财务部没受什么影响，我们员工每天照常到各户催收欠交款，不在家的都把催款条贴在了门上，也还见效，现在又有三十多户补交了物业管理费……”汪副总经理也插话。

“保安方面就更没有问题……那谢超节征求签名，保安一个没签……”蔡宪还要往下汇报，被罗莉莉阻止了。

“这些都知道。我现在要你们告诉我的是：这谢超节有没有什么背景？”

三个经理就都语塞了。

背景？像谢超节那样的芥豆，能有个什么背景？

他们倒都知道，罗莉莉有背景。但如果真有人命令他们讲出那个背景，他们也并不能讲清楚。罗董存在很久了，他们则都是这一二年才谋到这里职务的，目前物业公司拖欠员工工资三个月，但那是他们以下的员工，他们则工资一直照发，而且都在三千以上，他们愿意继续领这样的薪酬，何况还能揩出若干无形的油水。他们只希望罗莉莉那背景能继续硬硬地存在。

罗莉莉现在既是这个开发公司的董事长兼总经理，也是同名物业公司的董事长兼总经理，她开发的项目不仅榆香园一个，管理的楼盘自然也多，这榆香园物业只是其分支之一，榆香园物业经理们提起总公司，称为“大物业”。近两年罗莉莉更涉足其他领域，比如又成立了一家煤气公司和一家物流公司，也任董事长。她还有一些其他投资，是另一些公司的股东。不要说一般与她有业务交往的人士，就是她的直接下属，经理级的，也都不知道她究竟有几个住处，多半在哪里过夜；也不清楚她现在究竟有没有丈夫；只知道她常乘坐那辆银灰色的卡迪拉克，但也不尽然，有时她会自己开辆帕萨特出现，究竟她有几辆小汽车，也没人说得清。她从不炫耀学历，出国活动也不张扬。如果不用神秘这个词，那么，可以说，她很模糊。

据说罗莉莉原来是个秘书的老婆，那秘书当然不是一般的秘书，是你想象得出来的，很重要，而且前途很辉煌的那种秘书，后来他们俩离婚，那秘书成了也拥有不一般秘书的人，她呢，就开始了头一个房地产项目，也就是榆香园的开发，开发公司的顺利注册，以及首笔贷款的顺利到位，还有土地使用权的批文等等，据说实质上就是她前夫给她的离婚补偿。当然，表述这一事实时，“实质上”三个字不能少，因为外在形态上，她的“下海”都与她前夫无关。在这个都会里，罗莉莉在开发商里头，实际还算不上多大的角色。甘苦自知。公司业务的展拓，真是处处风波处处愁。业主说她是欺诈，其实很多事情并不是她想坑害业主，特别是跟某些部门打交道，以她的经验，有时候就算遇到那不受贿的清官，真比那喜贿赂的浊官可怕，因为前者的官僚主义，往往体现在全无时间观念上，一项手续的审批，拖拖拉拉，全不想想企业的资金流动不起来，就仿佛一个人得了脑血栓，会中风瘫痪，以至死亡！后者虽然喜欢贪你些好处，增加些你的成本，但他能比较麻利痛快地给你把合法的事办成，把那至关重要的章子盖上——其实也未见得枉法……比如业主说她一个楼盘里有的楼六证齐全，有的不齐全，但那不齐全的她也囫囵着卖，似乎蛇蝎心肠，刻意蒙骗，他们哪里知道，她何尝不愿一次把证办齐？那卡壳的原因里，就有清官的官僚主义在内，她那六证不齐的房子若等到全齐了再卖，无异于一个人先饿死再给他灌流食啊！……她觉得自己真是越来越艰难，仿佛雾海孤帆，随时可能覆舟！……谁能相信，别看她每天开着豪华车，一身豪华名牌，出入豪华场所，谈的动不动上亿的生意，但有的时候，她是一点提现的能力也没有，也就是没有现钱，她的消费方式要么是用很多个信用卡轮番透支，要么干脆记账赊购，最后都打在她生意的成本里。每回大松一口气，那必定是新的贷款，终于又到手了，那时候她会把原来的一般消费欠账全部结清，手里会有很多现金，当然，拖欠下面的工资，也就可以全部发放或至少发放一部分。她当然愿意赚钱，赚大钱，飞快地赚钱，按期还贷，但赚钱谈何容易，贷款就经常还不上，于是就得设法拆借……据一个模模糊糊的说法，她和另外一些类似的生意人一样，由于有某种背景，或者是使银行的人以为她有那个背景，于是，解决危机的手段，就是借新贷填旧贷，当然是在不同名号的银行之间，来玩这个把戏；因为她毕竟往往又能赚到一些钱，居然自身也能填平一些窟窿，有的贷款确实也勉强地按期或拖期不久还上了，总算起来，还不到资不抵债的程度，所以也还不能把她的行为轻易定为骗贷……她究竟是怎么在商海里游泳的，呛了水怎么吐出来，怎么继续往前游，又究竟是想游多远，最后游到哪儿去？这都是她的商业秘密，也是她的内心隐私，不好轻率揣测，但有一点是肯定的，就是当她一个人在她的梳妆台前卸装时，她会痴痴地望着镜子，而一滴浓浊的泪水，就会从她的左眼或右眼的眼角溢出，缓缓地流淌到她的脸颊，她也不去揩抹。窗外月亮多次窥见过，可以作证……

眼下她又一次陷入危机，而且是迄今为止最大的一次危机。她那煤气公司无力还贷，物流公司严重亏损，玉岭度假村的开发占尽资金骑虎难下……倘若她再不能拿到一笔新的贷款，那么很可能全军覆没！但她自视是一个既聪明又谨慎，既坚毅又灵活的强者，她正既胆大妄为又小心翼翼地在涉过这次的险滩，当此之际，必须懂得牵一发动全身的道理，往往很大的事业，会败在很小的一处疏忽上……

来榆香园之前，她正在一家顶尖级的豪华餐馆里，宴请一些很重要的人士，其中没有一位是银行本身的成员，但也没有任何一位是跟银行完全无关的赘客，表面上这是一次最纯粹的私人饭局，实质上这是她获得新贷款的重要一步。席上有极品金牌鲍翅皇。这当然是一个堆砌辞藻的菜名。既是“极品”又何必冠以“金牌”字样，还非得称什么“皇”。那道菜每人分开上，一只银盘托着一个银钵，钵当中又有一个银托，托起的是非洲大鲍，周围是鱼翅羹，据说那羹里还撒了金粉。一位客人笑说：“其实这鲍鱼从形象到味道都跟轮胎差不多，而鱼翅羹又太像胶水瓶里挤出的胶水！”其余的客人就点头，笑。就在这时候，她接到一个电话，是一位报馆记者打来的，称打电话的地点是星巴克咖啡厅，而并非报社里；告诉她报社收到一个叫谢超节的民工的投诉材料，这样的材料本不稀奇，但是这位民工寄来的信封上却明白无误地写着他们一位副总编辑的名字，因此是那副总编辑先拆看的，后来转交给下面，交代并不见报，但要整理为内参上送……养兵千日，用兵一时，这位记者是她罗织在社会关系网里的一个棋子，时不时她会让秘书通知该人来参加她旗下公司的某些活动，如开园典礼呀，楼盘推介会呀，物流公司“接轨论坛”呀什么的，每次自然会让该人领到一个“红包”……她接听电话时不动声色，甚至也没有跟那位记者道谢，只是说相信一切都会正正常常。接完电话她的思绪集中在两点上：一，谢超节是怎么知道那位报馆副总编辑姓名的？二，这位副总编辑，她早知道，是通天的！……她以若无其事的意态应酬完那个鲍翅宴以后，便立即来到了榆香园。

……三个经理，三个臭皮匠吧，顶不过她这么一个女诸葛。她当然没有把自己知道的事态告诉他们。但她要他们暗中调查，谢超节跟园里哪些业主——不是指一般的业主，尤其不是指那些拆迁户或者外来的小财主，主要是指那些离退休的知识分子型业主——来往密切？特别是近期。要从电脑中的业主资料里查阅出，哪些业主可能怂恿谢超节“告御状”？要亲自查阅，只能向她报告，不得扩散，尤其是，绝不能惊动这些业主。至于谢超节本人，责成蔡宪明天就找他当面讲清：一，你被公司开除；二，你的工资，从原来所拖欠的，到今天为止的，立即发放。如果谢超节不愿被开除，那就必须和其他员工一样，等待公司渡过难关后再领取工资。估计他会选择现金工资，而且会很快带着怀孕的妻子返回老家，因为在北京生孩子那成本比在他老家要贵上几倍，而他老婆孕期已逾半年绝不能再耽搁。万一谢超节本人或以后有关机构来纠缠：究竟为什么开除他？这就必须由你们准备好相应材料，像那回业主家的火灾，就可以落实为谢超节为其修理煤气管道马虎所致。这材料也可能永远用不上，但明天就要准备，越快越好。开除谢超节同时发放他全部工资的事不要正式公布，但要让其广泛流传，这样就等于向全体员工宣布：要么领钱立刻滚蛋，要么留下静候欠薪！现在他们也都知道，三条腿的蛤蟆难找，两条腿的民工遍地都是！你走了，马上可以补上一个，但你再去找别的工作，那就难了！

三位经理毕恭毕敬地把罗董送走以后，都不禁赞叹真是有水平，难怪人家能发财，心高气盛倒平常，心细如丝真在万人之上！

罗董的那位男秘书，兼司机和保镖，把车开到了环路上，他正襟危坐，手握方向盘，喉咙有点痒，却不敢咳嗽。他已经取得经验，如果罗董进车后，坐在后座右边，那就是心情还比较好，有时会跟他说几句闲话，他呢，也可以主动说些话，例如评价一下路过的海鲜酒家；但是如果罗董进车后，坐到后座左边，也就是他背后，那就意味着她心情很坏，这时如果招惹了她，她可能立刻炒你的鱿鱼，据说前任秘书，就是因为不懂这一点，偏在这时话多，被她炒的鱿鱼。

罗莉莉在车上心情确实奇坏。她对自己说：是呀是呀，唯文人与鸭子难养也！鸭子的事她现在没去想，想的是文人。鸭子，面首，情人，她以前处理不妥，曾把个别的安排在公司里，甚至当作司机、秘书、部门经理，后来发现那样做有百弊而无一利，现在她绝对不让他们沾她的事业，比如现在这个秘书、司机兼保镖，挑的就是一个毫不能引出她那方面欲望的男人。文人里，除了传媒界里某些用得着的，她尽量一概不沾。有回在某社交场合，一位作家得到她名片后，竟接二连三地给她签寄自己的新著，还在附信里表露，希望能有机会跟她畅谈，了解她创业的甘苦，意思是如果她有那愿望，可以给她写报告文学，树碑立传；那作家的书她翻也不翻，也不往书架上放，让秘书拿开，怎么处理也不交代；后来那位作家又在一次大型社交活动里遇上她，趁自助餐取酒的机会，跟她套近乎，问及她新开发的一个小区，颇露骨地表示想住进去，大概至少是希望她只收成本价，她则笑吟吟地、淡淡地说："那里不是有售楼部么。"说完去招呼别的人去了，那作家就捏着个酒杯僵在那里好久，但那以后，竟还给她签寄新著，真有点锲而不舍的黏糊劲。那样的作家就死不明白，不光是她罗莉莉，许多开发商都对作家以及类似的人文科学的知识分子毫无兴趣，甚至你越有名就越回避、防范有加。他们盖出的楼盘，最愿意卖给那些完全没有社会名声，但发了横财，又不事张扬的买主。作家之类的人物买了你的房子有什么好处？不仅你那开发中的问题会暴露在其眼底，作为利益受到损害的业主，他可能会比其他业主更厉害地来对付你，如果充当起闹事的领袖，那就更加可怕！他们又特别会管闲事，比如物业欠发员工工资的事，他们掺和进来，比如指点谢超节直接把投诉材料寄给关键人物，说不定还附上短笺，那么，一旦那材料真通到了天上，引出一行批示，或者仅仅是一句表态，那么，所涉及的公司和法人，就可能遭遇灭顶之灾！依法，依法，当然是依法，如果谢超节他们按程序来，先要求仲裁，不成功，再请律师，提出诉讼，那么，就一点也不可怕，她拖得起，谢超节之辈拖得起么？但如果是一根线捅了上去，那么，法将依据那批示和表态，迅雷不及掩耳，狂飙般君临……现在是如履薄冰，每根汗毛都不能稍有疏忽懈怠呀！……罗莉莉忽然心酸，那酸楚又迅速传递到眼睛……她立即从手包里取出香烟、打火机，点燃了一支……

泼妇鸡丁

几个业主在夜色中发现了物业办公楼前的卡迪拉克轿车。“罗莉莉来了！”这消息很快传开。于是有些业主在轿车左右等候，要与罗莉莉当面对阵，讨还被损害的利益。面积欺诈！房屋质量欺诈！广告承诺欺诈！……我们要房产证！要退款！要赔偿！……尤其是独立采暖的住户，心情最不平静！秋凉开始，冬天将至，她那煤气公司还要按一立方米五元的强盗价格卖气吗？再敢！……强烈要求：立即把煤气价降到与市区统一供气的一块八毛钱那个公价！要么立刻将园区的煤气管道与市区供气的主管道接通！不是也就只有两公里远吗？……激愤的业主议论纷纷，仿佛一堆干柴，蹦上一个火星就能嘭地燃烧起来。

其实那些业主集中到那辆卡迪拉克轿车前时，罗莉莉已经离去。他们模模糊糊看见一个女人朝汽车走来，其中一个气性大的壮汉忍不住指着那身影就骂：“你他妈今天不解决问题就别想走！”那走来的其实是马姬娜，哪吃这个，立刻跳起脚对骂：“怎么着，你瞎了眼吧，冲你祖奶奶发什么邪火？”有的立即感觉出来那不是罗莉莉，就来劝发火的壮汉，有的此前也并没见过罗莉莉，因为恨她，所以也就想象成一个泼妇，听见她对骂，也就撮火，认为那壮汉冲锋在前并没有什么不好，就又去拉那劝壮汉的人；有个男士说我是业主委员会的，咱们有话好好说，最好大家进办公室坐下来，心平气和地对话，旁边几个人就说，谁认得业主委员会的？那委员会空有个虚名罢了，做成过几件实事？壮汉气性越发大，拿拳头就砸汽车前盖，大叫：“我就不信你罗莉莉能把我吃了！”一位退休妇女就对他嚷：“嘿，你这样能解决问题吗？我可是希望切切实实解决问题！”又转身对被认为是罗莉莉的马姬娜说：“您替我们想想，拆迁到这儿，本想过安稳日子，可你这煤气价格实在是承受不了……”旁边一位妇女跟上去说：“我们的青春都贡献给这个城市了，如今我们享受不到公价煤气，心里头实在难过……目前这天价我们承受不了！”同时有个声音说：“人家是股份制公司，讲究的是市场价……依我说也不能让人家没赚头，两块钱一立方差不多……”另一个声音就叠进去：“那是你！还业主委员会的啦，屁股坐哪边了？”一片混乱中，那壮汉狂怒中又砸了一下汽车，结果，一声嘶哑的厉吼把所有的人都镇住了：“谁他妈再敢砸车我把他丫头养的头给砸扁！”这不是女人的声音，是男人的声音，当然不会是罗莉莉，大家定睛一看，果然是个男的，敞着怀，捋着衣袖，透着大流氓的蛮横，就都哑然。那是幡爷……

冯团长要组织保安队员过去劝架护车，被蔡宪拦住了，他责备冯团长：“糊涂蛋！这咱们管他干什么，他们越窝里掐越好！”

如果把那景象录下来放给罗莉莉看，那真好比送了她一整罐定心丸——如今的所谓业主者也，根本是一盘散沙，距离整合为一种理智而有序的力量，来与开发商抗衡，还遥遥远远哩！

误会终于解除。那激动中以拳砸车的壮汉主动向马姬娜道歉。马姬娜倒仰脖笑了起来。幡爷拍拍那汉子肩膀说：“兄弟，我倒喜欢你的爽快！”他们各自开着自己的车离去了。那些业主扫兴地散去，少不得互相埋怨。

一片紫云散去，露出仿佛半个煎饼的月亮。

九点半了，榆香居里的外客陆续走净。四张桌子拼在一起，何凯的生日宴终于开始。

蛋糕放在当中，插上二十一支小蜡烛，王茂帮忙点燃，非要笑梅跟何凯一起吹那火苗，佟妮就把笑梅往何凯身旁推，笑梅挣脱开，何凯憋足一口气，把那二十一支蜡烛火苗一次吹灭，大家都拍手笑叫起来。王茂带头唱“祝你生日快乐”，大跑调，没几个人跟他唱，大乱就跑过来说：“唱那酸歌干什么！来，何凯，唱一个‘爱江山更爱美人’！”这歌也没唱成，何凯就说：“哥儿们，喝呀，吃呀！”凉菜早已摆好，啤酒也都到位，更有两瓶二锅头酒戳在那里。有个哥儿们说：“何凯你怎么不切蛋糕？”王茂就拍他脑袋：“这都不懂！蛋糕要最后吃！”佟妮就笑：“那蜡烛是不是吹早了呀？”大乱就说：“嗨，讲究那些个乱七八糟的规矩干什么！先把蛋糕挪那边空桌上去！不过呀，何凯，你到底还是要把那个意思说出来才对——你说，今天请客，还为了哪一桩？”小伙子们就一块起哄：“我们都不知道，你说说清楚！”何凯就举起啤酒杯说：“那就，都别知道了吧！……”小伙子们哄得更加厉害，何凯就说：“那就，为我跟笑梅……为我们俩好，干一杯吧！”小伙子们大都抢着去跟笑梅碰杯，发现笑梅杯里跟佟妮一样是雪碧，就硬给她换成啤酒，笑梅喝了一大口，说还要去端热菜，佟妮就把她按在座位上，命令说：“从现在起，你就是我的客人，只许在这儿吃喝，不许进厨房！”这时候大乱端出了头两份热菜：软炸里脊和鱼香肝尖……

老板娘从厨房出来，她已经嘱咐好了灶上的狐狸，朝何凯笑着走去，何凯笑梅忙离座敬酒，老板娘说：“我该敬寿星小凯才是！也祝你们俩一辈子真能好到白头！”喝了酒又说：“我跟狐狸说了，给你们炒盘腰果虾仁，算是我的寿礼！”大家鼓起掌来，老板娘把双手往腰上一叉，扬高嗓音说：“不过，你们别闹太厉害了，尤其不许喝了酒撒疯！”又落下嗓音说：“我可要回去歇着了。你们都听狐狸的吧。”狐狸亲自端来了一海盘腰果虾仁，老板娘就再嘱咐他：“都交给你了。明天早上我来了要发现差池，只找你跟大乱算账！”大乱就喊冤：“都听他的，关我什么事？”老板娘捅他胸脯一下：“带头闹腾吧！只要明天来了，没揭了这屋顶，我就饶你！”大乱就又故意捂着胸脯仿佛痛得快要昏倒……

老板娘一走，一桌年轻人真有那掀翻屋顶的架势。有的就开始喝二锅头。

当时保安队有十一个战友来参宴。另有六个在值班。何凯去恳请了队长两次。第一次队长正洗脚，情绪似乎格外低落，跟他道谢，贺他生日，祝他跟笑梅幸福，说实在觉得太累，一会儿可能过去喝一杯，让他们千万别等他，这就好好乐一乐吧。第二次已经躺下了，说有点感冒，实在去不了，请他原谅。何凯也就只好算了。那时蔡宪等人已不再在那宿舍里打牌，空荡荡的宿舍里，灯光昏暗，队长独自躺在他那单人铺上，显得特别落寞。保安是个吃青春饭的职业，自然不会有什么养老保险，他们也没有医疗保险，得了病，互相也不会问要不要吃药，都是硬扛过去。何凯离开宿舍的时候，对队长充满同情。队长三十出头还没媳妇呀！就是没病，非拉他来看自己跟笑梅怎么幸福快乐，他来了心里能舒服吗？

在宴席上，何凯心情大畅，眼角眉梢仿佛鱼尾欢摆。原来他觉得自己当这保安是一种沦落。他父亲是看林员，比一般农民身份略高，有一份固定工资，本来是发誓要把他培养到高中毕业，让他考大学的，没想到他刚上到高二，父亲有一天突然大呕血，去医院，查出来胃癌，而且已经到了三期，没过三个月就去世了，这样，他母亲就把一个才十八岁的姐姐马上嫁了出去，他自觉辍学外出打工，就这样，失去父亲的家里，母亲带着他一妹一弟生活，家境空前地困难……他把这一切都跟笑梅交代了，笑梅家里情况比他家要好，却一点不嫌弃，说："我们可以两个人绑在一起，在这城里发展呀！"是的，他们不会总是一个当保安，一个当跑堂，他们还年轻，还有大把的时间，大把的精力，他们都商量好了，制定了一个"凯梅五年计划"，相信必定会有大把的机会，让他们有大把的收获，若问那计划的具体内容、施行步骤，对不起，那可是他们的绝对机密！……看来他来这儿当保安是当对了，原来他跟笑梅的缘分，注定是在这榆香园里啊！明天要一起去拜一拜那棵老榆树！

热菜川流不息地端出来，虽然都是些家常菜，但其中若干种是这些来自农村的小伙子们以前未曾品尝过的，每一盘上桌后都几乎很快被秋风扫落叶般席卷一空。一箱啤酒很快只剩下几瓶，二锅头加了一瓶，王茂还喊着要加，旁边战友劝他算了，他就大声嚷："算在我账上！这儿是不是饭馆？我自己点还不许吗？"有几个战友知道队长已经睡了，就主动去跟值班的换岗，让他们也来吃一口。侯伟换过来以后，把那残余的腰果虾仁连盘子舔了，喝着啤酒，高兴得手舞足蹈。

大乱宣布："底下上咱们狐狸大哥最拿手的菜——泼妇鸡丁！且听我细说端详：这菜狐狸没跟老板和老板娘露过，为的是，今后自己去开店，就用这菜名当馆子名，准定生意火爆！狐狸大哥那回做夜宵，做了盘自己享受，让我也享了口福！你们该说，不过是鸡丁，稀奇到哪儿？刚才不就有宫保鸡丁，还能超过那味道多少？嘿，一会儿你们尝了就知道！此菜只应天上有，人间哪得几回尝？——这是狐狸大哥来这儿之前，做给一个美食家先生吃了以后，人家说的赞词儿！其实这菜要好吃，我的功劳不小！这话怎么说？料是我备呀！上好的鸡胸脯肉，切成匀丁，这倒也平常，难得的是，怎么个泼妇？辣椒、胡椒、花椒、葱、姜、蒜、香菜、茴香、蒿子秆……怎么辛辣怎么兑，怎么泼撒怎么来，可各样比例要恰到好处。那配料是我的功夫，到锅里就凭狐狸的妙手啦，别看搁了这么多麻辣刺激的东西，出锅上盘夹到你嘴里，外焦里嫩，喷香爽喉，原来这泼妇是个好泼妇！泼妇骂街，骂的是贪官污吏！是奸商坏蛋！句句骂到点子上，痛快！舒服！开心！过瘾！……”大家听了就一片声叫好，使劲鼓掌，喊：“快上！快上！”

佟妮果然端上来两大盘泼妇鸡丁。筷子箭秆般射向盘里。立刻喊好。干杯声不绝。这宴席达到了高潮沸点。

谁料到乐极果然生悲。

最后上的是一大铝盆海米白菜粉丝豆腐肉丸炖出的东西，号称砂锅什锦，其实是狐狸知道这群保安你若真用砂锅给他们做，那恐怕只够一个人吃，所以用大铝盆炖，而且让汤水格外地多。诸菜齐备，何凯忙让狐狸坐上席，感激不尽，他敬酒，笑梅给点烟，几个保安就给他搛菜，狐狸说：“哎，自作自受，哪有滋味？干脆，给我块蛋糕吧！”他说这话时，已经有人在动蛋糕，那是王茂，他在席间一直盯着佟妮，佟妮吃了泼妇鸡丁，说：“好吃好吃，真辣真辣……”直嘬牙花子，他就凑过去说：“吃点甜的，就没事啦！”佟妮说：“真的吗？”他就让佟妮跟他到那边放蛋糕的桌子旁，拿水果刀切蛋糕。佟妮拦他说：“是不是该让人家寿星来切呀？”他就放下刀说：“是呀是呀……要不，这样吧，你先吃颗樱桃！”他就拈起蛋糕上的一颗染过食物色素的、红得透亮的樱桃，往佟妮嘴里送。佟妮本是天真烂漫的少女，此刻正被宴席狂欢的气氛裹挟，也没觉得那有什么特别的意味，就用嘴唇衔住了那颗樱桃。王茂见佟妮衔了他奉献的樱桃，身子就酥了半边。眼前不就是个林心如吗？而且这个林心如仿佛知道了他的心，红红的嘴唇，衔着红红的樱桃，是一颗樱桃还是两颗樱桃呀？王茂也来自穷乡僻壤，享受过的欢乐不多，在他二十三岁的生命历程里，此时此刻他最快乐最幸福……当什么王子啊，世界上有那真王子，拿千金万宝来跟他换这一刻，他肯么？

哪知王茂的举动，一直在大乱的监视之下。王茂将佟妮巧言引开，两人聚到那边蛋糕桌前，他已经不能容忍，站起跟了过去，及至见到喂樱桃的情景，心里就有颗炸弹轰然爆炸，他过去就一把揪住王茂衣领，吼出来："你他妈的敢动！"王茂被这突然袭击弄懵了，本能地反抗，大乱撒开他衣领，端起整个蛋糕就往王茂脸上一扣，王茂眼睛被糊住了，一边乱骂一边扒开糊眼的奶油，这时满桌的人都朝他们那里看，也不知究竟为个什么，只觉得很像电视上看到的那些搞笑镜头，就哄笑起来，有的鼓掌，有的跺脚，有的吹口哨，连佟妮一时也忍不住笑，大乱一看佟妮居然还笑，更觉得心上扎了把刀，就从兜里掏出那个鸡心银项链，直晃到她眼前，大骂："这个你不要，要他那B樱桃！"佟妮一瞬间明白了是怎么回事，大窘，掩住脸，跟着就哭了，笑梅就赶紧过去搂住佟妮，责备他："你怎么欺负人？"王茂扒拉开些糊眼的东西，看清了大乱，就扑过去要跟他拼命，何凯等就赶忙去拉架，都喝了过量的酒，加上仇恨深重，哪里拉得住？王茂大乱两个人就从屋里打到了屋外……

本来他们在榆香居里的笑闹声，虽有门窗遮挡，就已经泄露于外，现在打架、劝架以及像侯伟那种不打不劝却跟出来喊"好呀好呀"凑热闹发酒疯的都跑到了院子里，立即像剪刀般地铰破了深夜的宁静——这时已经快零点了。

"×你妈B！"

"打死你狗娘养的！"

光这两声凄厉而嘶哑的，出自青春生命的狂吼，被吵醒的人就够惊悚的了。

冯团长本来睡得不沉，迷迷糊糊的眼前总有那雪教授的全身或面部表情或单只是身体局部的生动呈现，在床上不住翻饼，忽被那厮打声惊醒，稍一愣神，立刻意识到自己的失职——倘若他勉强支撑着去参加那宴饮，肯定不至于闹出这么大的乱子——他立刻跳起穿衣，冲出宿舍，半路遇到从门岗和巡逻位跑过来的保安，挥手对他们说："回去！回去！没你们的事儿！"跑到榆香居门外，迎面来了何凯，何凯本是满心愧疚，迎上去有知罪的意思，那冯团长不见何凯便罢，一见何凯，旧恨新仇，妒火闷气，喷涌翻滚，不由分说，伸出手去，就掐何凯脖子，大喊："你做的好事！"何凯拼力挣脱，事后发现脖颈那儿有道血印子。几个参加宴席的队员就忙过来告诉队长，打架的不是何凯，是王茂跟大乱在打；那时候王茂跟大乱已经分别被人死死拽住，两个人还在挣蹦，嘴里继续大声地不干不净；佟妮坐在餐厅门外台阶上掩面痛哭，笑梅坐在她旁边搂住她肩膀劝慰……

附近几个楼里被惊醒的业主不少。有的立即给门岗打电话，问究竟是怎么回事儿，傍晚就有警车呜哇叫，现在又有人吱哇惨叫，真瘆人！这榆香园里怎么就没点安全感？还有惊动得走下楼来看究竟的，一位老人自言自语地说："我这心脏可受不了啊……"

唯一不为这场纠纷所动的，是狐狸。他一个人坐在那狼藉的饭桌前，跷着二郎腿抽烟……

蔡宪也被惊醒了，他赶过来，首先喝问冯团长："你是干什么吃的？！"又命令所有的人都进屋里去，保安都进去了，大乱当然不进，他又不是保安，蔡宪管得着他吗？夜风吹来，他清醒了几分，看见佟妮虽然被笑梅搀扶起来了，却还哭得气噎声堵，就过去跟她说："你不知道我的心吗？你拿刀杀了我吧！要不我自己杀了我！"说完也哭了，转身就噔噔噔走了，也不知道是往哪儿去，笑梅倒没怎么在意，要扶佟妮回她俩的那间宿舍，没想到佟妮却担心起大乱来，主动快步去追大乱，大乱扭头见是佟妮跟了过来，悲中生喜，定在那里动弹不得，佟妮在他身前三步位置站住，说："大乱你千万别——"话没说完，扭身走了，笑梅迎去，搂着她肩膀，消失在夜幕里，大乱就挪几步，一屁股坐到梧桐树下的长椅上，心里仿佛把那厨房里所有的佐料全倒在了一起搅和成一团……

天上一片紫云又飘过来，吃煎饼似的掩住了那半个月亮……

2003 年 1 月 23 日写完于温榆斋

附录

刘心武文学活动大事记

1942年

6月4日生于四川省成都市育婴堂街。

后在重庆度过童年。

父母兄姊均热爱文学艺术，深受家庭熏陶。

1950年

随父母迁居北京，从此定居北京。

在隆福寺小学上小学，在北京二十一中上初中。

1958年

在北京六十五中上高中。

给若干报刊投稿，屡被退稿。

8月，在《读书》杂志发表《谈〈第四十一〉》一文，是投稿第一次成功。

1959年

在《北京晚报》“五色土”副刊陆续发表一些儿童诗、小小说。

为中央人民广播电台少儿部《小喇叭》(对学龄前儿童广播)编写若干

节目；其中快板剧《咕咚》经编辑加工、录制后大受欢迎；“文革”中录音带被销毁；1991 年重新录制播出。

1961年

毕业于北京师范专科学校，分配到北京十三中任教。

至“文革”前，在《北京晚报》《中国青年报》《人民日报》《光明日报》《大公报》《北京日报》《体育报》《儿童时代》《大众电影》等报刊上发表了约 70 篇小小说、散文、杂文、评论等文章。

1966年—1976年

“文革”中，因 1964 年曾发表过一篇关于京剧的文章，被以“反江青”罪名冲击。

1974 年后再试写作，曾写一关于“教育革命”的长篇小说，由出版社联系获准脱产修改，但终未达到当时出版要求。

1976年

写出一个大院里孩子们同坏蛋斗争的中篇小说《睁大你的眼睛》并得以出版（北京人民出版社）。

按照当时政治要求写出一些短篇小说、散文，有的到次年才收入多人合集中出版。

调到北京人民出版社（后恢复“文革”前社名：北京出版社）文艺编辑室当编辑。

1977年

11 月，在《人民文学》杂志发表短篇小说《班主任》，产生重大影响——被认为是“伤痕文学”的开山作，也是“新时期文学”的发端；从此成名。

从《班主任》后，写作冲破懵懂，沿着认定的方向跋涉，穿越风云，锲而不舍。

1978年

参加《十月》杂志（开始以丛书名义出版）创刊工作，在创刊号上发表短篇小说《爱情的位置》，经转载和广播，影响巨大。

在《中国青年》杂志上发表短篇小说《醒来吧，弟弟》，反应亦极强烈。

《班主任》《爱情的位置》《醒来吧，弟弟》均被改编为广播剧，由中央人民广播电台多次广播，《醒来吧，弟弟》被搬上话剧舞台；此年发表的短篇小说《穿米黄色大衣的青年》亦由电台播出。

1979年

在首届全国优秀短篇小说评奖中《班主任》获第一名。颁奖会上，从茅盾先生手中接过奖状。

参加中国作家协会第三次全国代表大会，被选为中国作家协会理事。

成为中华全国青年联合会常务委员，至1993年卸任。

9月，参加中国作家代表团访问罗马尼亚，此系“文革”后第一个作家出访团。

在《人民文学》杂志发表短篇小说《我爱每一片绿叶》，写作技巧有长足进步。

1980年

调至北京市文联当专业作家。

《我爱每一片绿叶》获1979年全国优秀短篇小说奖。

《看不见的朋友》获1954—1979年第二届全国少年儿童文学创作奖。

在《十月》杂志发表中篇小说《如意》，其弘扬人道主义的追求引起争议。

出版《刘心武短篇小说选》（北京出版社）。

1981年

在《十月》杂志发表中篇小说《立体交叉桥》，引起更大争议，一些评论家认为“调子低沉”是步入了写作上的歧途，另有评论家则认为此作标志着刘心武的小说创作在反映现实、探索人性及艺术功力上均达到了新的水平。

5月，应日本文艺春秋社邀请访问日本。

1982年

应导演黄建中之请，改编《如意》；北京电影制片厂拍成彩色艺术片《如意》。

1983年

11月，参加中国电影代表团赴法国，在南特“三大洲电影节”上，《如意》在开幕式上放映，获好评；后陆续在法国、西德电视台播出。

1984年

冬，应邀访问西德，参加“中德大学生会见活动”，并在波恩大学、波鸿大学与威尔兹堡大学介绍中国当代文学。

年底，参加中国作家协会第四次全国代表大会，再次当选为理事。

在《当代》文学双月刊第5、6期连载长篇小说《钟鼓楼》。

1985年

出版长篇小说《钟鼓楼》（人民文学出版社），并获第二届茅盾文学奖。

因《钟鼓楼》获北京市政府嘉奖。

7月，在《人民文学》杂志发表纪实小说《5·19长镜头》，反响强烈。

11月，又在《人民文学》杂志发表纪实小说《公共汽车咏叹调》，引起轰动。

1986年

年初，应当代文艺出版社邀请访问香港。

6月，调中国作家协会《人民文学》杂志社，任常务副主编。

在《收获》杂志设《私人照相簿》专栏，进行图文交融的文本尝试。

散文集《垂柳集》出版，冰心为之作序。

1987年

1月，被任命为《人民文学》杂志主编。

2月，《人民文学》杂志1、2期合刊发表马建写的小说《亮出你的舌苔或空空荡荡》违反民族政策，承担责任，停职检查。

9月，复职。

冬，应邀赴美国访问。参观《美洲华侨日报》；在哥伦比亚大学，三一学院，哈佛大学，麻省理工学院，康奈尔大学，芝加哥大学，旧金山大学，史坦福大学，加州大学伯克利分校、洛杉矶分校、圣迭戈分校等处演讲，介绍中国当代文学，并参观耶鲁大学；参加爱荷华大学“作家写作中心”的纪念活动；游览华盛顿等地。

1988年

3月，应香港《大公报》邀请，赴香港参加五十周年报庆活动；在《大公报》安排的大型报告会上作关于改革开放与文学创作的报告。

5月，应法国文化部邀请，参加中国作家代表团访问法国，除在巴黎活动外，还访问了西部港口城市圣·拉扎尔。

《私人照相簿》在香港出版（南粤出版社）。

《我可不怕十三岁》获1980—1985年全国优秀儿童文学奖。

以上数年中，若干小说、散文还分别获得过《当代》《十月》《小说月报》《小说选刊》《中篇小说选刊》《儿童文学》《北方文学》等杂志，《人民日报》《文汇报》等报纸副刊的奖；拍成电视剧播出的有《没工夫叹息》《熄灭》（电视剧名《火苗》）《今夏流行明黄色》《到远处去发信》《非重点》《公共汽车咏叹调》和八集连续剧《钟鼓楼》；若干作品被英国、美国、西德、苏联、日本、法国、意大利、瑞士、瑞典等国翻译为英、德、俄、日、法、意、瑞典等文字出版；自1987年起被世界上有威望的英国欧罗巴出版社《世界名人录》收入辞条。

1989年

春，应香港中文大学翻译中心邀请，与妻子吕晓歌赴香港访问。

1990年

3月，以任届期满，免去《人民文学》杂志主编职务。

香港中文大学翻译中心编译的英文小说集《黑墙与其他故事》出版。

秋，以“鱼山”笔名在《钟山》杂志发表中篇小说《曹叔》。

1991年

出版小说集《一窗灯火》。

除小说外，开始发表大量散文、随笔。

1992年

长篇小说《风过耳》在内地（中国青年出版社）、香港（勤+缘出版社）分别出版，反响颇为强烈。

长篇小说《四牌楼》完稿，交上海文艺出版社出版。

《献给命运的紫罗兰——刘心武谈生存智慧》由上海人民出版社出版，受到读者欢迎。

在《收获》杂志发表中篇小说《小墩子》，后由中国电视剧制作中心改编拍摄为电视连续剧。

至该年，在海内外出版的个人专著按不同版本计已达43种。

在《红楼梦学刊》1992年第二辑上发表论文《秦可卿出身未必寒微》，在“红学”界和读者中均引起注意；另有若干《红楼梦》人物论和《红楼边角》专栏文章发表。

冬，应瑞典学院邀请（斯堪的纳维亚航空公司赞助）赴北欧访问；在挪威奥斯陆大学、瑞典斯德哥尔摩大学和隆德大学、丹麦哥本哈根大学和奥胡斯大学的东亚系汉学专业以《九十年代初的中国小说》为题作学术报告；12月7日，参加诺贝尔文学奖有关活动，听1992年得主德里克·沃尔科特发表受奖演说。

1993年

华艺出版社出版《刘心武文集》(1—8卷)。

出版长篇小说《四牌楼》。

1994年

1月，应台湾《中国时报》邀请赴台参加“两岸三地文学研讨会”。

《四牌楼》获上海优秀长篇小说大奖，到沪领奖。

1995年

出版随笔集《人生非梦总难醒》(上海人民出版社)。

出版小说集《仙人承露盘》(华艺出版社)。

1996年

出版长篇小说《栖凤楼》(人民文学出版社)。至此，由《钟鼓楼》《四牌楼》《栖凤楼》构成的“三楼”长篇小说系列竣工。

应《南洋商报》邀请赴马来西亚访问并顺访新加坡。

1997年

应日本国际交流基金会邀请，与妻子吕晓歌访问日本。长篇小说《钟鼓楼》、儿童文学作品《我是你的朋友》、短篇小说《王府井万花筒》等此前已相继译为日文在日本出版。

1998年

建筑评论集《我眼中的建筑与环境》由中国建筑工业出版社出版，在建筑界产生影响。

应美国科罗拉多大学邀请，赴美参加金庸作品国际研讨会，在会上提交关于《鹿鼎记》的论文《失父：一种生存困境》。

1999年

出版纪实性长篇小说《树与林同在》(山东画报出版社)。

出版《红楼三钗之谜》(华艺出版社)。

赴新加坡出席国际环境文学研讨会。

2000年

应邀访问法国,并应英中协会和伦敦大学邀请,从巴黎赴伦敦讲《红楼梦》。

至此年底在海内外出版的个人专著（不含文集）按不同版本计达101种。

2001年

出版包含建筑评论的随笔集《从忧郁中升华》(文汇出版社)。

在北京电视台录制播出《刘心武谈建筑》系列节目。

2002年

出版小说集《京漂女》(中国文联出版社)，自绘插图。

应澳大利亚雪梨华文写作协会邀请赴澳大利亚访问。

2003年

以马来西亚《星洲日报》世界华人文学“花踪奖”评委身份赴吉隆坡参加相关活动。

台湾联经出版社出版小说集《人面鱼》。此前台湾已出版过刘心武多种作品，如皇冠出版社出版了《钟鼓楼》，幼狮文化事业公司出版了《四牌楼》《为他人默默许愿》(散文集)。

2004年

赴法参加巴黎书展活动。书展上展出了译为法文的著作有小说《树与林同在》《护城河边的灰姑娘》《尘与汗》《人面鱼》《如意》与歌剧剧本《老舍之死》。

建筑评论集《材质之美》由中国建材工业出版社出版。

小说集《站冰》出版（人民文学出版社），自绘封面插图。

2005年

出版集历年研红成果的《红楼望月》（书海出版社）。

应CCTV-10（中央电视台科学教育频道）《百家讲坛》邀请，录制播出《刘心武揭秘〈红楼梦〉》系列节目23集，反响强烈，引起争议。

《刘心武揭秘〈红楼梦〉》第一、二部相继出版（东方出版社），畅销。

2006年

应美国华美协会邀请，赴纽约在哥伦比亚大学讲《红楼梦》。

应邀参加香港书展。

出版《刘心武揭秘古本〈红楼梦〉》（人民出版社）。

2007年

继续应邀到CCTV-10《百家讲坛》录制节目，并出版《刘心武揭秘〈红楼梦〉》第三部、第四部（东方出版社）。

访问俄罗斯。

2008年

出版随笔集《健康携梦人》（中国海关出版社）。

自1986年出版《垂柳集》，至此所出版的散文随笔集已逾三十种。

2009年

在《上海文学》杂志开《十二幅画》专栏，每期发表一篇写人物命运的大散文，并配发自己的画作。

4 月，妻子吕晓歌病逝，著长文《那边多美呀！》悼念。

2010年

再应 CCTV-10《百家讲坛》邀请，录制播出《〈红楼梦〉的真故事》系列节目。至此在《百家讲坛》录制播出关于《红楼梦》的个人系列讲座累计达 61 集。

出版《〈红楼梦〉的真故事》(凤凰联动·江苏人民出版社)，在争议声中畅销。

4 月，应台湾新地文学社邀请赴台参加“21 世纪世界华文文学高峰会议”。

出版《命中相遇——刘心武话里有画》(上海文艺出版社)。

加快《刘心武续〈红楼梦〉》的写作。

至本年底，在海内外出版的个人专著，《文集》不算在内，重印亦不算，按不同版本计达 182 种(按不同书名计则为 141 种)。

年底，筹备编辑《刘心武文存》。

2011年

由江苏人民出版社出版《刘心武续〈红楼梦〉》。

至 2011 年底在海内外出版的个人专著以不同版本计达 193 种(《刘心武文集》不计算在内)。

2012年

江苏人民出版社出版散文集《人生有信》。

漓江出版社出版《刘心武评点〈金瓶梅〉》。

法国伽里玛出版社出版《尘与汗》《护城河边的灰姑娘》法译版的袖珍本。

江苏人民出版社出版《刘心武文存》40 卷，收录 1958 年至 2010 年所能搜集到的全部公开发表过的作品。

2013年

漓江出版社出版散文集《空间感》。

2014年

漓江出版社出版长篇小说《飘窗》。

台湾学生书局出版宣纸线装本《刘心武评点全本金瓶梅词话》。

人民文学出版社出版“刘心武长篇小说系列”包括《钟鼓楼》《四牌楼》《栖凤楼》《风过耳》《刘心武续〈红楼梦〉》（修订版）五部作品。

2015年

漓江出版社出版《跨世纪的文化瞭望——刘心武张颐武对谈录》增订版。

至此年4月，不算《刘心武文集》《刘心武文存》，以单本著作计，已达227种，再剔除同一书名的不同版本，则有160种。

漓江出版社出版自2013年以来未入集的作品汇编《润》。

2016年

出版《刘心武文粹》26卷。

图书在版编目（CIP）数据

尘与汗 / 刘心武著．— 南京：译林出版社，2016.1
（刘心武文粹）
ISBN 978-7-5447-6013-3

Ⅰ．①尘… Ⅱ．①刘… Ⅲ．①中篇小说－小说集－中国－当代 Ⅳ．①I247.5

中国版本图书馆 CIP 数据核字（2015）第 297163 号

书　　名	**尘与汗**
作　　者	刘心武
责任编辑	王振华
特约编辑	韩若宜
出版发行	凤凰出版传媒股份有限公司 译林出版社
出版社地址	南京市湖南路 1 号 A 楼，邮编：210009
电子邮箱	yilin@yilin.com
出版社网址	http://www.yilin.com
印　　刷	三河市天润建兴印务有限公司
开　　本	710×1000 毫米　1/16
印　　张	16.25
字　　数	183 千字
版　　次	2016 年 1 月第 1 版　2016 年 1 月第 1 次印刷
书　　号	ISBN 978-7-5447-6013-3
定　　价	26.80 元

译林版图书若有印装错误可向承印厂调换